奠基者

创建新中国海关纪事

DIANJIZHE CHUANGJIAN XINZHONGGUO HAIGUAN JISHI

洪卫国 著

大连出版社

© 洪卫国 2025

图书在版编目（CIP）数据

奠基者：创建新中国海关纪事 / 洪卫国著.
大连：大连出版社, 2025. 2. -- ISBN 978-7-5505
-2379-1

Ⅰ. I25

中国国家版本馆CIP数据核字第2025C0S053号

出 品 人：王延生
责任编辑：代剑萍　卢　锋　尚　杰
封面设计：盛　泉
责任校对：杨　琳　姚　兰
责任印制：刘正兴

出版发行者：大连出版社
　　　地址：大连市西岗区东北路161号
　　　邮编：116016
　　　电话：0411-83620245 / 83620573
　　　传真：0411-83610391
　　　网址：http://www.dlmpm.com
　　　邮箱：dlcbs@dlmpm.com
印　刷　者：大连金华光彩色印刷有限公司

幅面尺寸：170mm×230mm
插　　页：1
印　　张：15.25
字　　数：239千字
出版时间：2025年2月第1版
印刷时间：2025年2月第1次印刷
书　　号：ISBN 978-7-5505-2379-1
定　　价：86.00元

版权所有　侵权必究
如有印装质量问题，请与印厂联系调换。电话：0411-85809575

目 录

CONTENTS

楔　子 ……………………………………………………………	001
第一章　从战场上走来的署长 …………………………………	005
第二章　共产党的海关税务司 …………………………………	019
第三章　家大业大的洋关 ………………………………………	035
第四章　谁点燃旧海关革命的火种 ……………………………	049
第五章　为有牺牲多壮志 ………………………………………	063
第六章　战士决胜岂止在战场 …………………………………	074
第七章　人民海关干部的摇篮 …………………………………	086
第八章　国门守望者 ……………………………………………	100
第九章　海关人的"潜伏" ……………………………………	114
第十章　端着金饭碗讨饭 ………………………………………	125
第十一章　外滩钟声 ……………………………………………	135
第十二章　战斗在敌人的心脏 …………………………………	148

第十三章　英雄的黎明 …………………………………………… 162

第十四章　罗湖山顶升起五星红旗 ……………………………… 172

第十五章　归　航 ………………………………………………… 190

第十六章　接　管 ………………………………………………… 200

第十七章　奠　基 ………………………………………………… 210

第十八章　从头越 ………………………………………………… 220

后　记 ……………………………………………………………… 239

楔　子

　　120多年前，八国联军攻占北京的硝烟还未散尽，就有一个身处废墟中的外国人发出了一个惊人的政治预言。在中国这个东方大国几百年来最衰败和羸弱的时候，这个人竟然预言它未来五十年甚至一百年以后的国家崛起和复兴，并一语中的。

　　这个人就是曾经替西方列强独掌晚清海关大权长达近半个世纪的英国人，大清帝国敕封太子太保、赏戴头品顶戴花翎的海关总税务司罗伯特·赫德，中文名字鹭宾·赫德。赫德到底说了什么？事情还要回到1900年的早春。

　　尽管京城里洋人们有传言直隶闹起了义和团，以端午节为号进京，但紫禁城东南角的东交民巷却依旧歌舞升平，特别是英国公使馆，张灯结彩，忙得四脚朝天，他们正在为即将到来的英国维多利亚女王的寿诞庆典做准备。庆典极其铺张奢华，以至于他们完全忽视了眼皮子底下正在发生的危机。

　　自从1860年《北京条约》签订之后，先后有英、美、法、德、俄、日、比、荷等西方列强跑马圈地，在东交民巷设立公使馆，驻扎军队，这里被人们称为"国中之国"。经过多年的修葺扩充，各种风格的洋楼、洋房林立，使馆区在四九城的绿瓦红墙包围下，显得有些格格不入。

　　用旧王府改造而成的海关总税务司罗伯特·赫德的官邸也离此地不远，曾经是大清帝国都城里莺歌燕舞、觥筹交错的顶级社交沙龙，每逢周末或节假日，这里车水马龙，在京的洋人、朝廷里的大人常常聚集于此，可以说，这里是朝堂之外的另一个政治舞台。喜欢音乐的赫德组建了中国历史上第一支西洋铜管乐队，为客人们助兴。京师同文馆总教习丁韪良曾回忆说，在赫

赫德在办公室

德北京的官邸里，常看到这样的场景，一边是铜管乐队震耳欲聋的演奏，一边是赫德在一旁的办公室里奋笔疾书。这支乐队是由二十个中国演奏者和一个葡萄牙指挥组成的。

果然，到了6月，义和团十数万人涌入北京，早就跃跃欲试的八个西方列强（实为九国，澳大利亚以英联邦名义出兵）偷袭大沽口，派兵杀入天津、北京，酿成了史书上所说的庚子事变，西方则记载为"拳乱"的中国近代史上的大事件。事变中赫德的官邸被烧，匆忙中，他仅携带日记逃进了英国公使馆。

11月，刚刚经历了庚子事变后的北京一片肃杀之气，东交民巷更是残垣断壁，赫德的大清海关总税务司官邸和总税务司署都变成了一片废墟。外有列强军舰巡弋，内有八国联军荼毒，慈禧远避西安，命李鸿章和奕劻为全权大臣与列强媾和，赫德亦受总理衙门指派从旁协助。

谈判中，列强之间的贪欲和想法也各有不同，日本、俄国、法国等国极力主张瓜分中国，作为西方的知华人士和英国利益的代表，赫德极力反对。这并非他多么"热爱"大清朝，而是担心大英帝国在中国的利益和已经取得的特权由于大清的被瓜分而受损。他想借助媒体和舆论的力量左右谈判的走向。

谈判之余，赫德为欧洲著名的政治评论刊物《双周评论》撰写文章。他特别叮嘱自己的心腹、中国海关驻伦敦办事处主任金登干，文章尽可能在更多的欧洲刊物上发表，让更多的政治家、欧洲公众看到。在这种背景下赫德密集发表的几篇关于大清时局的文章后来被结集出版,即《这些从秦国来——中国问题论集》(*These From The Land of Sinim-Essays on The China Question*)。赫德的预言是这样的:"今天的这一事件(义和团运动)不是没有意义的,它是一个要发生变革的世纪的序幕,是远东未来历史的基调:2000年的中国将大大不同于1900年的中国!五十年后,中国将是一个独立的国家,中国人将从外国人那里收回外国人从中国取走的每一样东西。五十年后,就将有千百万团民排成密集队形,穿戴全副盔甲,听候中国政府的号召。"

可以说,这个预言还是相当准确的。只不过,四十九年后,即1949年,并不是旧时代的义和团团民,而是中国共产党领导下的中国人民解放军的战士们,迈着坚定有力的步伐,在中国人民的欢呼声中走过原来赫德的办公处、曾经的海关总税务司署旧址门前。这座老建筑仿佛是赫德预言的见证人,默

1949年10月1日开国大典上解放军阅兵部队

默地注视着辚辚驶过的历史车轮，碾过他们曾经沉溺的、属于他们的旧世界，也将见证共产党人如何在旧海关的基础上创建全新的、属于中国人民自己的海关。赫德更没有想到的是，新中国海关的第一任署长竟是从战场上走来的共产党人。正如毛泽东说的那样："自从有了中国共产党，中国革命的面目就焕然一新了。"

中国海关，从此摆脱了西方列强的掌控，回到了中国人民的手中。

第一章　从战场上走来的署长

1949年2月3日，大年初六，北平和平解放后的第三天。虽然重要的建筑物门前和街口工事仍有持枪的士兵警戒，但和前几日兵临城下的紧张气氛截然不同，躲过一场兵灾的北平城洋溢着节日的欢愉。呼啸的北风洋洋洒洒地吹着用红纸剪成的吊钱，空气中弥漫着酒香和肉香。不似前几日，街坊四邻也敢出来串门了，见了面，拱手作揖，互相问候，百年古都开始焕发着一种从未有过

1949年以前的东交民巷是"国中之国"

的气氛，解放啦！

然而位于北平城中心、紫禁城东南角的东交民巷却死气沉沉，看不出一丝节日的气氛。虽然已是1949年，这里尚驻有英、法、美、荷四国的军队。出入都是高鼻梁蓝眼睛的西洋人，或是西装革履的社会贤达，别说是中国军队，就连普通中国人也绝少涉足此地。

即使是到了硝烟散去的这一刻，对于中国人来说这里也是不能轻易踏足的禁脔。这里建筑的窗子几乎都拉上了厚厚的窗帘，窗帘缝隙后面时时闪过一双双疑虑的眼睛。

解放军北平入城式

然而这一天，东交民巷多少年的肃静被整齐、坚实的脚步声惊醒。那是盔甲鲜明、刀枪如林的队伍远远而来。参加北平入城式的中国人民解放军东北野战军第四纵队的精锐之师，奉中共中央主席毛泽东的特别指示，特意从西直门进城，雄赳赳气昂昂、全副武装列队进入这片西方列强在中国的"国中之国"，以此宣告中国人民从此不再仰西方列强的鼻息。

一队队步兵方队整齐走过，一辆辆战车、炮车隆隆驶过，花岗岩方砖铺成的路面在颤抖，同样颤抖的还有窗帘后面的心脏。平时绝少踏足东交民巷的北平市民、学生也涌入此地，笑容洋溢地挥舞着彩旗。

这一幕与赫德在1900年预言的分毫不差。

1949年6月，中国人民解放军百万雄师已经跨过长江，在江南已成摧枯拉朽之势。曾担任过中共中央社会部副部长的孔原，奉调到东北的煤都抚顺担任市委书记兼抚顺市卫戍司令部政委。

此时抚顺刚解放不久，敌伪特务、散兵游勇、奸商恶霸很多。抚顺是一座以煤炭为支柱产业的重工业城市，素有"煤都"之称。煤炭作为战略资源，为战争机器提供能源保障，因此，恢复抚顺的经济和社会发展，对建设东北根据地和支援全国的解放战争有着无法替代的重要作用。一边肃清敌伪残余，维护社会治安，一边恢复生产，支援前线，孔原每天都是从两眼一睁忙到天黑。

在西柏坡召开的中共七届二中全会的报告也传达到了抚顺，孔原关注的是报告中提到的"党和军队的工作重心必须放在城市，必须用极大的努力去学会管理城市和建设城市"。他却万万没想到毛泽东主席在报告中提到的"改革海关制度"将会和他发生某种联系。

7月的一天，远在抚顺的孔原忽然接到中共中央军委副主席周恩来的急电，寥寥数语，命他即刻赶赴北平。

曾长期在周恩来领导下工作的孔原深知情况紧急，立刻带着警卫员赶赴刚刚和平解放的北平城。

孔原本名陈开元，孔原是化名，他还用过田夫、石心、陈铁铮等名字。那个年代革命者有化名很常见，有时甚至是几个。白色恐怖之下，很多革命者自己可以"砍头不要紧，只要主义真"，却不愿意给无辜的家人带来灾祸，所以用本名倒显得很罕见了。虽然孔原的名头很大，但是能真正全面了解他，却是非常困难的，这是因为他长期从事的工作是不为外人所知的秘密工作，所以这里只能展开他在创建新中国海关前后一段时间的情况。

孔原使用陈铁铮这个化名有个小插曲。1906年9月6日，孔原出生在江西萍乡安源一个理发匠的家庭。他在私塾里读了几年书。1924年秋，组

担任抚顺市委书记兼抚顺市卫戍司令部政委的孔原（左）

织上派他以学生的名义进入萍乡中学开展工作，但进萍乡中学读书需要有高小学历，孔原读的是私塾，组织上就想办法让他冒用别人的文凭。为了盖住文凭上原来的名字，孔原就用了一个笔画较多的名字——陈铁铮。转年的春天他正式加入中国共产党，国共合作期间还当上了萍乡县审判土豪劣绅的特别法庭庭长。1927年发生了四一二反革命政变，国共分裂，接着发生了长沙马日事变、武汉汪精卫叛变革命，这些血雨腥风中的亲身经历，培养了他果敢冷静的性格。这一年7月，孔原在南昌担任江西省总工会组织部部长时，参加了由周恩来领导的八一南昌起义。也正是因为他有"学历"，1929年3月被中央秘密派往苏联，在莫斯科中国劳动者共产主义大学学习。1930年回国后，从事兵运工作。

1935年初夏，孔原作为中共白区党组织的代表再赴苏联，出席了在莫斯科召开的共产国际第七次代表大会和国际革命互济会扩大会议，被选为国际革命互济会主席团委员。之后进入列宁学院主修情报和侦察专业，从此开启了对敌隐蔽斗争的生涯。

1937年七七事变爆发，孔原放弃在苏联和平环境里学习的机会，主动向中央请求回国参战。1939年经新疆回到延安，任中共中央社会部副部长、中共西

1939年，孔原（中）在延安中共中央社会部工作

北工作委员会委员、中共中央职工运动委员会委员。

1940年，在周恩来的直接领导下，孔原担任中共西南工作委员会书记，领导中共川东特委、川康特委、云南省工委、贵州省临时工委、湘鄂西区党委等开展地下工作。由于长期从事对敌秘密工作，国民党特务机关发布的《限制异党活动办法》名单中，他是中共地下情报组织的首脑之一，这就是解放后他的家乡人戏称其"情报头子"的由来。

孔原赶到北平的当天晚上就受到周恩来的召见。中央决定由孔原负责筹备海关总署，中央财政经济委员会已经成立了海关筹备处，有十几个人在做准备性工作。10月1日举行开国大典，海关总署也要马上成立，人员遴选、机构设置、法规制度、人吃马喂，总之一切一切都由孔原负责。

什么？筹建海关？海关是干什么的自己都不清楚，孔原迟疑了一下，直截了当地讲了自己对这项任务的顾虑。周恩来也看出他的想法，明白地告诉他，不了解海关情况，不懂得海关业务，不能成为不去做的理由。革命取得胜利，收回了海关主权，难道还让帝国主义继续控制中国海关吗？新中国海关工作性质要求全国统一，要具有一致对外的统一性，如果做不到这一点，就不可能成为真正独立自主的人民海关。新中国必须把被帝国主义把持的旧海关加以彻底改造，使它成为为新中国建设事业服务的人民海关。

海关筹备处设在东交民巷台基厂头条胡同原海关总税务司署的办公处，当时已经有高尚能、殷之钺等人在开展工作。殷之钺在旧海关从事过地下工作，还在中共中央社会部工作过一段时间，也算是筹备处里的故交了。从香港九龙海关辗转北上来参加海关筹备工作的地下党员林大琪，来之前一直在策划九龙海关起义的工作。

自从20世纪20年代末原海关总税务司署应国民政府要求迁往南京后，其在北平的建筑就由津海关北平分关管护。这是一组英式风格的连体二层楼房，有红砖外墙、尖陡的屋脊以及可以用于休闲茶歇的回廊。曾被焚重建，直到20世纪20年代，这里一直是中国海关总税务司署的办公地。

这座沉寂多年的建筑开始散发出前所未有的活力，窗口的灯火彻夜不熄，人流穿梭不断。

说到创建新中国海关，还要从中共七届二中全会说起。那是在北平和平解放不久后的3月，河北省建屏县一个山头上还留着残雪的半山区半平原的小村子——西柏坡，骑马的、开车的人络绎不绝地到来，让这个平静的、名不见经传的小村庄一下子热闹起来。

他们是来自各个战场和解放区的中共中央委员、候补委员及相关领导，从3月5日开始，在一个仅80多平方米的简陋饭堂里，中共中央召开了一次划时代的会议——中国共产党第七届中央委员会第二次全体会议。出席这次全会的有中央委员34人、中央候补委员19人，列席12人，由毛泽东、刘少奇、周恩来、朱德、任弼时组成的主席团主持了此次会议。在解放战争即将取得全国胜利的前夕，全会着重讨论了党的工作重心的战略转移，即工作重心由乡村转移到城市的问题。在这次会议上，毛泽东提出立即统制对外贸易，改革海关制度。

即将作为海关总署办公地的原海关总税务司署办事处

鸦片战争前的广州口岸（油画）

5月31日，刘少奇在正式向中共中央提交的《中国人民革命军事委员会关于建立中央财政经济机构大纲（草案）》中，明确提出"在应陆续建立的中央财政经济部门中，海关总署为负责管理全国海关的独立行政机关"，并得到了中央的批准。创建人民海关正式提到议事日程。

海关到底是做什么的呢？

中国海关的历史最早可以追溯到西周时期，一部关于国本体制的著述《礼记·王制》中就曾记载道："关执禁以讥，禁异服，识异言。"

旧时中国的关是以查缉商旅和边境管控为主要任务的。《周礼·地官·司关》也写道："凡四方之宾客叩关，则为之告。"

公元前516年，周朝濒临崩溃，洛阳西南函谷关前，关令尹喜慭留过关的周朝守藏室之史老聃："子将隐矣，强为我著书。"由此世界上被翻译成外文最多的中国典籍《道德经》问世。春秋、战国时期，"逼介之关，暴征其私"。关的职责在于稽查过往商旅，查缉禁货。此乃中国海关初期的记载。

971年，宋太祖赵匡胤下旨在岭南广州设市舶司，负责管理海外贸易，所谓"提举市舶司，掌蕃货、海舶、征榷、贸易之事，以来远人，通远物"。

之后陆续在泉州、明州（今浙江宁波）、温州、杭州、秀州华亭（今上海松江）等地设市舶司。东起日本、朝鲜半岛到东南亚各国和次大陆诸国，西至非洲东海岸，包括坦桑尼亚、索马里、埃及等国家，与中国有文化贸易的国家和地区有50多个，进出口商品400多种。这是中国历史上第一个专司对外贸易的管理机构。

1684年，清康熙皇帝下令开海贸易："今海内一统，寰宇宁谧，满汉人民相同一体，令出洋贸易，以彰富庶之治，得旨开海贸易。"翌年，设立广东、福建、浙江、江苏四个海关，此为中国历史上第一次以海关命名国家对外贸易管理机构。

然而历史上曾被誉为"盛世明君"的乾隆皇帝却是这样理解海关的，他说："天朝嘉惠海隅，并不以区区商税为重，务随时查看情形，固不可于国体有妨。"原来，在乾隆眼里，关税是"区区"，国体才重要，难怪他闹出"一口通商"的笑话。

而在西方则是另一番景象。据《大英百科全书》解释，customs原意为"习惯、惯例、例行"，后引用为古时欧洲商人进入市场交易时向当地领主所缴纳的一种例行的、常规的入市税。

17世纪英国资产阶级古典政治经济学家威廉·配第在其代表作《赋税论》中指出，"关税是对输入或输出君主领土的货物所课征的一种捐税"。西方国家的关税起源，其最直接的动因就是增加君主的收入，并随着国家形态的成熟和扩大，财政需求日趋迫切，其保护费、买路钱、通行费、使用费等便应运而生。

中国共产党从成立之日起，就密切关注中国海关的命运，多次提出有关收回海关主权的主张。1922年6月，中共中央发表《中国共产党对于时局的主张》，提出奋斗的第一个目标就是改正协定关税制，取消列强在华各种治外特权，清偿铁路借款，完全收回管理权。

1922年7月，中国共产党召开第二次全国代表大会，在宣言中再次揭露中国海关协定关税不是自主的实质。

1923年6月，中国共产党第三次全国代表大会将实行保护关税和收回海关主权列入党的纲领。

1924年，中共中央发表第四次对于时局的主张，明确指出第一重要的是收回海关，改协定关税制为国定关税制。

1927年4月12日，蒋介石发动四一二反革命政变，得到了以中国银行副总裁张嘉璈为首的上海金融界的财政支持，而张嘉璈背后则是包括洋关在内的西方列强的势力。所以在1927年8月1日南昌起义后，中国共产党更是把颁布关税制度、征收关税作为开展革命的财力支持。

1928年，红军在江西井冈山建立根据地。井冈山革命根据地时期，工农政权就积极开展与白区的贸易，打破国民党的经济封锁，派人秘密深入白区，建立秘密交通线，从白区运输根据地需要的西药、布匹、食盐等重要物资，同时，成立竹木委员会，将根据地盛产的竹、木、油、茶输送到白区。这种贸易往来以管理为主，并不课征税费，这便是红色税关的雏形。

1924年，中共中央发表《中国共产党对于时局之主张》

1931年，中华苏维埃共和国临时中央政府在瑞金成立。为了发展经济，打破国民党的经济封锁，保证军队的物资供应，赣东北苏维埃政府在各县建立对外贸易处和船舶检查处，管理苏区和非苏区间的贸易。船舶检查处是船舶监管和征税机构，从一定意义上说，这是中国共产党领导下的最早的海关。

赣县的茅店地处信江、桃江、潋江三江交汇处，同时又是苏区与白区敌我对峙的分界线。1932年2月，中央财政人民委员部决定直接管理赣县苏维埃政府茅店税务所，并更名为茅店关税处，以扩大贸易、增加物资供给及增加财政收入。茅店关税处与苏区最大的地方外贸机构江口贸易分局、苏区最大的外贸港口江口港，构成了苏区时期赣县"红色经济特区"和"红色外贸"的格局。

中央苏区关税处旧址

当时苏区的关税政策比较合理和宽松。《建立关税制度宣传纲要》明确指出，关税处设在苏区边境，只抽收进出口税，苏区内部货物来往不准收税，而且只抽一次不抽第二次。

关税处负责检查进出口船只上的货物，同时收取税费，出口货物需要有基层苏维埃政府的证明。当时苏区的大宗出口货物的税率为：粮食50%，煤炭30%，钨砂50%。进口货物税率较低，但其中化妆品、迷信用品税负最重。茅店关税处征税高峰时每月税收可达一两万元。

1933年3月3日，江西苏区中央人民委员会召开第三十七次常委会，通过了《关税条例》，审查并批准了财政人民委员部《建立关税制度》的训令及《关税征收细则》等，统一了税制，改变了关税处由地方政府管理的局面。3月13日，苏维埃政府颁布《关税条例》，这是鸦片战争以来中国人民第一次真正自主制定的关税条例。在《建立关税制度》的训令中，宣布在中央苏区所辖的15个县境内，设置筠门岭、龙安区、茅店、直下、王陂、白水、石圳潭等24个关税处，主要负责检查来往船只、货物、人员，征收关税，查缉走私。关税处对外称为"中华苏维埃共和国××关税处"，归中央财政人民委员部税务总局所属关税处管理。苏区关税处征收的关税是苏区和白区之间商品货物流通之税，是同一国境两个关境之间的贸易往来税，是中央苏区政府财政收入的主要来源之一。

苏区与白区犬牙交错，随着战局变化，处在边界处的海关征税如同虎口夺食。那时的苏区海关属于半武装性质的机构，根据关税处位置危险的程度配备一两个排或一两个班的正规军。关税处内部一般配有检查员 2 ~ 3 人，核算、会计、出纳、管理、调查统计、伙夫、挑夫等工作人员各 2 人。关税处主任由财政人民委员部税务总局关税处委任。所有进出苏区的商旅、车船，必须经过苏区海关检查验估，检查员填写验单，核算员根据验单核算税款，会计开出缴纳税款单交出纳员，出纳员收到税款后把税票交纳税人，程序上与现代的通关流程一致。货物纳税后，关税处派人到船上在木板上写一个字，作为已纳税的暗号或凭记。木板上的字每天更换，由上级传下来，关卡看见这个字就放行，如果没有这个字，或这个字与当天传下来的字不一样，便是偷关。遇到偷关这种情况，先鸣枪警告，再不接受检查就会开枪。一出苏区，商旅们就赶紧把木板丢掉，否则国民党军会找麻烦。这与洋关为完纳子口税的船舶插上完税船旗的做法一样。

那时苏区运出货物一般征收 3% ~ 5% 的税，最高不超过 10%。运入根据地的货物，洋货征收 5% ~ 10% 的税，化妆品征收 50% 的税，迷信用品征收 100% 的税，生活必需品如粮食、盐、纸张、电器、西药等免税。不要小看关税处，当时，大的关税处一个月收税达 3 万元，小的关税处一个月也能收税数千元。

尽管苏区征收的税率很低，粮食交易还不收税，但是这些钱在那个时代是可观的，为解决中央苏区财政困难发挥了重要作用。

当时上杭县设有官庄、同坑塘、石圳潭三个关税处。石圳潭关税处为更好地控制进出口货物，防止漏税，在旧县设关税分处。关税处设有主任、会计、出纳、检查、炊事和武装人员。官庄关税处主任为兰善嵩，同坑塘关税处主任为游通芳，石圳潭关税处主任为陈善奎，旧县关税分处主任为陈仲三。上杭地区出口货物主要是毛头纸，征收 3% 的税。进口货物布匹、杂货、药材和其他商品均收 3% 的税，白盐、誊写蜡纸免税，迷信用品和国民党纸币没收。税单由财政人民委员部税务总局统一印制，二联式税单，第二联是存根，第一联是纳税凭证，交给纳税人。限于当时复杂和紧张的斗争形势，税单上并不钤盖关税处的关防，只盖暗记私章，分别由关税处盖上"元、亨、利、贞"暗记圆印。"元"代表官庄关税处，"亨"代表同坑塘关税处，"利"代表石圳潭关税处，"贞"代表旧县关税分处。凡盖有暗记圆印的，就证明在关税处已经完税，其他地区不再课征关税。

各关税处收的税款上交到县苏维埃财政部（当时设在旧县），再转交中央苏区。这几个关税处征收的税款不是很多，石圳潭每月收税几百元（大部分是苏区纸币，光洋很少，国民党的纸币不收）。关税处长方形公章镌刻着"中华苏维埃共和国临时中央政府××关税处"。

筠门岭关税处设在筠门岭圩镇通往罗塘镇的路口，坐北向南的一栋二层木楼，四四方方，周围有木栅栏，是镇上一个大户人家的房舍，除了住人还当作商号卖些杂品百货，商号的名字叫锦兴泰。木楼房间宽敞、气派，通风良好，改做关税处后，利用原有的柜台设置了办公位。关税处门口设立进出口关卡岗哨，负责检查市场商品、水陆运输、客商货品、市场保卫治安、检查账目收入支付等，有一个排的红军战士值守。

筠门岭关税处旧址

关税处关员们生活艰苦，他们没有正式工资，每人每天二角钱，扣除伙食费后，每半个月或一个月结算一次，节余发伙食尾作为零用。大家积极性非常高，真是做到了应收尽收。关员们每人发一个印有"××关税处"的红色长方形布胸标，本地人衣裤、被褥要自带。平时关员们除努力做好征税查验业务、宣传关税政策外，还要协助分田、扩红，帮群众耕田收割。闲余时他们上山开荒种地、捡柴烧炭、下河捞虾捉鱼、挖蚌摸螺，紧张而快乐。

中央苏区发展过程中，筠门岭关税处还扩充了山梓脑关税分处、高排关税分处，主要负责附近闽西南方向的进出口货物课税。

从1930年12月到1933年1月底，国民党军对中央苏区密集发动了四次大规模军事"围剿"，动员的兵力从最初的10万增加到40万，均被粉碎，中央苏区逐步壮大。

战事频繁,中央苏区各关税处都处在敌我对峙的最前线,关员们一手拿枪,一手收税,一分一毫地为支援革命战争征收税费,不惜流血和献出宝贵的生命。

1933年秋,蒋介石调集约50万兵力"围剿"中央苏区。第五次反"围剿"开始了,由于军事指挥战略的失误,尽管红军战士浴血奋战,但在敌人的重兵集团攻击包围下,中央苏区根据地一块一块地丧失。

1934年4月筠门岭失守,关税处与部队一起后撤。5月,高排关税分处遭敌偷袭,多人被捕。主任刘功亮等人拼死冲出包围,撤至桂林江。月底,筠门岭关税处和山梓脑关税分处、高排关税分处合并为桂林江关税处。后经靖石战役后,关税处人员大量被捕、被杀,幸存仅百余人。

第五次反"围剿"后,1934年10月中央苏区红军不得不开始了艰苦卓绝的长征。关税处部分人员随队出发,有的编入难民团,有的经培训后编入挺进队,坚持敌后游击战。据不完全统计,仅筠门岭关税处就有24人牺牲,40余人的妻儿被卖,8人逃居他乡,多人下落不明。作为人民海关的先驱,中央苏区关税处关员们用生命和鲜血书写了中国人民反抗帝国主义控制海关主权的光辉篇章。

到了国共合作抗战时期,蒋介石控制下的国民政府给边区的军饷和物资杯

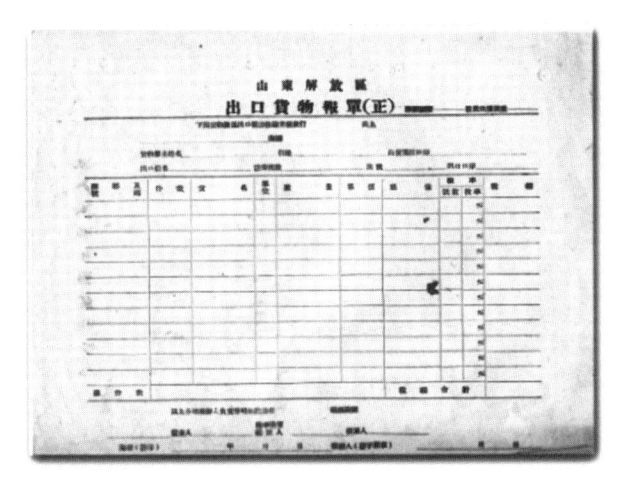

山东解放区使用过的出口货物报单

水车薪，所以只要条件允许，人民政府在边区和各个敌后解放区也都设立相应的海关机构征收税款，弥补军费的不足。

晋冀鲁豫边区太行区政府1942年8月12日颁布了《晋冀鲁豫边区太行区出入口贸易统制暂行办法》。1945年8月24日，中共接管了在烟台的东海关。1945年9月，中共中央制定了"向北发展、向南防御"的战略方针，决定成立东北局，创建东北根据地。1946年年初，辽南、延边等解放区民主政府先后成立人民海关机构。其后，随着东北解放区不断扩大，相应的人民海关或担负部分海关职责的机构陆续成立。

在中财委成立海关筹备处时，解放战争还在进行，而当时全国各地包括解放的和未解放的海关机构有173个，人员近万人，各种情况亦有不同。

属于老解放区的9个海关，如满洲里、绥芬河、图们、辑安（今集安）、安东（今丹东）、旅大、营口、瓦房店及烟台，它们与国民党时代的旧海关没有联系，是随着解放区、根据地的发展先后建立起来的，干部、关员们大部分来自老解放区，海关工作经验匮乏。

另一部分是新解放区海关，如津海关、江海关等，它们是从旧海关总税务司署接管过来的。那时，南方一些海关尚待解放。

聚沙成塔是一种理想，把一盘散沙的旧海关整合成新国家制度下的统一的海关是摆在孔原面前的一个现实的难题。

为了让自己从一个不懂什么是海关的"情报头子"成为一名合格的海关总署署长，孔原是下了很大功夫的。盛夏的7月，他只身来到人民政府在新解放区接管的第一个大海关——津海关学习调研、掌握第一手资料。在这儿，他遇到了另一位也是从战场上走来的海关同事、共产党任命的第一位海关税务司——朱剑白。

第二章 共产党的海关税务司

税务司是中国旧时各口岸主管海关税务官员的职称，始于清朝。朝代轮替、乾坤轮转，在新中国成立前的一段短短的特殊时期，共产党领导下的华北人民政府也正式任命了一名海关税务司，他就是朱剑白。

华北人民政府任命状，任命朱剑白为天津海关税务司

朱剑白，1914年9月出生时爹妈给起的名字叫朱桂蕊。1931年九一八事变爆发后，全国掀起抗日浪潮，国民政府对侵略者的软弱和妥协，让他切肤痛感中华民族迫切需要血性，便给自己改了名字叫朱剑白，隐含"拔剑四顾心茫然"之意。这个名字跟了他一辈子，并成了他一生的真实写照，忠贞、刚正、疾恶如仇。

朱剑白家境贫困，但他聪颖好学，在族人的帮助下，半工半读考进陕西省立第六师范学校。在学校期间，他第一次接触到共产主义，便积极投身其中。

全民族抗战一爆发，他便加入抗日联合政府并秘密参加了山西牺牲救国同盟会的组织工作。

党组织发现朱剑白文化水平比较高、思维缜密、沉着冷静，便派他到山西和顺县担任财政科科长，为抗日军队筹集粮款和军需。他积极发动群众为军队筹集军粮和款项，并开展了根据地的减租减息工作。说起来简单，实际上朱剑白是在日伪的刀尖下开展工作的，有几次身陷日寇"大扫荡"的包围中，冷静和思维缜密的性格保护他每次都化险为夷。这段时间里，他挎着枪、带着账本跟着部队转战，当过税务科科长、工商科科长、边区出入口处处长，可以说，从全民族抗战起他就和海关业务有了联系。

当时的天津是中国北方最大的贸易中心城市，贸易辐射西北、华北，津海关下辖塘沽、秦皇岛、北平等几个分关，关区几乎囊括京畿的全部及山东、山西、内蒙古的部分地区。津海关关税税收仅次于上海的江海关，长期居全国海关第二，是人民政府当时在新解放区接管的最大的海关机构。

清咸丰十年九月十一日（1860年10月24日）签订的《中英北京条约》规定，增开天津郡城海口为通商口岸，津海新关是在总税务司赫德的一手操办下

▶ 北方第一大通商口岸——天津

于 1861 年 5 月正式开关的，第一任税务司是法国人克士可士吉（C.Kleczkowski），关址设在天津县城东浮桥附近。

开埠后的天津逐步形成了一个工商业发达的经济中心城市，是中国北方民族工业的摇篮和对外贸易的最大口岸。据 1947 年国民政府经济部发表的沿海 20 个主要城市材料统计，天津工厂数占 20 个城市总数 14078 家的 9%；天津工人数占 20 个城市总数 682399 人的 8%，仅次于上海，居全国第二位。因此，接管好天津，对华北，对支援全国解放战争、恢复经济发展生产，以及巩固人民政权都有重要的意义。

截至 1949 年天津解放时，津海关下辖的机构有：天津邮政总局支所、天津东马路邮局支所、天津罗斯福路邮局支所、天津飞机场支所、北平分关、北平邮局支所、北平花市大街邮局支所、北平西苑飞机场支所、塘沽分关、大沽民船支所、北塘民船支所，另有海务部门，机构较多，人员庞杂。

1949 年 1 月 14 日，东北野战军向天津守敌发起了总攻。远在百里之外的

◀ 李鸿章为津海新关题写的匾额

▶ 新中国成立初期，天津海关的主楼仍镶嵌着"津海关"字样

解放前开放的天津张贵庄机场

霸州胜芳镇当即热闹起来，江明、朱剑白和华北局从各个部门抽调的200多名干部开始整理行装，晚饭后向天津进发，夜半时分抵达天津的西门户——杨柳青稍作休息。火光映照着东边的夜幕，不时传来一阵稀疏、一阵密集的炮声。1月15日，天光大亮，枪炮声渐渐平息下来。朱剑白随进城部队从西营门入城。虽说叫"西营门"，但没有城墙和城门，除了夹在碉堡、炮楼之间的鹿砦外，就是一道已经结了厚厚的冰的护城河，很多残破的碉堡仍冒着青烟。经过29个小时的激战，北方重要工商业城市天津解放了。

天津城解放后，中国人民解放军天津市（区）军事管制委员会成立。黄克诚任主任，谭政、黄敬任副主任。同时，发布第一号布告，宣告奉行中国共产党的城市政策，遵照解放军平津前线司令部《约法八章》，对本市实施军事管制。军管会为军事管制时期全市最高权力机关，统一管理全市（区）军事、政治、经济、文化等管制事宜。此前，为迎接天津解放，中共中央于1948年12月13日任命黄克诚为天津市委书记兼军管会主任，黄敬为天津市市长，着手组建天津市党政领导机构，并明确接管天津的方针是：肃清暗藏敌人，接管国民党反动政府的一切政权机构，改造旧城市，恢复与发展生产，支援解放战争。12月

15日中共中央复电华北局：同意以黄克诚、黄敬、黄火青、许建国、张友渔、黄松龄、吴砚农、丘金、杨英九名同志为天津市委委员。黄克诚任市委书记，黄敬任第一副书记，黄火青任第二副书记。1949年1月9日，根据华北局电示，由黄克诚、黄敬、黄火青、许建国、张友渔五人组成天津市委常委会。

进城的当天，接管津海关的是天津市军事管制委员会对外贸易接管处副处长、接管军代表江明和秘书卢荫农，他们率领接管组的几十位同志来到了位于海河西岸英法租界交界处圣路易路的津海关。

4月14日，天津军管会外贸接管处研究室主任朱剑白被华北人民政府任命为津海关税务司，接替原国民政府时期的税务司卢寿汶。他是共产党任命的第一位人民海关的税务司。

经过解放天津的炮火洗礼，很多验货场地、保税关栈都遭到了不小的破坏，万幸的是，津海关除院子里玻璃和房顶被流弹损坏一些，主体还安然无恙。据4月19日的统计，津海关馆舍的维修工程只花了人民券9万元（约合人民币900元）。

接管后的津海关二层小楼里也平静如常，各级人员包括税务司卢寿汶、副税务司卞鼎孙、天津港港务长傅莱秋（英国人）等都留在岗位上。当然他们的心情是忐忑的，尽管他们不相信共产党真的像国民党诬蔑的那样"红面獠牙"，但终归是在意识形态上与他们对立的一个政府来了。

让朱剑白惊讶的是，津海关并不像国民党的其他机构在大战之后树倒猢狲散，津海关的人员、财产、档案、装备完完整整地保留着，除因战争航运减少外，塘沽港的港

朱剑白一家在津海关后院

务管理仍在正常进行，大沽口外的航标灯船仍然闪亮，等待着为进出塘沽港的船只指引方向。

1月19日，军代表韩彪接管了塘沽分关。

3月1日，李琢之接管了津海关管辖下的北平分关。

接管天津海关，面临的是既要对旧机构、旧人员进行彻底改造，又要使其尽快恢复工作，以满足全国解放战争形势的需要。因此，党对津海关采取了"完整接收、逐步改造"的政策。这对以后接管全国海关工作有很大影响。

接收工作的第一步顺利完成，接下来如何将旧海关改造成为人民服务的新海关，则是非常艰巨的任务。新旧人员表面上看一起工作，形势平稳，而实际上并不团结，思想上有一道隐形的鸿沟。旧职员里知识分子多，文化水平高，但长期受西方文化教育和影响，对无产阶级革命缺乏认识。而从解放区来的同志文化水平低，大都是小学文化，但他们受党教育培养多年，有革命工作经验和政治理论水平。双方在交流中缺乏共同语言，一时很难融合。

尽管朱剑白一直从事经济管理工作，但是海关业务繁文缛节，特别是旧海关的管理制度、通关流程、人事行政办法等繁杂，他都需要一一了解。新旧交

天津塘沽新港旧景

替之间总有千头万绪的事需要他定夺，工作中他遇到了一个棘手的问题。天津刚解放，到处都缺人手。津海关接管后，绝大多数是留用人员。正像津海关秘书科在1949年总结报告中提到的，这些留用人员有严重的守旧思想和强烈的雇佣意识。对此，朱剑白和其他党员同志一再向入城接收干部强调，改造旧海关、建设新海关是党和人民交给的重要任务，要求大家不急不躁、不卑不亢，诚心实意地去团结被接收人员。对他们思想认识上的非原则性问题，比如说几句错话，要避免当场争论，更不要乱扣帽子，可以各抒己见。关系到原则问题要当仁不让，寸土必争，及时处理。同时抓紧时事和理论的学习，每天上午8点到9点和每周六下午定为学习时间。通过一系列政治教育，部分旧职员特别是青年人有了一些变化，主动向党组织靠拢，同党员谈心，反映情况。不断开展的政治运动也让旧职员受到深刻的教育和触动，思想上的障碍慢慢消除了，争取进步的人多了，这道鸿沟也逐渐被填平。

1950年，天津海关召开人事工作会议（第二排中为朱剑白）

为了调动一切可以调动的积极因素，朱剑白执行着军管会关于"对旧职员和技术人员必须掌握团结和改造的方针"。海关机关增设了人事科，配备了科长和人事教育干事，负责员工的思想政治工作，具体工作是：成立学委会，领导学习，坚持每天1小时学习制度；举办学习班，组织在职员工轮流集中学习。

同时，定期召开党员会议，发挥党支部的堡垒作用。对部分干部产生的地位观念、临时观念、享乐思想开展了批评与自我批评，进一步纯洁了党的思想，振作了精神。

新旧政权交替期间不免有一些心存不轨的人趁机浑水摸鱼，大肆走私，破坏新生政权的经济秩序。还有一些关员怠工、渎职、受贿、放私，群众的怨气很重，甚至举报到天津日报社。朱剑白感到问题的严重性，和军代表江明研究以后，决定还是发挥我党的三大作风，深入群众，与广大关员、杂役打成一片，深入了解群众思想。先破除等级观念，与普通关员同吃同劳动。一开始还有人不适应，不敢和朱剑白说话，慢慢觉得这个山里来的、操着陕北乡土口音的长官很实在，说话平易近人，也为关员们解决实际困难，时间长了就有人和他说心里话。这样一来，朱剑白很快掌握了津海关的人员思想情况。对一些政治上不可靠、有"吃、拿、卡、要"恶行的人，开除或辞退。对追求进步，仅仅是思想意识跟不上形势发展的人，则安排他们分期分批到华北人民革命大学学习。1949年8月6日，津海关下属塘沽分关、秦皇岛关、北平办事处先后有一百多名留用人员被安排去华北人民革命大学学习。

朱剑白又紧急从部队和进城干部中抽调了一些有文化的人员补充到海关的各个岗位中，重点打击那些以商行、公司名义进行走私的行为。

津海关关员为什么会留下来？解放后的很多历史著述都把他们的行为形容成爱国，当然不排除这个原因。而另一个重要原因，是一直被历史学家忽视的。

卢寿汶

1949年1月15日，津海关税务司卢寿汶收到了在上海的总税务司李度的第1147号密电，电文中说："你和你的关员应留守岗位，如天津被占，你必须执行实际当局的指示。"李度还要求津海关各级关员在接到其他命令之前留在原来的岗位上照常工作。他信誓旦旦地保证将对坚守岗位的人员按时发放工资、补贴和养老金储金，对洋员仍保留薪金外汇的额度，违者按自动离职处理。他还特别要求，津海关的税务司要利用一切机会向新政府解释海关与国民政府是两码事，是非政治性的、中立的机关。

津海关外景

    这是总税务司李度的一种幻想，因为当年日寇入侵时，旧海关曾不顾国民政府与日寇的敌对交战状态，偷偷与日寇达成妥协协议。从九一八事变开始，到七七事变，再到1941年太平洋战争爆发前，日军表面上一直没有对日军占领区的旧海关下手，维持着所谓中国海关的国际性和完整性，但是海关征收的关税却被日军劫走，造成了用中国的关税去打中国人的悲剧。

    这次李度仍幻想以这种方式继续维持他们对新中国海关的控制，特别是当他听说天津市人民政府对旧海关实行"完整接收、逐步改造"政策，津海关的机构设置保持不变，包括卢寿汶、卞鼎孙都留下来继续工作时，他似乎看到一丝希望。这时海关总税务司署海务巡工司水佩尔的一份报告放到了他的办公桌上。天津解放后的2月1日，原津海关海务科所属的"海明"号灯塔供应补给舰被国民党海军挟持到长山岛，因煤尽粮绝进退不能。

    李度认为这是一个与新政权搭上关系的好机会，为表示洋关"超政治"的立场，他立即下令派驻守胶海关（今青岛海关）的巡缉舰"海威"号拖带"海明"号及一批航保器材回塘沽港，送交共产党手里。李度还通过特殊渠道联系了卢寿汶，让卢寿汶转告新政府这是他的好意。

当时解放军还没有海军,渤海湾仍是驻守长山岛的国民党海军横行的天下,他们随意开炮、抓扣商船,妄想困死新生的人民政权。为此,李度指示水佩尔做出相应的安排,通过各自渠道分别与国共双方联络,避免"海威"号进出渤海湾时发生误会。

"海威"号起航前,李度还通过水佩尔,要求执行此次任务的"海威"号代理舰长王曾修一定向共产党方面表明,旧海关是"超政治"的行政机构,与蒋介石的反动政府是两回事。也许他"健忘",但共产党是不会被他的这些谎话所蒙骗的,仅仅数月前,上海的报纸上就有人捅出一则消息,海关总税务司署派出最大的"海星"号灯塔供应补给舰,在国民党海军"美朋"号护航下,将伪中央银行保管的数百吨黄金、白银运到台湾,仅黄金就达774箱,计200多万两。

1949年3月17日,天津市军事管制委员会正式回复,同意"海明"号由"海威"号护送回塘沽港执行维护助航设施的任务,并对船只进港做出周密安排。

1949年4月7日,青岛港。海关缉私舰"海威"号在代理舰长王曾修的指挥下鸣笛三声,缓缓离开码头。一同离港的还有灯塔供应补给舰"海明"号。"海明"号上除了装运不少北方海区急需的灯塔、航标维修器材外,随行的还有两

被送回津海关的"海明"号灯塔供应补给舰

解放后进入天津港的第一艘万吨级货轮（左）

名妇女和六名儿童，他们是津海关关员的家属。

经过三天的航行，4月10日"海威"号拖带着"海明"号到达大沽口海面，等待着进港的许可。可以想象，包括代理舰长王曾修在内的所有人复杂的心情，船身在微波中荡漾，他们的心也随着波涛起伏。

中午时分，一艘小火轮送来塘沽港务局的军代表、塘沽分关的一名副监察长及塘沽水上公安分局的警卫战士。根据军代表的指示，"海威"号和"海明"号降下了带有国民党党徽标志的海关关旗，起锚进港，沿途还检查了灯标等助航设施。

下午4时，"海威"号与"海明"号停靠在塘沽分关的专用码头上，这是天津解放以来，第一艘具有国民政府官方背景的船只停靠塘沽港。

这次航行的最高指挥官——代理舰长王曾修刚一下船，就受到塘沽分关军代表韩彪的热情迎接。双方互相介绍了情况，韩彪通知王曾修，华北人民政府对外贸易管理局局长、天津市军事管制委员会天津海关管理局军代表江明和津海关税务司朱剑白将在津海关接见他。

11日下午2时，朱剑白在津海关税务司办公室接见了王曾修。朱剑白向王曾修介绍了人民政府的海关政策和津海关的接收情况，对王曾修能不顾战火的危险率领海关舰队来访并送来"海明"号及航保器材给予高度肯定。江明的秘书卢荫农也参加了会见。

12日上午10时,王曾修拜会了军代表江明,江明称赞王曾修将"海明"号和灯塔航标器材送来是做了一件有益于人民的好事,并欢迎他们今后随时来解放区港口,同时介绍了人民政府对海关"完整接收、逐步改造"的政策。中午,江明设宴欢迎王曾修一行,朱剑白、卢荫农、卢寿汶、卞鼎孙等作陪。作为新中国海关方面的官方代表江明,与原总税务司李度的代表王曾修把酒言欢,他们各自的心情是不同的。

就在这天早上,王曾修也见到了天津港港务长英国人傅莱秋。傅莱秋的心情不太好,主要是他听说人民政府准备派人接替他,而且他现在的工资也比以前少了很多。按照刚解放时供给制的标准,傅莱秋只拿到了相当于四袋半洋白面的薪水,比起以前金饭碗的洋员工资落差很大。也许他不知道,包括江明、朱剑白等这些在津海关工作的职员也是供给制,拿到的还不如他多呢。

4月13日早上,津海关塘沽分关的食堂里人声鼎沸,津海关在这里举行了一个相当"豪华"的早餐会,招待"海威"号、"海明"号全体船员。那时天津渤海湾里国民党的军舰还在巡弋封锁,天津物资供应非常紧张,能按照有英式生活习惯的海关人士的口味安排这样一顿丰盛的早餐,让津海关费了不少心思。这让王曾修一行很感动,他感谢共产党对他们的接待和欢迎,他还特别强调这次来津是为人民工作的,旧海关也是为人民工作的,旧海关是"超政治"的。其实此时他已经很清楚,这片天是回到了人民的手里了。

塘沽分关给"海威"号送来充足的补给——鸡鸭鱼肉和新鲜蔬菜,这让王曾修以及船员们都很惊讶。

13日,心怀忐忑的王曾修终于接到了津海关军代表江明和朱剑白签署的起航命令,14日下午1时26分,"海威"号解缆离开塘沽港的海关码头。

回来后,王曾修详详细细地写了一份报告,通过海关华北缉私舰队队长上报海务巡工司水佩尔,再转给李度。李度看没看到这份报告没人知道,因为这一切都不重要了。5月27日上海解放,李度早在4月27日8时30分乘"福星"号逃离被解放军重重包围的上海,去了广州。临别时他感慨万分,向总税务司署全体职员发布总税务司谕,其中"此次本总税务司匆匆南行,不得不与本署人员小别，心中无限怅惘"云云，惺惺作态。他心里非常清楚，这不会是小别，更可能是永别，因为没过多久，退往台湾的他，在总税务司的椅子上还没坐热就一纸辞呈回到了美国。

4月14日，华北人民政府正式任命朱剑白为津海关税务司，王熙甫任常务副税务司，而卢寿汶、卞鼎孙等调到华北人民政府对外贸易管理局等待分配新的工作。参加完海关工作座谈会，卢寿汶光荣退休，卞鼎孙奉召

接管津海关使用的关防

去政务院关税税则委员会参加暂定税则的制定工作。不过，由于卞鼎孙交友不慎，在暂定税率公布前，与香港朋友的书信往来中泄露了税率，造成严重泄密，被扣留审查，后离开海关系统，从事英语教学工作。这是后话。

1949年1月15日津海关被接管以后，津海关受天津市军事管制委员会领导，定名为"天津市军事管制委员会海关管理局"，并于1月17日开始使用这一名称的印章。不久后，津海关归入华北对外贸易管理局的建制。到了4月15日又恢复使用原"津海关税务司关防"的印章，对外使用天津解放前的原名——"津海关税务司公署"。其时，解放战争正在向国统区的腹地江南推进。

为打破封锁支援战争，3月间，华北人民政府颁布了《华北区对外贸易管理暂行办法》和《华北区进出口货物税暂行办法》，并成立了对外贸易管理局，直接领导津海关和天津商品检验局。

战争仅仅过去了不到三个月，天津口岸开放了。

1949年7月，刚刚经历了一场大战的天津市区，战争的痕迹已经日渐模糊。天津的母亲河——海河上舟楫穿梭，帆樯林立。

原法租界第一区圣路易路东头的海河西岸，一个由八字形楼宇围成的院子，主楼的旗杆上飘扬着红旗，已经有工人搭上架子开始维修被爆炸震落的屋瓦。面向海河码头的一楼主门是两扇厚重的镶嵌着八角形水晶玻璃的菲律

宾木门，进进出出有穿长衫的，有穿土黄色军装的，也有穿西服的。塔楼正中镶嵌着一块石刻，上书"津海关"，此处就是1861年开关的津海关税务司公署。

上溯到老龙头火车站前的万国桥，沿着海河顺流南下一直延伸到德租界的梁家园的海河西岸，是津海关划定的绵延数公里的洋船起卸货物的港口作业区，吊车林立，马达轰鸣，车流穿梭。这里是天津开埠的象征。而在这片绵延的建筑中，津海关税务司公署大楼鹤立鸡群。

独立自主的人民海关到底应该是什么样子？带着这个问题，孔原来到了人民政府接管的第一个大关——津海关。

这一天，津海关税务司朱剑白从火车站接上孔原，走过老龙头站前的万国桥，沿着海河西岸码头，穿过巨大的库区，来到河边的津海关。

刚一来，孔原便像个小学生一样，白天按照津海关的通关流程，深入进口台（科）、出口及结关台、报关及领事签证台、保税关栈台、退税台、复出口台、算税台、放行台等所有环节请教学习，晚上就和朱剑白等人研究工作。很多人都喊他老孔，却并不知道这个戴眼镜的共产党干部竟然是自己未来的顶头上司。他那深入细致和平易近人的朴实作风，给津海关的同人们留下了极深刻的印象。

孔原来到天津时，天津口岸的进出口贸易早在3月18日就恢复正常了，坐落于海河边的津海关如往常一样人流不断。

经过一个多月的调查研究，孔原比较详细地了解了海关的组织形式、机构设置、人员构成、具体业务和接管的情况。

8月13日，孔原和时任华北人民政府工商部部长姚依林、朱剑白联名向中央提出了《关

解放前的津海关内班职员

参加开国大典的津海关关员们

于建立海关总署工作的初步意见》（以下简称《意见》）。孔原在《意见》中专门提出，为了进一步了解各地海关的总体情况，广泛听取各方意见，了解全国各地海关工作情况并做好海关总署的筹建工作，使筹建工作更加稳妥，建议中央财政经济委员会召开全国海关工作座谈会。这项提议得到了中财委主任陈云的批准。

这是一份珍贵的文献，它就未来新中国海关的组织机构、职责任务、领导体制，甚至是未来海关领导机关的名称等提出了建议。同时，他们也向陈云提出建议，邀请拥护人民政府的老海关高级关员和解放区的新海关的同志，汇集北平共商创建新中国海关的事宜。

留在北平的高尚能、殷之钺等人也在夜以继日进行筹备工作。海关筹备处下设秘书组、人事组、关政组、总务组、会计组，分别承担文书机要、海关业务调查与研究、人事调查、登记训练教育、财产管理与采购、税款稽核与经费福利等任务，一千多人的衣食住行都需要他们来统筹调度。

工作人员一方面从原津海关北平分关、原海关总税务司署留用人员中遴选，另一方面由中财委从有财税经验的干部中选调，同时也从东北解放区海关、山东解放区海关抽调了一些业务能力强、政治觉悟高的同志来充实海关筹备工作。

海关筹备处成立后的主要工作是逐步接管了京津地区海关的管理权，通过调配各地海关人员的冗缺，考察选拔熟悉海关工作的人员充实到海关队伍中去，同时也紧张筹备即将召开的全国海关工作座谈会。

新中国海关的筹备创建工作在中共中央的直接领导下，在亿万国人的关注下，有条不紊地走上了轨道，历史即将揭开新的篇章。

第三章　家大业大的洋关

北平一解放，在江海关从事地下情报工作的殷之钺就奉命北上向中财委报到。九龙海关的地下党员林大琪也辗转多地从香港北上，来参与新中国海关筹建工作。从他们的介绍中孔原才知道，原来他将要掌管的是一个那么庞大的"家业"，他也越发理解了毛泽东主席在七届二中全会上讲话的重要意义。

毛泽东为什么在七届二中全会报告中专门提到创建新中国海关呢？

前面说到，召开海关工作座谈会时，解放战争还在进行，全国 173 个海关中，只有满洲里、绥芬河、图们、辑安、安东、旅大、营口、瓦房店及烟台 9 个海关是由共产党建立和掌握的，与旧海关没有太多的瓜葛，是抗战胜利后随着解放区、根据地的发展先后建立起来的。相对于洋关来说，组织和制度比较简陋，干部、关员大部分来自老解放区，海关工作经验匮乏。另一部分是新解放地区海关，如津海关、江海关等是从原海关总税务司署接管的，而华南一些海关还没解放。从 1854 年起植根中国的洋关，保留有一套比较完整的、严密的法规和制度，在赫德长达半个世纪的执掌下，业务从关税稽征、统计，逐步扩展到教育、海务、灯塔、船钞、邮政、商标注册、口岸检验检疫等业务范畴，甚至还涉足国家的外交谈判、军备采购、华工派遣等中国社会的各个层面。共产党的接管人员在接管洋关时，印象最深的就是厚厚的人员名册和关产目录，原来洋关是个家大业大的大买卖。

"洋关"是中国老百姓给当时洋人掌管的中国海关取的名字，朝廷文牍正式的说法叫新关。洋人嘴里没有这个说法，他们用了个"超凡脱俗"的名字——国际官厅。

旧海关时代的五名总税务司，从左至右分别是李泰国、赫德、安格联、梅乐和、李度

如果说李泰国是洋关的开山之人，那么海关第二任总税务司罗伯特·赫德可称为洋关的灵魂，其执掌大清海关总税务司署近半个世纪，任内还颇受朝廷的倚重，被敕封的头衔是太子太保、赏戴头品顶戴花翎。

赫德在1854年来到中国当领事馆实习翻译，日子过得紧巴巴的，据说那时他的工资是一年50英镑，也就是小几百两银子。后来他又去了广州领事馆，因为会汉语，主要与粤海关打交道。再后来，两广总督劳崇光邀请李泰国到广州开设洋关，赫德颇受赏识，便辞去领事馆的职务进了粤海关。可以说，他是从骨子里知道大清朝官员是怎么捞钱的。

"三年清知府，十万雪花银。"大清腐败成风，十九岁来华的赫德是看在眼里的，等他掌权中国海关后，很清楚自己该怎样做。大清的腐败是体制上的腐败，赫德领导下的海关，如果不在这个腐朽衰败的躯体中独善其身，独辟蹊径，要不了多久，也会像大清其他部门一样慢慢腐败消亡，他自己也会失去在大清朝廷里混的理由。

1950年外籍税务司制度彻底消亡，此前最多时有1468名来自英、美、法、德、意、日等23个国家和地区的外籍人员在中国海关里供职。那是1910年，全国海关共有职员19160人，其中洋员1468人。1929年，海关奉令停招洋员，此后洋员人数才不断减少。

截至1948年，海关《题名录》上载有华员8930人、洋员187人。还有很多杂役、辅助人员上不了《题名录》。征收的关税，从1864年242万两白银到1926年4285万两白银，还不算代征的常关税、吨税、河捐之类的杂税。

旧海关时期，洋员占据了海关中几乎全部的高级职位

单说洋关的家当，洋关留下了包括房地产、航标、船艇、车辆、设备和武器等庞大的关产。从1854年第一个洋关在上海出现，中国的各个开埠口岸城市，开始慢慢呈现迥然不同的天际线，尖塔、钟楼、拱券，最早崛起的就是洋关建筑。

把持海关的洋人非常乐于并尽力地把其故国的建筑风格带到中国，以解思乡之情。洋关历史上英国长期把持大权，所以各地洋关的建筑中，英式建筑最多。1888年落成的津海关，是目前国内现存的最早的洋关建筑之一。

由于现存的建筑外面包裹着1942年扩建的日式建筑，我们只能从旧照中得窥旧日建筑容颜了。砖木结构，略显简陋的西方折中主义加古典主义作品，严格的左右对称，像极了建造这所建筑的德裔英籍津海关税务司德璀琳刻板严谨的性格。

1927年，花费了330.08万海关两（别称"关银"，中国旧时海关征税时使用的记账银两）在原址上重建的江海关大楼落成，占地10.2亩，9层共392个房间，总面积约为2.93万平方米。

这是19世纪末开始风行于中国的西方古典主义建筑的一大杰作。希腊神庙庄严的立柱与英伦本杰明风格的钟楼完美结合在一起，建筑一落成，就成为外滩乃至整个上海的标签。

坐落于广州沙面、1916年6月建成交付使用的粤海关大楼至今仍是广州的一张名片。它设计建造要早于江海关近十年，以具有繁复的线条、精美的雕刻

1927年竣工的江海关大楼见证了上海的繁荣历史

坐落于广州沙面、1916年竣工的粤海关（背面）

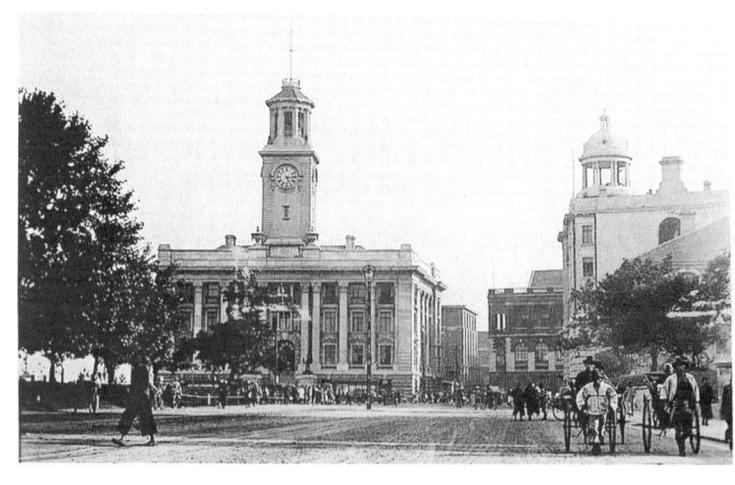

1924年建成的江汉关如今成了武汉的地标建筑

著称的古罗马建筑风格扬名于世。正面外墙以花岗岩圆柱与条石镶砌，共四层，总建筑面积 4000 余平方米，造价 21 万海关两。

还有屹立在长江边、1924 年 1 月 21 日落成的江汉关，为四层钢筋结构英式建筑，墙壁、顶盘及梁柱等采用麻石并刻有花纹线条，打着欧洲文艺复兴时期的烙印。计有正房 48 间、小房 23 间及附房 14 间，建筑面积 4436.46 平方米，共耗资 49 万海关两。

洋关不仅把办公场所打造得"高大上"，生活、休闲、交际也是一点儿不能落伍。几乎每个洋关都建有俱乐部。

摘录 1949 年新中国成立时统计的几个海关的不动产，略见一斑。

津海关（含北平分关、秦皇岛分关）63 万平方米、房地产 60 处；

江海关 18.6 万平方米、房地产 53 处；

◀ 总税务司署拥有的北戴河度假别墅

▶ 地中海风格的津海关高级职员住宅

◀ 1919 年海关原副总税务司在北京的寓所

属于海关第一批缉私舰的"开办"号　　　　　"厘金"号上抓捕的走私犯

粤海关 29 万平方米、房地产 33 处；

九龙关（含香港）18.5 万平方米、房地产 26 处；

琼海关 73 万平方米、房地产 19 处。

据统计，至 1949 年中华人民共和国成立后，从各地海关接管的房地产总数约 440 万平方米、房产 776 幢，仅总税务司署在上海各办事机构移交的房地产、船艇、设备等实物资产，价值就达 164 亿余元人民币（1949 年币值，数字来自《中国海关通志》第二分册）。

不仅如此，从清同治七年（1868 年）总税务司署船钞部设立后，开始在中国沿海各港口重要水道大力兴建助航设施，至 1949 年年底，已有各类航标 105 座（包括长江江阴以下至吴淞口 46 座）。

更让人瞠目结舌的是，洋关甚至还有号称"国家第二海军"的海务缉私舰队。

海关曾经拥有海军舰队？开玩笑吧？

不是开玩笑。这支庞大的舰队不仅有巡洋舰、护卫舰，甚至舰队成军时间也要远远早于威名赫赫的北洋水师。

这事还要从 1863 年发生的"阿斯本舰队事件"说起。事件本身不再赘述，总之阿斯本舰队是近代中国第一支现代化的海军舰队，当然也是夭折的舰队。大清赔了十几万两白银什么也没捞到，只是把主持此军购案的大清海关第一任总税务司李泰国革职，换上了被恭亲王奕䜣欣赏的赫德，从此开始了中国海关延续近半个世纪的"赫德时代"。

赫德不仅接过总税务司的大印，还承袭了李泰国为这支夭折的海军专门设计的军旗——绿地圣安德鲁黄十字旗，赫德把它作为大清海关的关旗。不仅如此，赫德还在不知不觉中实现了李泰国的梦想，打造了一支堪称"国家第二海军"的海关舰队。

赫德治下的洋关不仅引进当时先进的行政管理制度，以保证人员的廉洁高效，还引进了很多最新的装备，保证了征管的效率。海关税收从1865年的830万两白银增加到1885年的1450万两白银，占大清朝全年财政收入的近25%。火烧圆明园后签订的《北京条约》中规定，清政府要向英、法两国各赔偿800万两白银，这让恭亲王奕䜣很挠头，但是赫德主动请缨，这事让海关办，不算个事。果然，1866年一过就全部还清。

按照清政府的规定，海关的经费是按照上缴的税费比例留存的，所以水涨船高，海关不差钱。舰队？小意思，差的是机会了。

机会在清同治六年（1867年）来了。由于当时英、法等国各自的商船进出中国港口引发了引水权之争，妥协的结果是清政府把引水的监督管理权交给赫德掌管的大清海关。海关总税务司署在1868年成立海务部门，负责港区管理，引水、航道、建筑灯塔等助航设施管理工作以及航行气象保障等等。

福州附近的灯塔 　　　　　早期曹妃甸灯塔 　　　　　东涌岛灯塔

为完成管理工作，顺理成章地就需要建设一支船队，只不过这支船队游离于大清政府之外，由洋关自采自建、自管自用。

清同治七年（1868年）闰四月，清政府与列强订立了《会讯船货入官章程》，由各口领事、海关监督和税务司组成会讯公堂，共同审理涉外走私案件，由此证明当时的走私是相当严重的。所以，尽管海关的船队最早是以海务工程船和灯塔供应船名义购建的，但是赫德下令所有海关舰船均配备武器，兼具巡弋、稽查、纳捕人犯之用。

随着大清对外开放，以东南沿海为重点的沿海地区走私贩私日益严重，赫德下令在华南沿海以粤海关巡缉船队为基础，配备了几艘蒸汽快艇，配装哈奇开斯速射炮和后膛枪，防范"洋药"走私。这些船艇飘扬着圣安德鲁黄十字海关旗的船只，成了海关舰队的雏形。1868年，以灯塔供应舰入列的"飞虎"号和"凌风"号，排水量300吨，长130英尺（39.6米），宽24英尺（7.3米），以蒸汽机为动力，同时还有三桅，以便借助风力减少燃料消耗。这两艘船是商船改装，采用两舷突出的耳炮台配置后膛装填的3磅炮（口径76.2毫米），船艏炮台则布置格林速射炮。甚至和今天的缉私舰相似，船尾还吊挂一条舢板用于登船检查。这两艘船一直服役到20世纪初，"飞虎"号在1884年的中法战争中，在台湾海峡被法军当作大清海军军舰俘获扣押。

说到舰队，自然要有舰队司令部、旗舰、主力舰等。晚清时期到民国时期，海关舰队司令部设在上海黄浦江畔的江海关。

晚清海关缉私舰巡视海域的情景

中法战争中被法国扣押的"飞虎"号巡缉舰

1869年英国制造、1876年入役的铁龙骨木质船壳的"蓬洲海"号是海关舰队专门设计制造的第一艘缉私舰艇,排水量600吨,舰长180英尺(54.9米),宽24英尺(7.3米),蒸汽主机功率达120匹马力,航速12节,编制120人。装备2门40磅阿姆斯特朗后膛炮(口径121毫米)和2门20磅阿姆斯特朗后膛炮(口径95毫米),还有2门格林机关炮。这种武力超过了同时代清军福建水师的装备水平。

清光绪十四年(1888年)12月,北洋水师在刘公岛正式成军,有"镇远""定远"铁甲船2艘,"济远""致远""靖远""经远""来远""超勇""扬威"快船7艘。

而海关舰队早在1880年就入役了标准排水量1000吨的铁壳炮舰"并征""专条""厘金"。其装备的6.2英寸(157毫米)阿姆斯特朗式前主炮,4门4.3英寸(109毫米)阿姆斯特朗炮和1门3.5英寸(89毫米)炮,与北洋水师主力舰不相上下。在海关的官方文件中,这些装备口径152毫米主炮、排水量达

晚清时期,海关缉私舰"流星"舰上的华洋舰员合影

到1000吨的"并征"号、"开办"号命名的英文名称就是"Revenue Cruiser（巡洋舰）"。

清光绪十八年（1892年），总税务司署颁行《大巡船官员诫程》，明确海关大巡船（注：相对各关所属小型缉私船艇而言的海关大型巡缉舰船）由总税务司署海务部门统一管理，负责对沿海海域过往民船、小艇、舢板等执行常规检查，缉拿走私船货及人员。

1908年10月30日，美国海军"大白舰队"抵厦门访问。中国海军提督萨镇冰率4艘巡洋舰"海圻""海容""海筹""海琛"，"飞鹰"驱逐舰，"通济"训练舰，"福安""元凯"炮舰及海关巡洋舰"并征"号，6000吨级海关海底电缆铺设船"福州"号编队出港迎接。

当然，作为海关舰队，其最主要的职责自然是缉私与巡逻。19世纪90年代，海关巡缉舰在缉私与反海盗行动中取得了显著的成果。

清光绪三十四年（1908年）元月，粤海关缉私船与广东水师兵舰配合，在九洲洋中国境内海面缉获正在起卸军火的日本商船"二辰丸"。

1901年4月，拱北海关"龙晴"号缉私舰查获一艘载有大米1500包、军火武器25件（子弹2万多发、手枪60支）的走私船。

清光绪元年（1875年），总税务司署在海关征税部门增设海班，由管驾官、管驾、管轮及水手、差役等组成，主要负责海关巡缉船只的驾驶和沿海巡岸缉私。至清光绪三十三年（1907年），全国各口岸海关共有海班人员500余人，各种巡缉舰船（艇）44艘。宣统二年（1910年），全国海关外班人员共计4000余人，海班人员700余人，各种巡缉舰船（艇）增至60艘。

1931年1月，总税务司署成立缉私科并筹建海关缉私舰队。至1934年年底，舰艇建造工程大体完成，"中华民国海关缉私舰队"正式成立，计有主力巡缉舰26艘，每艘舰艇均

1936年下水的第一代"春星"号巡缉舰

在上海的税专第一分校专门培养我国的海务专业人才

装备无线电设备，舰艇长度在 30~80 米之间。尤其是"关权自主"兴起之后，国民政府于 1929 年颁布第一部国定税则，进口税率大增，洋货走私开始盛行。原有的缉私舰艇存在设备陈旧、航速慢、武器陈旧等问题，因此，总税务司署开始设计制造 500~800 吨级"星"级巡缉舰，其中有 6 艘舰以当时财政部、海关的主管命名，如"文星"舰（财政部部长宋子文）、"运星"舰（关务署前任署长张福运）、"叔星"舰（关务署后任署长沈叔玉）、"德星"舰（总税务司赫德）、"联星"舰（总税务司安格联）、"和星"舰（总税务司梅乐和）。

　　与此同时，财政部关务署下令在上海姚主教路 120 号开办税专第一分校，专门培养各类海务专业人才，以缉私舰艇的管驾人员为主。延聘世界海上强国的退役海军军官为师资，照搬英国朴次茅斯海军军官学校的教学模式开展教学。学校从沿海各大城市招收中学毕业生，并负担全部学杂费，还提供部分助学金，一时间考生纷纷报考。但学校的教学非常严格，淘汰率比较高。各项教学设施齐备，学生受训 3 年毕业后还需在舰上实习 2 年，才能被正式任用为二级驾驶员。海事班的毕业生和税专其他班的学生一样，毕业时每个人都说一口流利的英语，后来中华民国海军、轮船招商局船队等，都有税专海事班毕业生的身影。

1934年年底，中国海关缉私舰队已经装备有主力巡缉舰26艘，到1937年，中国海关缉私舰队已经装备84艘主力巡缉舰。在装备水平、人员素质都不逊于当时的民国海军，被称为"中华民国第二海军"。

1933年中日签订《塘沽停战协定》，侵华日军先是借此要求中国海关缉私舰队在渤海的所有缉私舰艇拆除固定安装的舰炮，后又在武力威胁下，一方面将中国海关缉私舰艇驱离所谓冀东非武装区3海里，另一方面拒绝承认中国的12海里领海缉私权。在自己的领海上，海关缉私舰成了非武装的巡视船。

1936年初春，隶属海关华北缉私舰队的两艘"星"级巡缉舰，在黄骅一带海面发现了一艘名为"松德丸"的日籍铁壳走私船。两艘巡缉舰一左一右包围上去。"松德丸"加速逃跑，海关人员只好鸣枪警告，最终扣留了这艘走私船，船上满载白砂糖、人造丝等物。没料到，私货还没卸下船，日本驻天津领事永井就气冲冲地找到津海关税务司梅维亮要求放人、放货，赔偿经济损失。

这仅仅是海关缉私舰队厄运的开始。淞沪会战爆发后，当时中国海关最大的舰只——"福星"号避险于黄浦江中，首当其冲成了日本海军的目标，先是于8月20日遭到日本第三舰队旗舰"出云"号炮轰，继而于10月15日被日

第一代"德星"号　　　　　　　　"华星"号

吨位最大的"福星"号被日军劫持后编入日本海军，改名为"白沙丸"

军夺占。与此同时，停泊在上海港内的海关缉私舰悉数被日本海军劫夺。"福星"号后被日军改名为"白沙丸"编入日本海军，被美军击沉于太平洋所罗门海域。而建造于清末的"专条"号也被日军劫夺征用，加入了日本海军并被命名为"专条丸"。

海关缉私舰队最悲壮的一幕是在1941年12月太平洋战争爆发后，日本海空军进攻香港。炮声隆隆、烈焰蒸腾，驻守香港的英军岌岌可危，停靠香港九龙海关缉私基地的海关华南缉私舰队有大小数十艘舰艇，开战后，除"春星"号（排水量2300吨）等4艘较大吨位的巡缉舰被英军征用，加入英国皇家海军远东分舰队，在稍后的战火中损失殆尽外，其余的18艘船艇仍完整无损地停泊在香港九龙湾、铜锣湾锚地。

没几天战事急转直下，驻守香港的英军投降了。为免其他舰艇落入日军之手，海关总税务司署急令将华南缉私舰队剩余的舰艇"叔星""查星"等，在降下国旗和海关关旗后全部打开水密门，自沉香港九龙湾。那一天的九龙湾海底成了中国海关缉私舰队几十年历程的终点。

1945年日本投降，被日军劫夺的"飞星"号重新归还中国海关，与招商局"隆顺"轮一起将国耻的象征——北洋舰队"镇远"舰船锚和"靖远"舰锚链运回中国。

1947年，为重组海关缉私舰队，总税务司署特向美国海军洽购21艘远洋扫雷舰改造成巡缉舰及100余艘缉私汽艇。到了1949年，华南海关缉私舰队一共拥有A型、Y型、C型、U型等巡艇共33艘，舰队巡逻范围北起厦门，西迄广西沿海，南至海南岛一带海面及珠江口，基地设于香港。

　　1949年10月，除4艘A型和2艘Y型舰被强行拖往台湾外，其余舰艇在香港参加九龙关起义。

　　要接管这么庞大的家当，参加海关工作座谈会的代表们都感到肩上的担子沉重。

第四章　谁点燃旧海关革命的火种

1949年来北平参加创建新中国海关的全国海关工作座谈会的代表中，除了殷之钺、高仕融外，代表旧海关总税务司署、江海关和九龙关出席会议的陈铁保、陈凤平、林大琪除了海关职员的身份外，还有另外一个身份——中共地下党员。据粗略统计，新中国成立前夕，仅上海地区海关系统包括总税务司署、江海关在内至少存在着十一个系统的地下党组织，七十多名地下党员，分布在海关内班、外班、海务、港务、港警、关警系统，甚至杂役人员中也有党的支部。由于那个时期地下党组织都是单线联系，白色恐怖下，人员肯定会有遗漏的。

这其中有普通关员也有中高级关员，如总税务司署的孙恩元、江海关副监察长陈凤平、重庆关代理副税务司陈双玉、粤海关的黄扆贵等，而高仕融则长期在总税务司署担任机要秘书。其他关，如九龙关、粤海关、江汉关、津海关等，都有党的地下组织在活动。

翻遍旧海关的档案，从1921年中国共产党诞生后，先后担任海关总税务司的安格联和梅乐和，以及抗战后曾在美国战略情报局供职过的李度，都不曾在官方文件里承认海关存在有系统的中共地下党组织，一方面他们宣称海关是"超越政治和意识形态"的"国际官厅"，另一方面他们无法理解也不愿意承认在号称"金饭碗"的海关如此优渥的待遇下，仍有人敢冒着掉脑袋的危险加入中国共产党的现实。

到底是谁在旧海关点燃了革命的火种呢？

2015年1月14日，上海，一位百岁老人溘然长逝。上海《新民晚报》刊登一则短文《大德必得其寿》："胡实声先生溘然离世，享百岁逾一。云落地，

胡实声

水归海，百年风雨，遂得风平浪静……"据档案记载，这位百岁老人胡实声就是旧海关中共地下党组织中最早的党员，第一任党支部书记。之所以他的名字在海关历史上不见经传，一是因为1937年江苏省委职员工作委员会成立时，胡实声的组织关系转到了江苏省委职委；二是因为工作需要，1942年他奉党组织指示辞去海关职务，返回上海参与盛丕华的中国民主建国会活动。1946年6月国民党撕毁《双十协定》，胡实声以盛丕华私人秘书的身份陪同代表团去南京请愿，到达下关车站时遭国民党特务殴打，是下关惨案的亲历者和见证人。他长期从事民建的统战工作，在"文革"期间遭受了不公平待遇，"文革"结束后转到中国大百科全书出版社工作，远离了海关系统，但他的事迹并没有被遗忘。

胡实声老人即使在离休后，仍然不忘为党工作，参与撰写了多篇关于上海地下党组织的文史资料。作为税专著名的校友，他在离休之后，被校友们推举为税专校友会终生名誉会长，负责校友会简讯的出版工作。从66岁开始，他任劳任怨负责了30年，到2009年96岁时才移交他人。

中共组织在国民党白色恐怖下，竟然能在待遇优渥、地位优越、号称超政治"国际官厅"的旧海关中发展得如此深厚和久远，不能不令人啧啧称奇。追寻党在旧海关系统的发展壮大，不约而同地指向了一个在近代中国历史上赫赫有名的学校——海关税务专门学校。

这是个什么样的学校呢？这还要从清咸丰三年（1853年）说起。英、法、美三国领事趁上海小刀会起义捣毁江海关之机，分别派洋员组成税务管理委员会，行使中国海关之权，名曰江海关司税，为列强攫夺中国海关行政权的肇始。第二次鸦片战争签订的《天津条约》规定，清政府聘请洋员掌管海关一切权力，而华员只能承担书办、抄录的下级工作。

然而随着中国民众民族意识的觉醒,关税自主、收回关权的呼声一浪高过一浪,推动晚清政府厉行新政。清光绪三十二年四月十八日(1906年5月11日),大清外务部通知海关总税务司赫德,派户部尚书铁良、外务部右侍郎唐绍仪为正、副税务大臣,设立税务处,海关华洋关员等统归节制。

1907年3月8日,赫德发布通令要求各关税务司重用华员,各关税务司却以无合格华员充任关职为由阳奉阴违。有鉴于此,唐绍仪决定筹办税务学堂培养华员"为树木树人之计",培养中国的海关高级关员以取代洋员,逐步收回关权。

1908年9月13日,税务学堂(英文校名:Customs College)在北京西堂子胡同的税务处东院与马号南院一部分正式开学。按照朝廷的批示,四年制学校,每年招生40人,待招满四届学生就有160人同时在校。税务学堂第一年正式开学时,实际招生36人,预科班10人。

清宣统二年(1910年)开始在北京朝阳门内大雅宝胡同东口(今北京朝阳区大雅宝胡同1号)建筑校舍,次年竣工迁入新址。

奈何世事难料,第一届学生毕业时,乾坤斗转,北洋政府代替了大清朝廷。朝代换了,学校的名字也得换,税务学堂更名为税务专门学校。北洋政府教育

晚清时期的税务学堂

民国时期的税务专门学校

部认定税专有高等教育资质，教育经费由海关提供，教师多来自世界名校，或为专门领域的顶尖人物。如税务学堂的第一任校长，蒙自关税务司邓罗，这个名字可能很陌生，但他是第一个把《三国演义》翻译成英文并正式出版的人，与其他海关税务司马士、魏尔特等一样，在做好海关税务司的同时，都成了世界著名的汉学家，这也与赫德的治理中国海关的理念有直接关系。

然而待第一届学生毕业后，洋关以种种借口限制和排挤华员，只从毕业生中选拔两三人为帮办，其他则派到各关担任税务员。中国基督教三自爱国运动主要发起人吴耀宗一气之下，离开海关。

税务学堂自创办之日起，经费即由海关船钞项下拨付。民国成立后，经费仍从海关船钞项下拨付。税务学堂本科学生免交学费，其饭食、寄宿及所需制服、教科书籍、笔墨等项均由学堂发放，不另给津贴。而补习科学生则每年需交龙洋（清末所铸背面有龙纹的银元的总称）100元（学费30元、膳费50元、体操衣靴费20元），分两次缴纳，先于入学时缴纳一次，后于暑假后开学前再缴齐。另在学堂寄宿的学生每年还需缴纳寄宿费10元。税务学堂改称税务专门学校后，税专学生除四年的学费、书籍和膳宿由校方免费提供外，还发现金津贴。其中对内勤训练班的招生，税专专门制定《内勤训练班招生简章》，招收大学本科毕业生，学制一年，毕业后派关实习半年即任海关实职。因此，报考税专的大

税专的学生在上体育课

学本科毕业生分别来自北大、东吴、复旦、辅仁、沪江、交大、暨南、金陵、岭南、南开、清华、圣约翰、武大、燕京、震旦、之江、中山和中央大学、香港大学等近20所大学。税专海事班的招生则针对国立、省立、市立及教育部立案的高级中学毕业生。

在那个动乱年代，有"金饭碗"之称的海关工作待遇优渥，职业稳定，社会地位高，吸引了大批高质量考生。中国海关第一位华籍总税务司丁贵堂就是从旅顺法政学堂毕业后考入税专的；新中国海关关徽的设计者陈铁保，当年同时考上了上海交大，却选择了税专。看看民国时期的《海关题名录》，几乎所有的高级职员都是税专的毕业生。

大革命时期，中国人民的反帝爱国运动风起云涌，总税务司梅乐和不得不宣布提高华员待遇、停止新增洋员，并扩大税务专门学校的招生规模。民国建立以后，海关的华员绝大部分来自税务专门学校的毕业生。1929年，税专在上海扩建分校，增设外勤班和海事班。1935年，总校从北京迁至上海，内设教务、训导、事务三处。1947年之前，校长由关务署署长兼任，之后聘余文灿任校长。1940年，学校迁往香港，1941年年底撤至重庆，1946年年

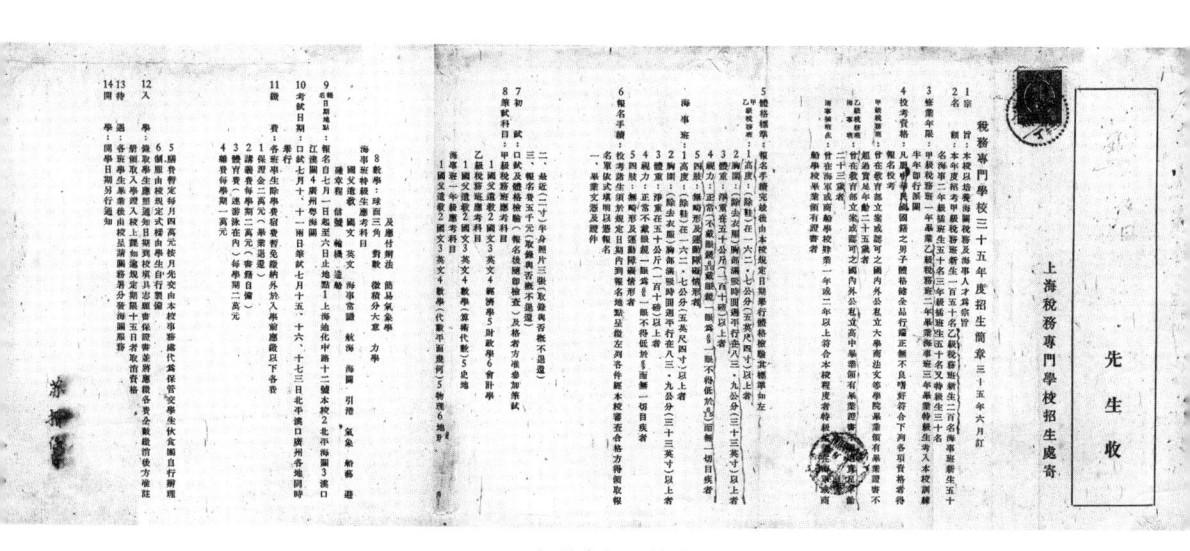

1946年税专招生简章

初返沪。1949年7月,学校停办。

一本《税务专门学校建校九十五周年纪念文集》,装帧朴素大方,已经是耄耋之年的税专学生们,用仍然热血的笔触记录下当年税专火热的生活。

税专的教学条件是一流的,师资条件是一流的,生源也是一流的,但还是少不了严格和科学的教学,在这里不分富贵、贫穷,努力学习受奖,玩忽学业受罚,直至淘汰。所以,毕业于税专的中国海关人员身上有一种非常独特的职业素养和气质。

前文提到的胡实声来自上海滩一个显赫的家族,舅舅盛丕华是上海滩呼风唤雨的商界领袖,他一出生就含着金汤匙。

胡实声中学毕业于上海滩有名的教会学校圣约翰大学附中,本来可以顺理成章就读贵族化的圣约翰大学,而胡实声厌恶这所教会学校洋奴买办风气,转而于1932年考取北平税务专门学校,成为该校的第二十六届学生。

1931年,日本帝国主义侵略者发动九一八事变,攫取了中国的东三省后越发贪婪,1933年侵占热河后,又大举进攻长城各口,整个华北已在其直接威胁之下。胡实声等进步青年开始认真思考国家和民族的前途问题。在胡实声的回忆文章《中国共产党江海关党支部和团支部的建立》中写道:"一部分同学有较强的爱国心,认识到有志青年只图个人安乐生活是可耻的,而在思索着青年应该有怎样的远大理想,怎样才能活得更有意义;怎样才能收回海关大权;怎样才能使中国富强起来;怎样才能改造不合理的旧社会;怎样才能对全人类做出较大贡献⋯⋯于是,他们集资购买各种进步文学作品⋯⋯共同阅读,互相讨论⋯⋯逐步扩大影响,增加队伍,成立新文艺研究会。参加这个组织的有彭瑞复、朱人秀、冯华全、高仕融、殷之钺、佘毅、刘新业等。其他高年级同学陈铁保等也来借阅书籍⋯⋯""不久,新文艺研究会改成读书会。

新中国成立后原江海关地下党支部成员合影(后左二为冯华全)

购书范围从小说扩大到政治经济学、哲学……"开头的这些感悟，是胡实声个人的思想写照。

这个读书会因胡实声所在的税专第二十六届得名"二六读书会"。他们经常阅读一些国内外进步作家如鲁迅、巴金、茅盾、高尔基的作品，《生活周刊》《世界知识》等进步刊物以及社会科学书籍。同年，税专邀请北大教授周述仁到税专授课，其中涉及的马克思主义经济学理论令学生们耳目一新，更多的同学加入了"二六读书会"。

1934年，宋庆龄、何香凝、章乃器等进步民主人士发起成立中国民族武装自卫委员会（简称"武卫会"），胡实声加入了"武卫会"。这个组织被认定为中共的外围组织，胡实声是加入党的外围组织的海关第一人，加入共产党的愿望开始在他心中生根发芽。

1935年12月9日，北平大中学生数千人举行了抗日救国示威游行，反对华北自治，反抗日本帝国主义，要求保全中国领土的完整，掀起全国抗日救国新高潮。已经回到上海的胡实声积极投身到运动中，经胡实声等人推动，1936年1月发起成立上海大专院校抗日救国学生联合会（即上海学联），与会者有复旦、大同、暨南、同济、中法工学院等院校的学生代表，胡实声被推举担任上海学联主席。之后，上海学联组织了很多抗日救亡的宣传活动。

1936年秋，武卫会撤销，在上海江海关任职的胡实声却发现当时的上海处

旧海关系统的党团员很多来自1936年毕业的税专学生

在白色恐怖之中，报纸上经常会出现破获共产党组织的新闻，他非常苦闷。恰在这时他遇见了原来武卫会的任达，知道任达是共产党员后，胡实声找了个机会表达了自己加入中国共产党的愿望。胡实声入党后，又介绍二十六届的同学彭瑞复、朱人秀加入中国共产党，同时成立了中共江海关地下小组（支部）。11月，胡实声、朱人秀发展冯华全加入中国共产党，并形成了海关系统第一个地下党支部，胡实声任第一任书记。1937年5月，党中央派刘晓赴上海整理和恢复地下党组织，之后中共江苏省委恢复，海关地下党支部便由江苏省委所属职委（职员工作委员会）领导。

同样是"二六读书会"成员的佘毅、殷之钺等人因日寇在华北大走私，于1935年八九月间提前毕业进入江海关担任外勤稽查员。他们在胡实声的表兄盛康年的介绍下加入武卫会，并于1936年4月经上海美专的林君珍（即林艺）介绍加入中国共产主义青年团。6月，佘毅、殷之钺发展刚毕业的同学王宗浚和高仕融入团，并成立了共青团江海关地下支部，殷之钺是海关系统第一个团支部书记。

1936年，江海关党团支部成立后，酝酿成立以文会友、联系群众的进步团体——乐文社。1936年11月，乐文社在同益里海关俱乐部正式成立，当时江海关华员中级别最高的总务科副税务司裘倬其出任乐文社社长。

江海关党支部书记
胡实声

江海关党支部组织委员
彭瑞复

江海关党支部宣传委员
朱人秀

第四章 谁点燃旧海关革命的火种

高仕融 　　　　　佘毅 　　　　　殷之钺 　　　　　王宗浚

乐文社成立后，分设海关业务学习组、时事讨论组、文艺研究组、话剧组、歌咏组、《关声》编辑组等。通过各种活动，宣传中国共产党的路线、方针、政策，宣传中共的抗日救亡主张，鼓舞了关员的爱国热情，培养了积极分子，扩大了党员队伍，发挥了中共基层组织的战斗作用。特别是《关声》杂志，办得有声有色，一直延续至今。

然而到了1937年3月，由于上海党组织遭到严重破坏，共青团江苏临时省委根据中共中央的决议紧急停止了活动，殷之钺、佘毅等人陷入失去组织的迷茫之中。七七事变后，他们通过积极参加抗日救亡宣传活动来寻找党组织。以江海关进步组织乐文社为平台，依靠和动员海关高级职员中的爱国人士，于8月17日发起成立了上海区海关华员战时服务团。

由于淞沪会战失利，1937年11月，国民党军队撤出上海，海关华员战时服务团被迫停止活动。殷之钺、佘毅立刻联系了林大琪、蔡鸿干、叶厥孙、张乃璜、陈琼瓒等人发起成立江海关同人救亡长征团（简称"长征团"），计划到广东、香港等地进行抗日宣传。之后长征团中的殷之钺、佘毅、佘崇懿、王宗浚、洪履和、张乃璜、殷之瑶、郑玉雯、张庆源、

张乃璜

栾乐义等人辗转跋涉前往向往已久的革命圣地——延安。

经中共中央组织部派专人考察，洪履和、张乃璜、张庆源、郑玉雯、殷之瑶、栾乐义进入抗大第四期学习。其中张乃璜从抗大毕业后到前线担任连队指导员，不幸在战斗中牺牲。郑玉雯积劳成疾，病逝在绥德抗日政府的工作岗位上。殷之钺、佘毅、王宗浚、佘崇懿被分配到陕北公学学习。学习期间，他们先后加入了中国共产党，成为革命队伍中的一员。在这里，他们还遇到了从津海关辞职来延安的税专校友袁成隆、柴树藩。

我国核工业奠基人之一袁成隆

在津海关任职的袁成隆，亲眼看见七七事变爆发后国土沦丧、人民遭受涂炭，他毅然放弃海关的金饭碗，于1937年12月离职，从晋察冀辗转来到陕北，入读陕北公学，并加入中国共产党。袁成隆毕业后先是留校任教，后随抗大一分校文工团由晋东南挺进山东开展抗日宣传工作。1940年，担任文工团团长的袁成隆指导团员李林、阮若珊在沂蒙山创作了享誉国内外的《沂蒙山小调》，至今唱遍祖国大地。新中国成立后，袁成隆负责国家核工业生产最基础的核燃料矿产的勘探、开采、加工、转化工作，是我国核工业奠基人之一。

1933年以第一名成绩考入税专上海分校的柴树藩，出身贫苦，1935年毕业后进入旧海关任职。目睹日本侵略者占据东三省后，在华北大肆走私、打伤劫持海关人员的恶行，特别是七七事变后日寇控制了津海关，他无法忍受用自己亲手征收的关税替日军买

我国现代船舶工业奠基人之一柴树藩

军火打同胞，愤而挂冠而去。然而天津已经是沦陷区，他的"长征"之路更加艰险。1937年12月，他先是借道香港，再转到广州、西安，历时近四个月，终于在1938年3月到达延安，进入陕北公学。同年5月，柴树藩加入中国共产党。7月，陕北公学栒邑分校成立，柴树藩先后担任分校政治部秘书、校务部副部长、部长，后进入中共最重要的干部学校——延安马列学院。1945年日本投降后，柴树藩随出关干部进入东北，创建人民政权。1945年9月17日，中朝边境城市安东解放，两个月后，安东海关正式办公，柴树藩被任命为副关长。据目前的资料看，他是旧海关税专毕业生中第一个担任人民海关关长职务的人。不仅如此，新中国成立后柴树藩成为我国现代船舶工业的奠基人之一。

彭瑞复毕业后担任海关第一个党支部的组织委员，领导了1938年震惊中外的护关运动，后在联合国任职。朱人秀毕业后担任海关第一个党支部的宣传委员。冯华全是抗日战争时期海关党支部书记，新中国成立后筹建对外贸易部上海海关学校（现上海海关学院）并任校长。

胡实声的税专师兄陈铁保于1938年秘密加入中国共产党，曾因参加反对日伪接管江海关的护关运动而被总税务司署遣派到遥远的西南边陲腾冲关，在上海解放前为保护关产做出了主要贡献。新中国成立后任海关总署财务处代处长、研究室主任，设计了中国海关关徽。

1938年2月，胡实声发展高仕融加入中国共产党，并担任支部的统战委员。3月，又发展了江海关外勤稽查员黄宸贵入党，负责关警中的组织发展。同年3月和5月，朱人秀发展了江海关总务科统计

陈铁保

台的殷之瑾和总税务司署统计员郑育嵋加入中国共产党，组成中共江海关地下支部妇女小组。

而高仕融则长期在旧海关当局领导层身边做机要秘书，后在中央军委情报部刘少文领导下负责搜集军事和经济情报。

据不完全统计，20世纪30年代至上海解放的十多年中，在上海的旧海

关系统中，前后发展了 11 个组织系统 78 名党团员。可以想见，从淞沪会战开始，直到解放前夕，上海海关地下党的活动非常活跃。

抗战期间，江海关还出现了一名轰动全国的抗日殉难女烈士，她就是江海关打字员茅丽瑛。她也参加了殷之钺、佘毅、王宗浚等组织的江海关同人救亡长征团。

1937 年七七事变爆发后，江海关支部转为中共江苏省委的直属支部。后中共江苏省委职员工作委员会成立，海关支部即划归职委领导，亦称职委系统。后胡实声调到中共江苏省委职委，江海关支部书记由彭瑞复继任，冯华全任组织委员，朱人秀仍任宣传委员。

日寇铁蹄下的上海外滩

截至 1938 年 5 月，江海关支部的党员人数已经由原来的 4 人，迅速发展到 12 人。后为扩大组织并防止敌人破坏，原来的江海关支部分为内勤支部和关警支部，这两个支部不发生横向联系，但都属于江苏省委职委领导。

抗战期间，海关党组织不仅组织发动了震惊中外的护关运动，还把优秀分子输送到抗日前线参加战斗。其中陈飞到苏北参加新四军，后在战斗中英勇牺牲。张景耀、马殿卿先后到江南敌后参加新四军游击队，马殿卿不幸被捕，光荣牺牲。

1942 年 12 月，抗战更加残酷，根据中共中央的指示，江苏省委撤离上海，在淮南根据地改编为中共华中局城市工作部，江海关的两个支部在其领导下继续开展工作。

抗日战争胜利后，重庆的海关总税务司署迁回上海，原来从江海关出去的党员如冯华全、殷之瑾、毛修颖、陈铁保等人陆续回到上海。1946 年 1 月，原职委系统的地下党员重新组织到一起，建立了中共上海地区海关新的一届支部，海关系统的党组织得到了空前的发展。到 1948 年年底，海关系统又发展 14 人入党。1927 年在日本东京帝国大学就学时入党的于清伦，在抗战胜利后来到江海关，与海关支部取得联系，恢复了组织关系。至此，上海地区海关支部党员达 22 人。

1949 年 1 月底，为了迎接上海解放，中共上海市委取消工委、职委机构，海关系统党组织改属沪中区委领导，上级联系人是王致中，党员人数达 44 人。税专的一个火种，变成了海关熊熊的野火。

不仅如此，海关系统内还存在着其他领导体系的党组织活动，如中共中央调查部领导的殷之钺。当年殷之钺参加江海关同人救亡长征团后去了延安。解放战争爆发后，殷之钺受中共中央调查部的派遣从北平迁回潜入上海，重回江海关任外勤稽查员。他在海关的主要任务是从事军事与经济情报的搜集工作，上级联系人是李振远。

而高仕融被总税务司署以思想激进为由调到重庆后，一度与组织失去联系。后在他的努力下，与中央军委情报部系统的刘少文取得联系。之后，他又联系了调到万州关的梁家瑛等人，与王兆勋、郑育嵋发展成为一个独立的情报网。

林大琪是 1938 年 5 月在福州加入的中国共产党，属中共福建省委和福州市委领导。1944 年 4 月，他调到重庆关后，即与红岩村八路军办事处的许涤新建立了联系。

1948 年，中共上海局策反工作委员会李正文发展总税务司署福利科的帮办孙恩元加入中国共产党。孙恩元和海关副总税务司丁贵堂同是辽宁海城人，对丁贵堂有一定的影响。孙

新中国成立前夕，丁贵堂（左一）、孙恩元（左二）在上海

陈凤平

恩元入党后的主要任务是开展对丁贵堂的统战工作。

1949年1月,李正文和孙恩元又发展在虹桥机场工作的外勤副监察长陈凤平加入中国共产党。孙恩元、陈凤平由李正文单线领导。陈凤平利用自己职务的便利,还承担着一项重要任务——秘密交通保障工作。3月以后,他们还参加了中共海关接管小组(支部)的工作,直至解放。

在某种意义上,税专是海关地下党组织的摇篮。正像税专校歌唱的那样,"创吾校而奋斗同挽狂澜,汇英才而教育还我关权"。

最新的党史研究成果显示,四一二反革命政变之后的1928年春天,面对国民党反动派的血腥屠刀,在中国云南高原高山深谷的"通安南天竺道"上的一个重要交通节点——蒙自海关,诞生了一个仅有三名党员的中共地下党支部。目前,关于蒙自海关支部的历史,仅在1928年11月的《中共中央关于职工运动给云南党的指示》中有模糊记载。由于当时环境的残酷,年代久远的史料上这个支部仅留下一名党员的名字——张元学。

第五章　为有牺牲多壮志

　　从 1934 年 10 月至 1936 年 10 月，红军第一、第二、第四方面军和第二十五军进行了伟大的长征。两年之后，同样是为了抗日救亡，以殷之钺、王宗浚、佘毅为首的江海关共青团员们为寻找失去联系的党的组织，毅然放弃了海关优厚的待遇，从被日军占领的上海出发，开始了一次属于海关人的长征。

　　佘毅，1915 年生，广东中山人。1934 年从税专毕业进入江海关，1936 年加入共青团，并负责团支部的宣传工作。

　　1937 年 3 月，由于上海党组织遭到严重破坏，共青团江苏临时省委根据中共中央的决议紧急停止了活动，殷之钺、佘毅等人顿时陷入失去组织的迷茫之中，他们经过商量决定通过积极参加抗日救亡宣传活动来寻找党组织。

　　当时的江海关与海关总税务司署都在上海，在海关地下党组织的积极推动下，以江海关进步组织乐文社为基础，依靠和动员海关高级职员中的爱国人士，如丁贵堂、裘倬其等人，于 1937 年 8 月 17 日发起成立了上海区海关华员战时服务团，副税务司裘倬其任团长。

　　殷之钺等人充分利用海关华员战时服务团这个平台，积极动员群众，发动群众，海关华员们的爱国抗敌热情受到空前的鼓舞。从总税务司署到江海关，从税务司、帮办这些高级关员到手拿

海关华员战时服务团团长
裘倬其

钎子的普通外勤验货员、港警、打字员、灯塔杂役，甚至连家属都动员起来，开展募捐、演出等活动。从门禁森然的海关大楼，到车水马龙的货运码头，再到巡弋海防的缉私舰上，海关关员们用自己的行动为前线做出贡献。凡列名海关职员录的华人关员，每月按薪金的百分之一捐款；不列名职员月薪满20元及未满20元的，每月捐款1角；月薪超过20元到满40元的，每月捐款2角；月薪超过40元的，每月捐款3角。捐收的款项大部分用于支援淞沪抗日军队，还有一部分捐给了红十字总会和医院。20万元认购了"救国公债"，2万元赠送给新四军。海关地下党组织还通过《关声》杂志发表文章，呼吁关员们为抗日出力捐钱。丁贵堂等高级华员更是带头倡议"事异毁家，心同爱国"。各阶层关员利用自身文化修养和社会地位，在上海工商界、实业界上层发动募捐，短短数日，募集来的珠宝首饰、金银细软等价值4500余元，占上海各个抗敌募捐团体的首位，其中最高额系丁贵堂所捐献（价值296元）。募集到的物资通过变卖，购置了救护车、卡车、摩托车、医疗救护物资、粮食、罐头食品、布料等支援前线。

上海各界民众慰问团支援新四军，后排左一为陈琼瓒

全民族抗战爆发后，中共地下党发动、引导关员开展义演、募捐活动

上海四行仓库保卫战期间，当听说前线由于敌寇炮轰引发大火，急需灭火机和胶鞋，海关华员战时服务团很快就筹备了灭火机 3 台、胶鞋 742 双，由团员王宗浚冒险送到四行仓库前沿阵地，一同送去的还有女职员和家属亲手缝制的棉背心等。

他们还开展了一系列募捐义演、宣传演出等，擅长文艺的佘毅、缪一凡是其中的领头人。

随着淞沪会战失利，国民党军队撤出上海，海关华员战时服务团被迫停止活动。然而战斗并没有停止，中共海关地下党决定改变斗争策略，引导海关中进步关员以乐文社为平台，组织业务交流、时事漫谈、文学讲座、文艺演出等活动，掩护各种抗日救亡活动。此外，还发动关员组成"救国十人团"，宣

1937 年，佘毅在乐文社举办的文艺会演中独唱

◀ 佘毅（右一）和
江海关歌咏团

▼ 淞沪会战时海关华员战时服务
团收到的感谢信和收据

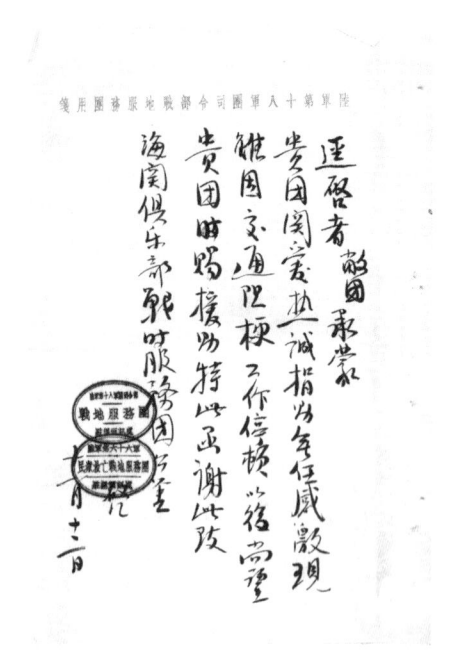

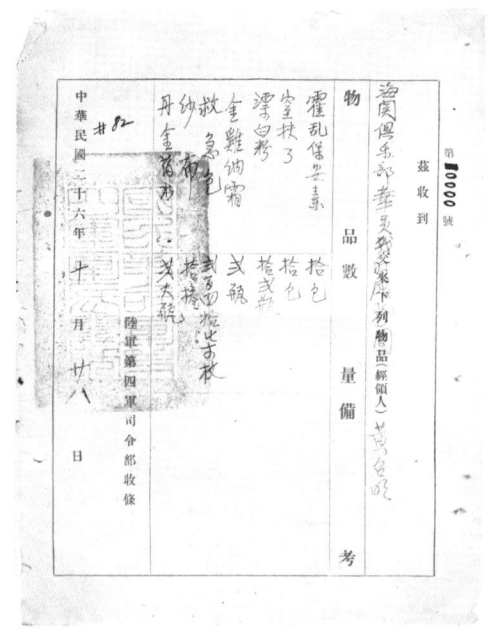

传抗日活动、从事职工救亡运动。上海的陷落让殷之钺、佘毅等人寻找党组织的心情更加迫切。当他们听到很多爱国青年奔赴革命圣地延安的消息后，便认准了这个方向。他们认为只有脱离海关，利用宣传抗日的机会才能寻找到党组织。主意一定，殷之钺、佘毅立刻行动起来。他们立刻联系了林大琪、蔡鸿干、叶厥孙、张乃璜、陈琼瓒等人发起成立江海关同人救亡长征团，很快又有王宗浚、洪履和、缪一凡报名。林大琪报名后因故退出，胶海关的张庆源和江海关打字员茅丽瑛报名加入。不仅如此，还有关员家属，如殷之钺的妹妹殷之瑶、佘崇懿、张庆源的妻子栾乐义（带着未满周岁的婴儿）也来参加，全团一共二十人。蔡鸿干担任团长，负责全面工作；殷之钺负责组织和纪律；江海关歌咏团的组织者佘毅则主管宣传和歌咏队；王宗浚负责对外联络和采购；洪履和是出了名的笔杆子，担纲文宣；爱好戏剧的缪一凡成了团里的话剧编导；茅丽瑛不仅兼任剧务、道具，也担任话剧中的演员。总之，全团人员都各有所长、人尽其职。

1937年11月26日，上海江海关同益里海关俱乐部里人声鼎沸，海关支部以乐文社的名义为长征团举行欢送会，包括丁贵堂、裴倬其、陈琼琨、沈世堃等海关高级官员在内的四五十人参加了活动，气氛热烈。丁贵堂高度赞扬了长征团团员们的爱国行动，当场宣布长征团的十一名海关关员皆参照一战海关洋

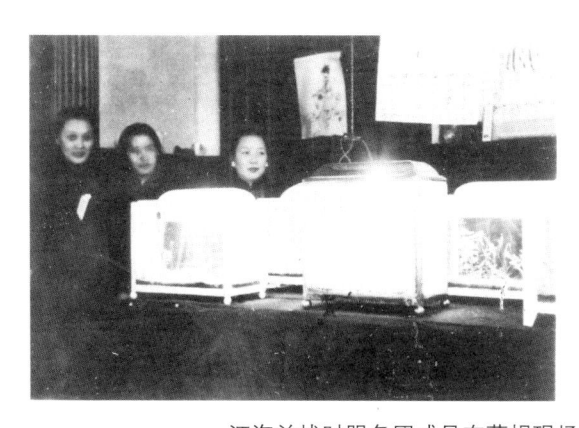

江海关战时服务团成员在募捐现场和义演演出的场景

员回国参战的惯例，给予停薪留职待遇，并欢迎他们将来回海关续职。丁贵堂接着倡议成立长征团后援会，在财力、物力方面予以支持，并当场宣布出资5000元作为后援会基金。林大琪则代表留在上海的同人发表了慷慨激昂的讲话。团员们纷纷表示将以实际行动推动南方各地海关抗日救亡的宣传工作，号召同人们团结起来，奋起抗战到底，不打败日寇誓不返回！

江海关地下党支部充分利用有利形势，安排自己的同志、总税务司署的陈铁保、殷之瑾参与后援基金会的管理工作。陈铁保和长征团密切配合，不仅保证了长征团活动开展，还向八路军驻香港、重庆办事处秘密捐款。

11月27日，长征团一行在黄浦江十六铺码头乘坐法国邮轮开始了宣传抗战救亡的长征。他们先后在广州、香港、江门、顺德等地演出抗战剧《塞上风云》，并排练演唱了《五月的鲜花》《松花江上》《流亡曲》《大刀进行曲》《义勇军进行曲》等爱国抗战曲目。在广州，殷之钺多方打听终于联系上了八路军驻穗办事处的云广英，得知了去延安的方法途径，便义无反顾地决定去延安。而此时茅丽瑛接到母亲病重的急电，父亲早亡的她只得遗憾地退出长征团返沪。此时长征团分成两部分，殷之钺、佘毅、佘崇懿、王宗浚、洪履和、张乃璜、殷之瑶、郑玉雯、张庆源、栾乐义等人前往延安。

那时的中国正受到日寇铁蹄的践踏，到处是烽火狼烟，他们逆着逃亡的人流到了武汉，经过八路军驻武汉办事处的介绍，经过郑州前往西安，取得八路军驻西安办事处开具的介绍信和证明后，徒步7天才到达延安。对于这些来自大城市的年轻人来说，这是一次艰苦的磨炼。不仅如此，年轻的小夫妻张庆源和栾乐义为了去延安，在广州义无反顾将自己未满周岁的孩子送给他人收养。

到了延安，经中共中央组织部派专人考查，洪履和、张乃璜、张庆源、郑玉雯、殷之瑶、栾乐义进入抗大第四期学习。

殷之钺、佘崇懿、王宗浚被分配到陕北公学学习，毕业后留校，在陕北公学栒邑分校任教。而多才多艺、充满艺术细胞的佘毅从陕北公学第十三期学员队毕业后先是留校工作，1939年调到晋察冀抗大二分校担任教员，其间谱写了一首流传甚广的《抗大二分校周年纪念歌》。1943年，日寇对边区发动反复"扫荡"，为了反"扫荡"斗争，佘毅奉命下到战斗部队担任政治部主任，与敌在唐河两岸周旋。5月6日，就在反"扫荡"即将进入尾声之时，佘毅所在部队遭遇大股的日寇。在组织同志突围时，佘毅的腿部不幸中弹负伤，他宁死不当敌人俘虏，用手枪里的最后一颗子弹结束自己的生命，实践了一个共产党员为共产主义事业献出一切的誓言。

而从广州回到上海的茅丽瑛并没有放弃追求进步，1938年在胡实声的介绍下加入中国共产党。

1938年冬，佘毅在陕北公学

1939年12月12日傍晚，寒风掠过高楼林立的上海南京东路，以往熙熙攘攘的繁华之地，此时人迹零星、步履匆匆。然而114号慈安里大楼江海关同人俱乐部的窗口却透出温暖的灯光，室内的气氛更加热烈，中国职业妇女俱乐部（简称"职妇"）正在这里开会，研究下一步的抗战救亡义卖活动。

楼下阴影处几个人影鬼鬼祟祟地晃动，不时盯着楼上透出灯光的窗户。

楼上的门开了，裹着腾腾热气的人们鱼贯而出，仍不忘热烈地交流着。在这群人中，一个年轻的姑娘被人们簇拥着走出来，她和大家热烈交谈，完全忘了漆黑的暗夜与刺骨的寒风。在楼口，大家恋恋不舍地挥手告别。这个姑娘就是因为母亲病重从广州返回上海的江海关同人救亡长征团团员茅丽瑛。

"就是她！"一个女人指向茅丽瑛。那几个躲在阴暗处的黑影突然拔枪射击，茅丽瑛应声倒在血泊中。

这就是臭名昭著的汪伪政府76号特工总部头子丁默邨策划的暗杀行动，

他命令头号杀手、行动总队长林之江亲自带人执行，由一个曾潜伏在茅丽瑛身边的女特务指认。

为什么丁默邨盯上了一个年仅29岁的弱女子？这还要从茅丽瑛从广州离开江海关同人救亡长征团说起。茅丽瑛，1910年8月出生于浙江杭州。1931年考入上海海关，任英文打字员。1935年参加中国职业妇女会，开始从事进步活动。之后，茅丽瑛阅读大量革命书籍，积极参加党组织领导的活动。八一三事变爆发后，她先后参加战时服务团、救亡长征团等救亡组织，积极参加慰问伤兵、救济难民等活动。殷之钺、佘毅在广州决定去延安的时候，一心向往延安的茅丽瑛却接到了寡母病重要她速返的电报。她回到上海后利用在上海启秀女中任教的身份，以中国职业妇女会为平台积极投身抗日救亡工作中。因抗日斗争的需要，中国职业妇女会改组为中国职业妇女俱乐部。5月5日，茅丽瑛被推举为职妇主席，两个月后，俱乐部会员由一百多人发展至三百余人。在茅丽瑛领导下，职妇轰轰烈烈地开展了一系列维护妇女权益、组织妇女投入抗日救亡斗争的活动，如开展读书会、时事讨论会、文学习作会等，成立话剧团、歌咏团、越曲团等，组织义卖筹款，支援抗战前线。同时，她在胡实声的介绍下加入中国共产党，并在职妇成员中发展了一批党员，成立了以董琼楠为书记的职妇党支部。

党组织成立后，茅丽瑛更加明确了奋斗的方向，开展了更加丰富多彩的活动，如读书、讲座、职业培训等，帮助妇女们在经济上独立。

1939年春，党组织指示茅丽瑛以职妇名义，利用上海孤岛的特殊环境，为新四军募集棉衣、钱款，同时为难民筹集救济费。茅丽瑛决定发动会员向社会募捐物品，然后进行义卖。她带领会员

在江海关工作时的茅丽瑛

◀ 上海职妇剧团公演后全体合影（后左一为茅丽瑛）

对义卖活动进行了广泛的宣传，引起社会各界的热烈响应，数天内募捐到款项2000余元。即使是母亲病危住院直至逝世，茅丽瑛仍坚持为义卖募捐奔走。茅丽瑛的做法感动着大家，她们亲切地称她为"我们的茅姐姐"。有个女孩子为了捐款把自己攒了近20年的存款都捐了出来。

1937年11月日军占领上海，直到太平洋战争爆发前，由英、美、法控制的上海租界成了日军一时无法染指的孤岛，这个孤岛也成了我党和进步人士开展抗战救亡、抵抗日本侵华的战场。

日伪对孤岛内各种宣传抗日活动以及为抗日前线将士募捐的活动恨之入骨，职妇发起的义卖活动自然也受到了他们的破坏。日伪先是在茅丽瑛组织的广播电台义卖大汇唱的活动现场送来附有子弹的恐吓信，后来又胁迫原定的义卖场地不得出借。

茅丽瑛义正词严地发出了"为义卖而生、为义卖而死"的宣言，决定在职妇会所场地进行义卖活动。在同伴们不分昼夜的努力下，义卖活动终于如期举行。

7月14日义卖开幕时就有流氓无赖来破坏，茅丽瑛带领参加义卖的人员将两个无赖扭送到公共租界巡捕房，义卖才得以圆满结束。义卖所得款项悉数用来给部队捐赠军棉衣和救济难民。

▶ 茅丽瑛（后排右二）与职妇读书会成员于 1938 年春合影

恼羞成怒的日军命令汪伪 76 号特工总部丁默邨、李士群要立即查清职妇组织和茅丽瑛的背景。丁默邨不惜动用了一名高级女间谍，伪装潜入职妇侦察。女间谍在职妇内部通过拉拢了一名意志薄弱的变节者探听茅丽瑛的情况，发现茅丽瑛不仅是共产党员，还是上海滩一系列募捐、义卖、抗日宣传活动的主要推手。茅丽瑛被日伪特务称为"第二史良之中共激烈分子"，几次威胁利诱失败后，便策划对她下毒手。

茅丽瑛受伤后被送到医院，虽经多方抢救，但终因伤重于 15 日下午永远闭上了双眼。临终前她留下遗言："我死了不要为我悲伤，我是时刻准备牺牲的！希望大家加倍努力。"

茅丽瑛牺牲后，上海党组织为揭露敌人的阴谋，激发人们的爱国热情，以茅宅的名义，在上海各大报纸刊登报丧启事。上海各界人民团体成立了治丧委员会。12 月 16 日至 17 日，在万国殡仪馆举行隆重公祭，中共江苏省委职委和八路军、新四军驻沪代表以及数千名群众前往吊唁。《申报》为此记载："其情绪之哀伤，为鲁迅先生逝世后所未有。"中共江苏省委文委委员、著名剧作家于伶在茅丽瑛牺牲后，曾悲愤地写下了"继惺公成仁万氓痛哭孤岛孤女不孤，与鉴湖同仇无限哀愁秋风秋雨千秋"的挽联。

新中国成立后,人民政府曾为茅丽瑛多次举行纪念活动。1949年12月12日,上海市各界群众举行了茅丽瑛烈士殉难十周年悼念大会。陈毅同志题词:"为人民利益而牺牲是最光荣的,人民永远纪念她!"

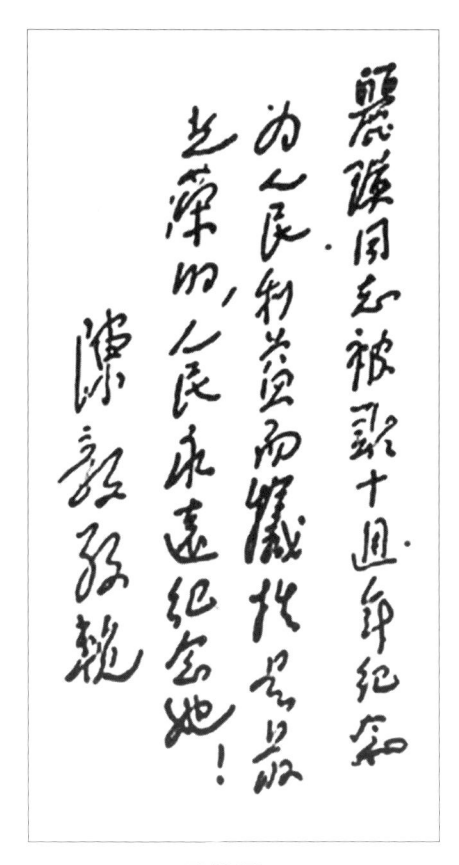

陈毅题词

第六章　战士决胜岂止在战场

参加1949年9月至10月由中财委召开的全国海关工作座谈会的会议代表中，有好几位来自老解放区海关，他们是随着解放战争我军胜利的进程逐步在解放区建立的海关的工作人员，属于最早的人民海关关员。

进入1945年，世界反法西斯战争出现了空前有利的形势，德、日法西斯已日暮途穷。1945年2月，苏、美、英三国政府首脑斯大林、罗斯福、丘吉尔在雅尔塔举行会议，协调最后打败德、日法西斯的战略计划。三国代表签订了《雅尔塔协定》，苏联承诺在德国投降及欧洲战争结束后两或三个月内参加对日作战。在美国等盟国的压力下，国民政府在苏联对日开战前几个小时，匆匆与苏联签订《中苏友好同盟条约》，承认了《雅尔塔协定》涉及中国的各项条款。

1945年8月9日0时，苏军发起远东战役，从西、北、东三个方向同时对日本关东军发动进攻。中国共产党领导的东北抗日联军配合苏军进攻，远东战役取得胜利，加快了日本投降的进程。

在世界反法西斯战争胜利发展的形势下，中国共产党领导解放区军民开展对日全面反攻作战。由于日军占领的大部分城镇、交通要道和沿海地区早已处在解放区的包围中，对日全面反攻的任务，主要是由解放区军民来承担的。1945年8月9日，毛泽东发表题为《对日寇的最后一战》的声明。朱德总司令向各解放区所有武装部队发布命令，解放区军民全面反攻。在1945年8月9日至年底的全面反攻和歼灭拒降之敌的作战中，解放区军民收复县以上城市250多座，为加速日本法西斯的彻底灭亡做出了重大贡献。

1945年8月15日，日本天皇发布《终战诏书》，正式宣布日本无条件投降。经过14年浴血奋战，中国人民取得了抗日战争的伟大胜利。

在干热的西北黄土高原上的延安，毛泽东和他的战友们从无线电广播中听到了日本投降的消息。

正在遭受重庆酷暑溽热的国民政府军事委员会委员长蒋介石比在延安的毛泽东要早一天得到这个消息。他把目光一下子移到西北，他松了口气，这下子不怕和陕北的毛泽东撕破颜面了。

中国共产党中央发出"向北发展、向南防御"和"建立巩固的东北根据地"的指示后，华北的八路军、华东的新四军分兵星夜兼程奔赴东北，于11月初与原东北抗日联军的周保中部组成以林彪为司令员的东北人民自治军。

东北各解放区民主政府也相继接管伪满税关，重新组建人民海关。因当时战争形势严峻，敌我战线犬牙交错，各地人民海关机构也跟随战线走马灯似的开了关，关了开。各地海关的名称都不同，有叫海关的，也有叫税关的，更有叫关税局的。有的海关由税务局领导，有的则属贸易局管理，但任务都是管理

八路军与苏军在张北地区会师

进出境货物的查验、征收关税、查禁走私。这种情况直到1947年7月才有所改观，东北税务总局在哈尔滨成立，统一领导东北各地税务局和海关，各地海关改名为关税局。

安东关，就是现在的丹东海关，1945年9月17日安东解放后，于11月9日改名为安东海关管理局。七七事变后抛弃海关的金饭碗投身抗日、入学陕北公学并留校任教的柴树藩，先后在延安马列学院、陕甘宁边区统战部和西北局边区研究室工作，此时也接到命令，随部队进入东北，被任命为安东关副关长。新中国成立后柴树藩历任中财委计划局综合处处长、六机部部长、中国船舶总公司董事长等职务，被誉为新中国船舶工业的奠基人。

兼任安东关副关长时的柴树藩

1949年4月6日，安东关改称安东关税局，邵德宇担任局长。

国民政府为尽快抢占东北，请求美国海军出动军舰向东北运兵。旅大港口航道水深潮平，能停泊大吨位的船只。1945年12月，国民政府照会苏联："查中国方面之第十三军部队，现已定于本月十日前后，自九龙乘美国船只，由海道前往大连登陆。"不料遭到苏方严词拒绝，蒋介石出面召见苏联大使也被拂了面子。

安东关税局局长邵德宇

1945年8月22日旅大地区（今大连市）解放，尽管依据原《中苏友好同盟条约》，国民政府拥有对旅大地区的主权和行政管理权，但是根据《雅尔塔协定》，苏军对旅大地区实行军事管制，并拥有对旅大军港的管制权。1945年11月8日，大连市民主政府诞生。由于有苏军进驻旅大地区，即使是

第六章 战士决胜岂止在战场

日伪辑安分税关、辑安关旧址

南平分卡	大连关
辑安关	大连关旅顺分关
滨江关	珲春关
滨江关拉哈苏苏分卡	

抗战胜利前的东北地区各海关

在东北内战最为激烈和困难的时候，国民党军队占据东北的主要城市，旅大地区虽在国民党军事包围之中，却成了东北解放区与外界贸易流通的"自由港"和物资供应站。

当时，由于国民党的封锁，旅大全年缺粮 6.5 万吨，缺煤 14.8 万吨。生活用的棉花、面粉都需要从外边运进，而支援战争生产炸药和雷管的主要原料如硫酸、各种金属、木材等多数依靠进口。为了促进、保障工业生产和人民生活，支援前线，除争取生活必需的粮食、燃料进口外，还必须争取主要工业生产原料进口以及药品、布匹等的出口，对进出港货物进行管理，稽征税捐和查缉走私漏税。

11 月 9 日，大连市财政局在黑嘴子设立大连海口检查所，管理进出大连的船舶、货物和人员，之后又成立了旅顺、金县海口检查所，这是中共在大连地区最早的贸易管理机构。1946 年 10 月 23 日，旅大行政联合办事处将旅大地区各海口检查所、大连工商管理局贸易运输股、大连卫生检疫所、大连船舶管理处等机构合编，成立大连海口管理处，至此，旅大地区人民海关宣告诞生，监管区域与苏军控制

1947 年，关东海口管理处黑嘴子分处全体合影

关东海口管理处旗帜

区相一致。1947年4月4日，大连海口管理处改称关东海口管理处。1949年4月27日，关东海口管理处改称旅大海口管理处。

从1945年8月至1949年10月，东北解放区海关在一切为了前线、支援全国解放战争胜利的工作方针指引下，为保证战争的需要，发展贸易往来，增加财政收入，粉碎国民党经济封锁，支援全国解放战争胜利进行发挥了重要作用。

1947年6月，东北民主联军大反攻，扩大了解放区。为统一辽南解放区各级海关的工作制度和工作方法，辽南行署将辽宁南部与旅大地区接壤的城镇、交通要道及沿海港口关税科改建为独立机构——辽南税关。

那个时候，姜学民、徐茂松就在地处前线的辽南税关工作，年仅27岁的徐茂松是辽南税关的关长。徐茂松，山东荣成人，19岁参加革命，20岁加入中国共产党，抗战胜利后，根据中央指示跨海来到东北。

辽南税关的辖区是辽宁南部与旅大地区接壤的城镇、交通要道及沿海港口。建设初期的主要任务是对输出、输入本地区的物资征收关税，增加财政收入，支援人民解放战争。由于解放区与国民党统治区及苏军军管区互相分割封锁，犬牙交错，各行其政，因此，各海关管辖区域仅限几个根据地，相对独立。虽然辽南税关不属于旅大地区海关，但是背靠旅大海关，辽南税关就成了对敌斗争的前线。

1946年冬，国民党军队大举进犯辽南地区，占领了辽南贸易局所在地——普兰店。就在这南北约二十里、东西百余里的狭长地带，国民党地方武装经常袭扰，徐茂松、姜学民等海关关员们仍然坚持工作，一手拿枪，一手拿算盘。海关的征税工作采取了最简化的方法——对于敌占区与旅大地区间的物资往来，实行"一道关税制"，即不分进口、出口或过境，不分货

徐茂松结婚照

物的品种，一律从价征收 10% 的关税。

对于他们来说那真是一段难熬的日子。1948 年 2 月，春节刚过，辽南税关关长徐茂松接到指示派姜学民等人紧急赶到大石桥待命。这里再往前一点儿就是敌占区，白天他们不敢出门，到了晚上天再冷也不敢脱衣睡觉，这样苦熬了几天也没有得到进一步的指示。25 日夜，突然远处传来密集的枪声，姜学民和辽南贸易局副局长周民一骨碌从土炕上爬起来，伸手摸枪准备战斗，其他同志也都抄起家伙。

听着外面渐渐稀疏的枪声，没有别的动静，周民把手枪顶上火大着胆子摸黑出去找部队。

姜学民等人各自找了隐蔽处随时准备战斗。一会儿工夫，周民和一个部队的同志回来了。原来，刚刚那些枪声是国民党军第五十八师师长王家善起义，为欺骗周边的国民党军队，对天放的空枪。姜学民等人的任务就是随进城部队接管营口海关。

姜学民等人连夜进城，虽然大半夜没睡觉竟无劳累感觉。2 月 27 日，他们接管了营口海关，住进了当时营口唯一的一座大楼。

营口海关，就是大清时期的山海关，于清同治三年（1864 年）三月设立，同年 9 月，赫德派英国人马吉（J. Mackery）任首任税务司。翌年，山海关税务司共耗银 1.5 万两购置 1.2 万平方米地产用于建造办公房、职员宿舍、验货厂等。

参与接管营口海关的姜学民

1932 年 6 月 27 日，山海关被日伪当局武装接管。9 月 25 日，中国海关总署税务司通令封闭东北三省各地海关，山海关正式闭关。10 月 1 日，山海关改称营口税关。抗日战争胜利后，1946 年 8 月 20 日山海关恢复开关。1947 年 1 月 1 日，改称营口海关。

1925 年的牛庄关（营口关）

营口海关的税务司早在冬天来临前就带着家眷和档案跑到了天津，只剩下几个烧暖气、搞卫生、种花的杂役。人去楼空的营口海关被乱兵和地痞们劫掠一空，甚至连木头窗框都被拆下来烧火取暖了。

4月19日，辽南税关关长徐茂松宣布，营口海关为辽南税关营口分关（亦称辽南税关第五分关），受辽南税关和营口贸易局（辽南区行政公署贸易管理局第五分局）双重领导，设两个股：税务股，股长姜学民；查缉股，股长孙广治。关长由营口贸易局局长胡泽民兼任，王文友任营口贸易局副局长，王桂山任副关长。

国民党军第五十八师起义撤出后，营口市内还残存有国民党潜伏特务和警察，社会治安混乱，情况比较复杂，特务们经常在市内打冷枪、放信号弹。卫戍司令部旁、海关大楼后一栋没人居住的房舍，竟成了特务们的藏身之地。海关的同志们晚上睡觉都不敢躺在床上，要睡在地板上，防止敌人从窗口开枪。

这天夜里，姜学民带着一个排的战士突袭了特务们藏身的房舍，随后对此处进行封闭、加装铁丝网处理，同时加设了一个民兵岗哨。从此打黑枪、放信号弹的现象再没有发生。

过去由于战争,海上交通基本中断,营口成了死港,一些船家和商号们也没了生计。这时共产党领导的营口分关开关,尽管仍处于战争时期,由于政策好,商贸诚信为本,没有了欺行霸市,营口商贸市场逐渐活跃了起来。

为了打通营口和天津等敌占区的贸易流通,姜学民等人把营口经营船运的船家组织起来,帮助他们修船,提供备件和物资,经过政审还录用为海关船队的船员,自此,营口海关拥有了一支有十几条小火轮、六十多名在册船员的大船队,为解放区解决了物资短缺问题。

1948年9月12日,正是高粱红了的季节,东北野战军拉开了辽沈战役的序幕。

10月中旬的一天,两位解放军干部骑着一辆二轮摩托车来到营口海关找主持工作的王文友副局长。神秘地说了半天话之后,王文友马上召集查缉股股长孙广治和航务局的领导开会。原来,东北野战军司令员林彪接到了一份绝密情报,辽沈战役正酣,锦州的国民党军被围,蒋介石计划从华北"剿总"傅作义

繁忙的牛庄港(营口海关)

部抽调独立九十五师和新五军准备在辽东湾登陆，从背后给东北野战军一刀子。为阻止敌人登陆，上级命令辽南海关组织沉船阻塞航道。此事高度机密，为防止泄密，只能以海关航务部门疏浚航道的名义进行。

航务局局长说，沉船阻塞航道说起来容易，做起来难。当年七七事变爆发后，蒋介石也曾在长江沉下很多舰船，准备阻塞航道截击日军。不料机密泄露，不仅没有堵住日军进攻的航道，还让日本的长江分舰队逃之夭夭。王文友副局长让大家想办法，姜学民提出，可以找"和福"号老船长王喜福商量。不料刚一提此事，王喜福就不再言语了，他沉吟了许久，慢悠悠地说："这事我可以帮你们做，但你们撤走一定要把我们一家老小都带走，要不国民党来了饶不了我。"

第二天，王喜福拿出一张珍藏的营口港航道图。这张航道图上详细标注了航道的水深、宽窄，暗礁、沙洲、暗流，以及潮汐的水位和时间等。根据这张图，王文友副局长带领穿着便衣的解放军干部和老船长到现场查勘，制订方案。

第三天，孙广治带人将几吨的大石块和两只巨大的铁锚装在了两条铁壳驳船上，外加一条无法修复的灯塔供应舰，在王喜福的指挥下，三条舰船被拖到航道的嗓子眼位置沉船。另外，他们还用大铁锚左右交叉将沉船固定，标注位置后撤离。

此后，老百姓疯传解放军在港里埋了水雷，黑黢黢的，比最大号的铁锅还大，装了好几条船。有的更玄乎，说装上了定时炸弹。或许是国民党军听信了百姓的传言，或许是遇到了沉船，国民党增援部队打下大石桥后，舰船并没有驶进营口港。只是到了10月23日、24日，国民党军到市区重金收买了一个拖驳公司的驾驶员，利用大潮把军舰引进码头，接应国民党军第五十二军军部从海上逃走。

11月2日，营口战役结束，姜学民和孙广治重新回到了营口，继续开关征税。徐茂松、姜学民除了做验估、征税工作，还鼓励船老大们从山东、天津运来粮食和工业品，而国民党的军队再也没有染指此关。

1949年2月，辽南税关撤销，设立辽宁省海关，移驻营口，负责领导除旅大地区以外的辽宁解放区海关工作。辽宁省贸易局局长杨勉兼任关长，徐茂松任副关长。4月1日，辽宁省海关改称营口关税局，杨勉兼任局长，徐茂松任副局长。

1949年9月1日，东北行政委员会正式发布政令，成立东北海关管理局，东北税务总局所辖海关机构包括满洲里海关、绥芬河海关、辑安海关、安东海关、大连海关、营口海关、图们海关、瓦房店海关，及其业务移交新建的东北海关管理局领导。

9月17日，在原东北行政委员会东北海关管理局孙纯的带领下，营口关税局副局长徐茂松、姜学民，安东关税局局长邵德宇，旅大海口管理处处长顾宁等5名同志离开东北，启程赴北平参加海关工作座谈会。

在海关工作座谈会上，孙纯代表东北海关管理局做了关于东北解放区海关

1950年元旦，旅大海口管理处关员与关警合影

工作的报告,介绍了东北解放区海关的工作制度、关税税率和人事制度。

海关工作座谈会结束后,孙纯回到沈阳,担任海关总署东北海关管理局副局长,1950年5月接任局长。徐茂松回到营口担任营口海关关长。

1950年2月27日,旅大海口管理处改称旅大海关管理处。1951年1月2日,旅大海关管理处改组为大连海关,顾宁为代理关长,后来担任关长。1953年3月,邵德宇接替顾宁为大连海关关长。

大连海关第一任关长顾宁

第七章　人民海关干部的摇篮

新中国成立后担任过海关总署副署长的高祚曾饶有兴致地回忆起海关总署刚刚成立时的往事，每逢海关总署召开全国性会议时，会场里有很多和他一样操着胶东人特有的"海蛎子味儿"口音的各地海关参会人员，而且相互间都相当熟络。

正像高祚副署长说的那样，解放战争中，人民政府建立的海关中，时间最早的还要算地处胶东半岛扼守渤海湾的烟台海关。1945 年 8 月 15 日，日本天皇宣布无条件投降，8 月 24 日，八路军胶东军区解放了烟台。穿着草绿色粗布衣服、打着绑腿、挎着盒子枪的贾振之带领张学礼、张超等 4 人接管了一直由洋人把持的东海关，之后把它改造成全新的人民的海关。这是山东解放区人民政府接管的第一个洋关。随着解放战争的胜利进程，人民政府陆续接管了更多的旧海关，但海关干部却严重缺乏。地处胶东半岛的东海关，也就是今天的烟台海关，则培养了大批觉悟高、作风硬、懂业务、纪律强的人民海关干部。根据形势需要，烟台海关义不容辞地输出了大批干部支援新解放区海关建设，被后人形象地称为"人民海关干部的摇篮"。一个小小的东海关是如何打造成人民海关干部的摇篮的？

东海关是根据清咸丰八年（1858 年）签订的中英《天津条约》中的规定，于 1862 年开埠设关的。同治二年（1863 年）三月，东海关税务司署正式对

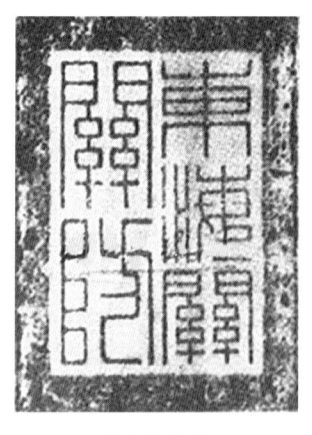

东海关关印

外办公,地址设在烟台山下滋大路 6 号(今烟台市海关街 6 号)。

日本投降时,时任东海关税务司的原田信行及代理税务司刘漠璇先后逃走,留下了一个帮办级的叶温声守着摊子。当时东海关包括 4 名俄籍职员在内,正式职员 69 人,杂役人员 111 人。虽然烟台掌握在共产党手里,但是强敌环伺,国民党任命的烟台市长带着几千武装人员就盘踞在烟台港外的崆峒岛,经常上岸偷袭、掳掠商船。长山列岛驻扎的国民党的海军分舰队还时不时出来骚扰。

1945 年 10 月 8 日上午,烟台港外海面上出现了几艘军舰黑魆魆的影子,军舰主桅上飘荡着星条旗。不久,一艘小艇靠上码头,送来几名美军的海军军官,他们傲慢地要求共产党军队撤出烟台,由美国海军陆战队以反法西斯同盟国军队的名义接管,这毫无疑问遭到了拒绝。

黑云压城城欲摧。留用的旧海关人员陆续告假请辞,甚至是不告而别。为尽快恢复海关工作,八路军方面从公安、区县经济工作队抽调了一批人员加入海关队伍里。

1921 年秋季,东海关税务关员合影

▲ 1945年8月烟台第一次解放，贾振之奉命接管东海关

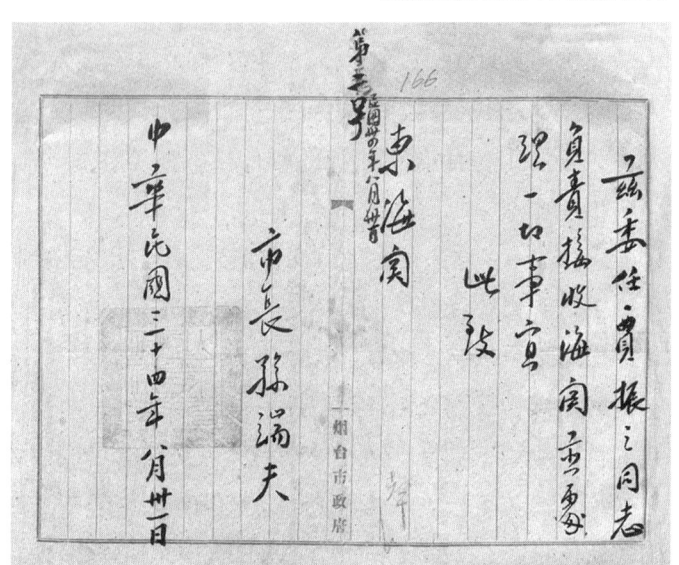

▼ 贾振之接管东海关的委任状

　　1945年11月，东海关制定颁布了新的海关监管制度和关税税率，龙口、石岛、鲁山等海关事务所统归东海关领导。共产党领导下的东海关，除了征税和缉私，也负责海务、灯塔、港口管理，行政上属烟台市工商局领导。

　　留用的旧职员每月薪水折合250斤小麦，杂役工人薪水折合180斤小麦。而共产党派来的接管人员则实行供给制，没有工资，每个月只发几元北海币（抗日战争时期我党在山东抗日根据地发行的钱币），以供购买牙膏、毛巾等生活用品之用，有时也发2斤黄烟叶。即使东海关对旧职员给予较高薪酬，但仍旧有很多留用旧职员陆续辞职，海关业务一时遭遇困难。个别极端分子甚至趁机混淆视听，蛊惑人心，致使整个队伍人心不稳。

　　为此，贾振之主持召开紧急会议，制定了一系列应对措施，例如继续维持旧职员的丰厚待遇，并加大对旧职员团结、教育、改造力度，"留者欢迎"，

"走则欢送并发路费"等。自此以后，留下的旧职员们大都表现很好，有的被选送到胶东建国学校学习，有的入了党，有的最终成长为人民海关的领导干部。为加强领导力量，东海关陆续从其他单位选调了一批干部，从此，新中国第一个人民海关健康地成长起来。

山东解放区海关一方面要负担起解放区与区外和国外的贸易往来，扶持解放区的工农业发展，争取军需物资和重要民生物资，如煤油、汽油、柴油、油墨、纸张、药品等的进口，另一方面也要承担打破敌军经济封锁的重任。

对于解放区急需的民用、军需商品，如粮食、棉花、医药等，东海关采取简便手续和低税、免税政策。为充实解放区，甚至制定政策鼓励商人从国统区走私粮食进关，保障解放军粮食供应。

这时贾振之、张学礼等人还接到了一个特殊的秘密任务。中共中央发出"向北发展、向南防御"和"建立巩固的东北根据地"的指示后，需要通过海路向东三省输送干部。要知道，那个时候中共根本没有海上力量，向东北输送干部只能靠往来的民船，而国民党军舰就在烟台港外巡弋，检查往来船只，随意扣船抓人。不仅如此，烟台市区内鱼龙混杂，还有暗藏的特务时时窥伺。如何安全地把大批干部输送到东北成了贾振之等人的最大难题。

特务的触角伸得很长，到处都有他们的耳目，往往这边一开船，国民党的军舰就能得到消息，出海拦截。所以如何隐藏输送干部的身份成了重中之重。经过研究，贾振之他们给敌人演了一出假戏真唱。

商船要离港，北上的干部

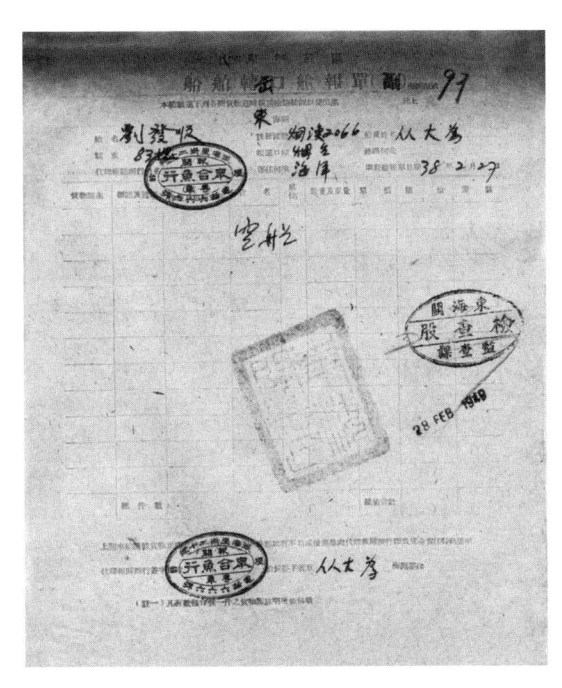

山东解放区船舶转出口舱报单

化装成逃难老乡、做小买卖的拥挤上船，海关人员认真检查，甚至是翻箱倒柜彻底检查。当然，检查的和被检查的都心知肚明，故意装出剑拔弩张的姿态，这一切都是演给那一双双不怀好意的眼睛看的。

骑车出去征税的东海关关员

后来形势越来越紧张，胶东行署决定，威海、龙口、石岛、乳山等海关改为东海关分关，统归东海关领导。东海关仍沿用旧名，内设总务、秘书、会计、监察、港务等5科，科下设股。另外，组建了青岛、胶州、胶高3个经济工作队，封锁青岛、潍县敌占区，管理进出口货物、旅客，征收进出口关税。当时东海关主要负责的是胶东解放区与国统区及香港、朝鲜、旅大地区的商品贸易往来，征收关税、查缉走私。

海关关员们外出办理业务时要把单证、税票、海关官印包在包袱里，捆在腰间。有时一天要步行几十里路，还要随身挎着枪。有识文断字的关员在胸前别上一支自来水笔，这是特殊的骄傲和地位。

1945年烟台第一次解放后，赵志浩被组织从黄县龙东区各界人民抗日救国青年会调到东海关龙口分关栾家口事务所工作，那一年他14岁。

不久后内战爆发，山东解放区被敌人重重包围。组织上号召参军参战，节衣缩食，支援前线。赵志浩年纪小，不够参军的年龄，就把作为海关关员领用的棉衣、棉被全都捐出，还把母亲给他的绒衣也捐了出去。因为表现优异，赵志浩被授予两次三等功并吸收入党。这时人们才发现，这个任劳任怨的年轻人竟然还不到入党的最低年龄，只好作为中共候补党员。

1947年1月，赵志浩转为正式党员后，被调到虎头崖事务所从事验船、查私工作，由内勤转为外勤，不仅工作更繁重，肩上的责任也更大了。有一次，寒冬腊月里他去海滩上船验货收税，凛冽的海风卷着冰碴像刀子一样割人的脸，海面上白茫茫一片。为了不让船只封冻在冰面上，赵志浩顾不上等舢板来，卷起裤腿一步一滑地蹚过混合着冰碴的海水，登船检查。一来一去足有一个多小时，回来后他的双腿关节落下了病根，每逢变天都痛楚彻骨。即使这样，也没有动摇他参加革命的决心。

内战爆发后，国民党军队全面进攻失败，便对山东解放区发动了重点进攻。烟台、龙口等相继失守，这两地的海关事务所的二十几个人与上级失去了联系，他们从栖霞、烟台南部辗转到海阳的山区。后有追兵，前有地主还乡团围堵，天上还有国民党的飞机轰炸扫射，赵志浩等人昼伏夜出，每天行军有时多达百里。他们相互鼓励，宁死也不当逃兵，坚信跟党走一定能取得最后的胜利。

黎明前的夜最黑暗，对于胶东人民来说，1948年是最困难的一年。不满18岁的赵志浩正是长身体的时候，却经历了从没有过的考验。敌人严密封锁，根据地军民缺衣少粮，他们每天的口粮是半斤干玉米粒。磨成粉的玉米粒拌上一口曾经腌过咸鱼的大缸里残留的盐水下饭。这种饭赵志浩和同事们整整吃了两三个月。

1946年，贾振之被任命为烟台市工商局局长，年轻的张超代理了东海关关长的职务。

1947年9月，局势更加紧张，国民党军队大兵压境。张超带着十多名海关干部，一直坚守到撤离的最后一刻，在东海关的保险柜里留了一颗炸弹。撤离前，他们还征收了60元的税款，这些钱和当下动辄几亿、千亿的税款相比，微不足道，但是在那个烽火硝烟的战争年代，这60元就可能是六百颗射向敌人的子弹。

烟台山灯塔在张超等人的视线里越来越小，同志们的心里酸酸的。一个更加严峻的选择摆在他们面前，这四五十人的东海关干部队伍何去何从。

在临时落脚的牟平县东南方泊子村，他们

1947年8月任东海关关长的张超（左）

接到烟台市委的通知,要求立即就地解散,疏散海关干部。张超看着这些经历战火考验的战友,再看着他们带出的税款、黄金和几十条长短枪,陷入思考。把干部疏散回家容易,但这些枪和党的财产怎么办?这些都是同志们用血汗换来的。多年受党的教育让

蓬莱水城海关关员

张超不能不考虑这些问题。最后,张超和临时负责人车忠翰决定,直接向东海关的上级胶东区工商局领导和烟台市姚仲明市长汇报,要坚持开展对敌斗争。胶东区工商局和烟台市政府都同意了他们的想法,并明确指示:东海关负有封锁烟台,对敌开展经济斗争的任务。不仅不能解散,而且还要坚持在烟台市区周围开展对敌斗争。

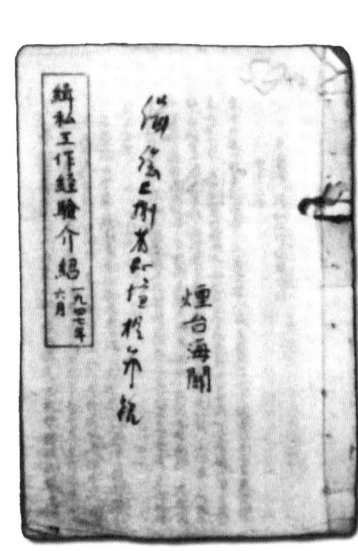

◀ 1947年,解放区烟台海关、龙口海关查私工作经验介绍

张超按照姚市长的指示，把烟台海关的全体干部完整地保留下来，并按照战时编组改编东海关。20天后，一支一手拿枪一手拿账本的名为渤海经济工作队的海关队伍组建起来，即刻开赴烟台市区周围，担负起烟台地区的缉私和对敌占区经济封锁任务。

作家峻青曾在他的小说《黎明的河边》里描述了当时胶东地区还乡团的猖獗和斗争环境的残酷。这支由人民东海关关员组成的渤海经济工作队与敌人展开了艰苦卓绝的顽强斗争。

工作队组建了5个海关事务所和8个检查站，沿着市区外围把国民党军队封锁起来。通过开展"困饿行动"，使敌人既缺粮又缺菜，只能借道渤海湾，用船舶从天津运来大量的生活用品。不过敌人不会甘心受困，很快敌人的反扑就来了。

1948年3月3日夜晚，烟台西北海边的一个小渔港——八角。从福山县出动的国民党还乡团在特务的指认下，悄悄地包围了一座普普通通的渔家院子。就在他们准备跳进院子的时候，窗口射出了几颗子弹。原来这里是海关经济工作队八角事务所，白天的辛劳和繁忙让多数人沉沉睡去，所长王顺亭和会计姜树斌对完账刚刚熄灯睡下。村口戛然而止的犬吠让他们一下惊醒，连忙喊醒战友们准备战斗。借着门缝，他们看到一个黑影已经翻墙而入准备打开院门。敌人！王顺亭的驳壳枪喷出火舌。黑影倒下，密集的子弹打得院门和院墙噗噗作响。

天亮了，等指导员车忠翰带领增援部队赶到时，枪声早已停息，烈士们还保持着生前战斗的姿势。请记住

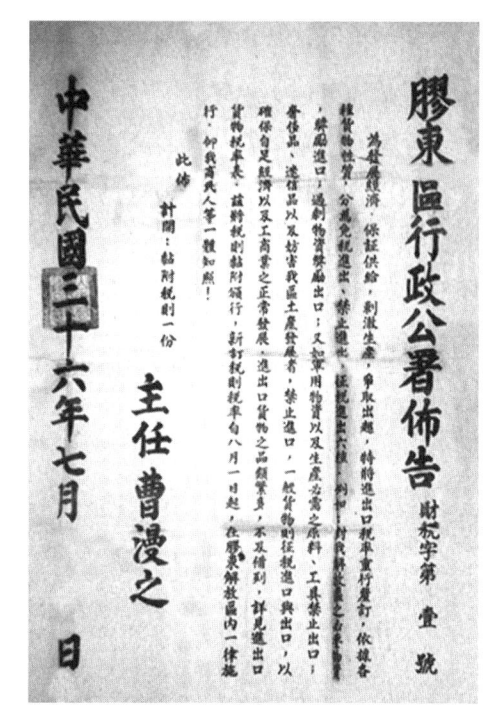

胶东区行政公署颁布的进出口规定公告

1945年，东海关下属石臼所海关关员

这是人民海关最早的一批烈士，他们是：所长王顺亭（22岁）、会计姜树斌（21岁）、检查员赵志民（22岁）、交通员王承珩（22岁）。

4月4日晚，敌人再一次把黑手伸向了靠近市区的莱州初家镇，这里有胶东海关经济工作队的初家检查站。

虽然敌众我寡，但是海关经济工作队队员们临危不惧，沉着应战，与敌周旋。很快接到警报的增援部队在民兵的配合下，从侧翼包抄来犯的敌人，敌人落荒而逃，海关经济工作队有惊无险。

8月的一天，正在福山县古现区下刘家村收税的三小队队长刘汝东（25岁）、班长迟为会、保管员林永喜（47岁），准备登上一条靠近岸边的商船征税，不料从船舱射来密集的子弹，三个人猝不及防壮烈牺牲。原来又是还乡团给海关人员设下的陷阱。

1948年10月16日，烟台第二次解放，东海关共有6名干部在战斗中牺牲，多人负伤。车忠翰的脚被子弹打穿。贾振之的小腿骨中一直留着敌人的一颗子弹。直至多年后，贾振之弥留之际将妻儿老小叫到床边："我这辈子欠你们太多了，这么多年也没有留给你们什么，但那颗子弹却跟了我一辈子。等火化后把它找出来,你们留着它,也算个纪念,记住我们新中国政权何等来之不易。"

辽沈、淮海、平津三大战役的胜利,不仅让国民政府惊掉了下巴,也让中共中央感到形势发展之迅速超过了原来的设想。

1948年9月,中共中央在河北西柏坡召开政治局扩大会议,要求全党全军为从根本上打倒国民党反动统治,夺取全国的伟大胜利做好准备。为配合解放大军南下解放全中国,中共华东局于1949年2月从山东进出口局、烟台海关、贸易公司抽调部分骨干组成了华东局青州南进纵队。

在天津解放前,渤海海关主要负责对天津敌占区的贸易管理。随着天津解放和津海关被接管,渤海海关的任务发生了转折性变化。

中共华东局决定以渤海海关为主,从海关抽调近200名干部,加上其他部门人员共500余人,组成华东财办海关大队,由贾振之任大队长,随解放大军南下,接管国民政府的财政贸易和海关机构。

1949年2月18日,早已集结待命的青州南进纵队海关大队接到命令出发。尽管还在正月里,很多当地干部家属都出来送别,战争年代,人们都意识到这或许是永别。气氛有些伤感,但是大家的情绪都很饱满。数九寒冬,他们踏着

1946年元旦,东海关及海坝工程会全体人员合影

冰雪从集结地山东沾化县下洼镇出发，一路奔向西南。

命令要求很急，从沾化县下洼镇开始，南下大队就开始了急行军，一天走了八九十里，这样连续走了四天，很多人的脚都走出了血泡。2月22日，南下大队终于来到了刚刚解放的济南，他们未及休整，穿过被炮火燎黑的断壁残垣，登上了闷罐车，乘火车沿津浦铁路向南开进。

淮海战役的硝烟还未散尽，铁路设施也多有损坏，火车走走停停地晃荡了两天才到了淮海大战的中心——徐州。

徐州历来是兵家必争之地，这次空前的大战虽然主战场不在徐州，但浩劫后的徐州濒临毁灭的边缘。城内断壁残垣，十室九空，饿殍遍野。大雪覆盖下，高昂的炮口、黑魆魆的车辆残骸遍布雪地，一个个隆起的雪堆下分不清是战死者的遗体还是马的残骸，旷野上见得最多的是吃红了眼的野狗和大群的乌鸦。尽管海关大队的同志们大多经历过血与火的战斗，但眼前的战争惨状让他们半晌没缓过神来。

火车继续前行，车厢里气氛有些沉寂。

2月28日，火车在一个只有简陋月台的小站停了下来。车门被打开，大队领导招呼大家带着行李下车，布满弹孔的站牌上依稀可分辨出"固始站"。

3月1日，海关大队从固始移动到长江边的怀远县。此时百万解放大军陈兵长江，渡江战役还未打响。他们在这里开始了为期一个月的整训。南下海关大队的干部们在大战前的间隙集中学习了党的七届二中全会精神、部队入城守则、三大纪律八项注意，重点学习了党的相关工商政策，为后来接管国民党海关机构做好充分准备。为了更好适应大城市的接管，还专门邀请了城工部的地下党重点介绍了江南几个大城市的社情和民情。另外，海关大队也在逐步扩大人员队伍，特别是补充了一批各地干部学校的学生。

这期间，蒋介石表面上辞去了总统职务，李宗仁代行总统，跛脚主持国共和谈，自然不会有什么结果。

海关大队的干部们时刻关注着在北平的国共和谈进程。4月7日，海关大队接到指示，整装出发，从淮河经盱眙洪泽继续南下。就在4月20日和21日，解放军分东西两线发起了渡江战役，一举突破长江天堑。消息传来，群情振奋，同志们忘却了连日的疲劳，加快脚步，心里只想着"南下，南下"。

4月25日，南下海关大队在扬州乘木船顺利渡过长江。不料在进入镇江市的时候，突然响起防空警报，五六架国民党空军的野马式战斗机飞临镇江上空，毫无目的扫射轰炸。那些刚刚参军的学生兵们一时慌了手脚，不知往哪儿躲，有两名同志牺牲。而从胶东过来的老同志有战斗经验，抬头看看天上的敌机，告诉年轻同志，别乱跑，就地卧倒。

4月的江南，天气一会儿阴一会儿雨，身上的衣服总是湿漉漉的。国民党兵败如山倒，4月23日，解放军就占领了国民政府所谓的首都南京，5月3日，杭州解放。紧随解放大军的海关大队5月5日也抵达了杭州，在西湖岸边住下待命。

进入新解放区，一切情况都不太掌握，国民党的散兵游勇散落民间，夜间枪声不断，所以海关大队决定为每一位同志配发武器。那些从未摸过枪的学生们高兴坏了，纷纷挎着枪到西湖岸边留影。由于他们没有使用武器的经验，造成枪支走火，大队紧急决定只配枪不配子弹，子弹由大队文书统一掌管。

5月16日，杭州关被接管！

南下海关大队队员在西湖边留影

接管温州海关的军代表

烟台海关派出的第二批南下干部出发前合影

5月24日，温州关被接管！

6月5日，瓯海关被接管！

曾在1945年参与接管东海关的夏文朴也是这支南下队伍中的一员。福州解放，奉上级指示，他和妻子周玉良共同被抽调去接管福州的闽海关，由于孩子嗷嗷待哺，只得随他们一同南下。

7月的江南酷暑难耐，战争刚刚结束，路途遥远，交通不便，他们坐车先从山东到了上海，再从上海到了江西。可是从江西再去往福州就只能乘坐拉货的车，阳光暴晒，车厢里的人们大汗淋漓。车厢里到处是残留的水泥，细细的水泥粉沾到身上，糊住鼻孔、眼角和汗毛孔，那种难受劲就别提了。大人尚且如此，娇弱的孩子抵抗力差，禁不起这样的折腾，没到福州就患上了脑膜炎。那时乡村的医疗条件差，夏文朴夫妇轮流抱着浑身发烫的孩子欲哭无泪，等他们抱着孩子来到福州的医院急救时，已经回天乏术。

曾是东海关蒋家口经济工作队队员的刘毓深，经历过枪林弹雨，九死一生。胜利后，家里人来信让他回乡成亲，绵延香火。恰在此时，党组织需要他南下支援，他毫不犹豫，做通家里人思想工作，打起背包就出发。

据统计，从1949年至1951年，烟台海关先后输送130多名干部到全国各大口岸，进行人民海关的创建工作。其中，先后担任厅局级以上职务的就有85人，烟台海关为此被誉为"人民海关干部的摇篮"。

第八章　国门守望者

全国海关工作座谈会会议通知发出去了，会议代表陆陆续续抵达北平。北平刚解放，各方面条件都很简陋，加上共产党的传统就是艰苦奋斗，没有迎来送往的繁文缛节，会议代表大多乘火车往返，海关处不接不送。那时北平城里的前门车站离海关处所在地——东交民巷台基厂头条胡同6号直线距离并不远，可很多会议代表，尤其是从没进过京的解放区代表们，人生地不熟，走了不少冤枉道。当然也有一个例外，那天原津海关北平分关的留用司机接到命令，开上一辆美国道奇卡车去前门车站接人。

当那位曾经在旧海关服务过的司机师傅看见客人——一位略显肥胖的中年人扭动笨拙的身躯爬上卡车车厢时，大吃一惊，那不是丁总税务司吗？在海关里，丁总税务司可是"一人之下，万人之上"的大人物啊。以前远远地瞧见过他，那都是前呼后拥，出门必是小轿车。司机师傅不禁感叹，解放了真是不一样了！

从全国几十个直属海关中邀请的三十多位会议代表，其中旧海关的高级职员占有很大比例，职位最高的就是这位后来被毛泽东主席称为"丁海关"的原海关副总税务司丁贵堂先生。

丁贵堂可谓洋关时代海关华员中的翘楚，官至海关副总税务司，旧中国洋关历史上华人所获得的最高职位，绝无仅有。

丁贵堂

1908年，清廷税务大臣宣布，在北京王府井附近税务处的一处官舍里成立税务学堂，明着告诉赫德就是为接管海关储备人才，接替海关洋员办差。1913年，税务学堂改称税务专门学校，这就是在中国近代史上很出名的学校——税专，校址后来迁到北京朝阳门大雅宝胡同。税专为什么出名？第一是办学条件好，据说京城里只有用庚子赔款建起来的清华大学可以与之媲美；第二是师资力量强，有海关总税务司署做经济后盾，税专仿海关全球延揽人才之法，从全球招聘优秀的师资人才任教；第三是待遇好，入学后衣食住行全管，学校里各种教学、运动设施齐备，开始还不交学费，后来才慢慢地增加学费；第四是出路好，毕业生进入海关，人人羡慕。尽管学校名字叫税专，很长一段时期都是国内的著名大学毕业生前去投考，丁贵堂就是从奉天法政学堂毕业后才考上税专的。原国民政府主席林森也是税专的毕业生，至于海关内部高级华员，几乎都是税专毕业的。

为了争取海关主权的回归，他们中有很多人曾经为之奋斗、抗争过很多年。这一天真的到来，还能亲自参与创建属于中国的独立自主的海关，能不让他们兴奋不已吗？

为了这一天的到来，他们和他们的前辈付出了几代人的努力。1949年年初，时任海关总税务司的美国人李度经过与国民政府财政部部长几番扯皮推诿之后，下令海关系统成立应变委员会。丁贵堂早就预料到历史的车轮将要向何方转向，他力主在应变委员会里增设了一个计划组，邀请总税务司署及江海关副税务司级以上的资深员司撰写有关海关历史、职责、各项业务制度的小册子——《海关制度丛刊》，分为：（1）海关组织，应信济著；（2）海关人事制度，许景渊著；（3）海关税则及进出口货物估计方法，吴耀祺著；（4）我国参加联合国贸易中减税谈判的经过与施行协定税率得失的检讨，钱宗起著；（5）海关税收的过去与现在，陈琼琨著；（6）海关会计制度，卢化锦著；（7）海关稽征章则概述，魏恭朔著；（8）海关代征各项税捐及代理管制事务概述，刘起君著；（9）我国的国际贸易与贸易管制，江辰生著；（10）缉私问题，范豪著；（11）海关贸易统计，王源珂著；（12）助航设施与港务概述，王承训著。这些人都是旧海关各项业务的税务司或巡工司级的专家，林林总总把旧海关的业务、制度介绍得详详细细。丁贵堂还急急忙忙委托粤海关税务司在广州印刷空运上海，不言而喻，就是为了给接管后的新政权做参考用。他这次来北平开会是早有准备的。

丁贵堂出生在辽宁海城，原籍山东黄县。1910年，丁贵堂从奉天法政学堂毕业后，于1912年考入税务学堂内勤四期。当时的中国海关职业稳定、待遇优厚，北京税务学堂是全国唯一培养海关系统华籍关务人员的所在，内勤税务班每年仅从全国大专毕业生中招收三四十名学员，可见进入税专的竞争何等激烈。税专的教师主要由海关的外籍资深帮办级以上者充任，授课皆用英语。

丁贵堂毕业后加入海关，亲身经历了积贫积弱的中国国门风雨飘摇的历史变迁。

1916年，丁贵堂毕业分配到安东关实习。当时全国7000多海关员工中，洋员就占了1300多人，中国海关上上下下重要岗位都由洋员把持，税务司及帮办等高级职员皆由外国人担任。整个海关实行的是以洋治华的歧视政策，有"同为帮办，华班受洋班节制""办事，则华员充其实，洋员承其名；权位，

安东关税务司官邸

1927年，安格联遭北洋政府撤职回国前与总署职员合影（二排左五为丁贵堂）

则洋员享其成，华员任其役"的规定。面对种种不公和歧视，耿直的丁贵堂对安东关日籍洋员的飞扬跋扈直面相斥，其中与日籍帮办恒花惠当面冲突，几至动武，后经该关税务司美国人柯尔乐居间调解方平息。

在旧海关顶撞上司是很大的过错，很多华员都为丁贵堂捏了一把汗。可谁也没想到，丁贵堂不但没有受到处罚，不久还升任了帮办。原来，当时华洋关员的不平等待遇已经到了不可调和的地步，社会上的反响很大，总税务司署为平息华籍关员的愤怒，发布训令改革人事管理制度，规定税务专门学校的毕业生外加一年见习，即可升为帮办。可以说丁贵堂是因祸得福。

1919年丁贵堂调任海关总税务司署总务科帮办期间，也常因中外关员待遇不平等问题挺身直言。如为下级华员争得房贴和煤贴，丁贵堂曾仗义执言，当面与总税务司安格联的亲信交涉。凡此种种，不胜枚举。丁贵堂海关业务精深，英、汉语功底深厚，公而忘私，因此，他在华员中威望颇高，在总税务司署的高级职员中也赢得了口碑。

一次参加关务署在南京举行的海关关制审查会议时，丁贵堂提出，一切海关事务必须由上级关务署同意后方可执行。他还坚持海关的报关单和其他统计报表上都应该加列中文，打破了海关单据全部用英文的惯例。

1927年,丁贵堂奉调至上海江海关任汉文科秘书,次年又升任代理副税务司。即使是在仕途一路高升之时,他也没有忘记争取华员的平等权利。在全国海关华员联合会推动下,国民政府基于海关华籍员工一波高过一波的为提高职权、改善待遇、收回关权、关税自主斗争的压力,进行了海关外籍税务司制度改革。成为南京国民政府财政部改善关制审查委员会成员的丁贵堂,在南京召开的会议上大声疾呼,最终财政部关务署于1929年2月27日通令停止招用新的洋员、华洋人员待遇一律平等等一些有限度的关制改革措施。

九一八事变之后,丁贵堂号召海关华员捐出薪水的5%,以行动支持东北抗日义勇军。

为扩大对中国的侵略,日军于1932年发动一·二八事变,悍然在上海闸北向中国驻军进攻。丁贵堂耳闻目睹十九路军将士缺医少药、给养短缺的困境,以自己在海关同人中的威望,通电全国海关,发起组织爱国捐献运动。同时,他组建了海关华员爱国捐献管理委员会,亲任主席,得到各海关华员的一致响应。他还劝说总税务司梅乐和同意通令各关税务司转饬所属华员自动捐输,有力支持了十九路军、东北抗日义勇军以及冯玉祥、吉鸿昌等领导的华北抗日军队。全民族抗战爆发后,他把海关同人爱国基金两万元,通过八路军驻沪办事处捐献给新四军。

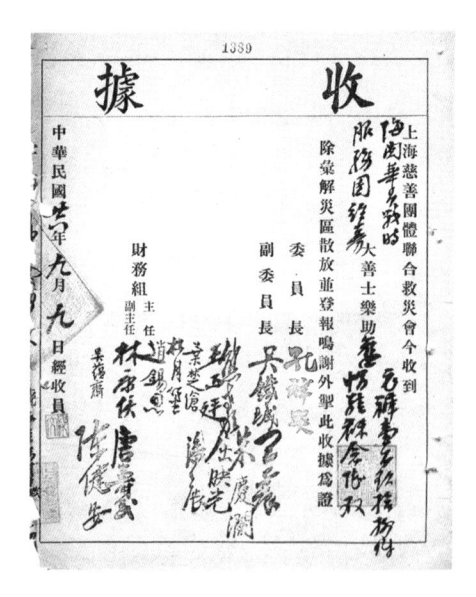

海关人员为抗战募集捐款的收据

1935年春,丁贵堂赴欧美考察关政,表面上看是华员地位提高,实则是国民政府为了给日籍洋员岸本广吉腾出总税务司署总务科税务司职位而使出鸠占鹊巢的一招。

1937年淞沪会战爆发后,日军于11月占领上海,总税务司梅乐和为求得所谓"海关的完整性",执意把海关总税务司署留在了上海公共租界。这让他日后吃尽了苦头。

1935年，丁贵堂（右一）与总税务司梅乐和在海关同人俱乐部致辞

1935年，丁贵堂（中）赴美考察关政，并在归国时在码头接受记者采访

　　进入1941年，日军在中国陷入胶着状态，日军大本营开始策划更大的冒险行动。曾经担任过共产国际远东情报局东方支部情报员的李正文受上级指派，进入有着"国际冒险家乐园"之称的上海开展对日情报工作。临行前，东北救亡总会负责人阎宝航给他介绍了一个关系——海关副总税务司丁贵堂和丁贵堂的同乡兼挚友孙恩元。

　　九一八事变之后，作为东北人的孙恩元曾与阎宝航等人发起成立了东北民

1941年春节，东北同乡在上海福煦路丁贵堂寓所合影

众抗日救国会，也正是由丁贵堂介绍，孙恩元进入海关总税务司署文牍课任职。很快孙恩元就成为李正文情报系统一员，利用在海关总税务司署和丁贵堂的关系，搜集了大量的经济与军政情报。

1941年12月7日（当地时间），日军在太平洋上对美、英同时发动突然袭击，8日，美、英两国对日宣战，日军旋即开进上海公共租界，梅乐和和中国海关总税务司署也就落入日军之手。日本人把原总税务司署的日籍税务司岸本广吉推上了总税务司的宝座，而丁贵堂对高官厚禄坚辞不就，他声明告老还乡，以后不再到署视事。然而日军是不会轻易放过他的，不仅高官相许，还派出宪兵队、特高课公开跟踪监视。后来丁贵堂在梅乐和的谕示下，为保护关产及海关档案免为敌寇破坏，暂留一时，但他声明仅担任汉文科税务司原职，绝不接受其他新职。

转年3月的一天，日军驻沪宪兵队、特高课突然闯进副总税务司官邸，以反日谍报人员的罪名抓捕了丁贵堂，一时间震动上海滩。

丁贵堂一直是李正文情报网中一个稳定可靠的情报源，忽然得到丁贵堂被捕的消息，李正文着实吓了一跳。他立即采取紧急措施，掐断了海关这条线上的单线联系，通知上下关系人立即停止工作，隐蔽起来，他自己也躲了出去。

过了几天，李正文发现日本宪兵队、特高课并没有循着这根线找下来，他稍稍安了心。他试着联系孙恩元，发现孙恩元并没有被日军监控。后来经过内线工作才得知，原来是伪满洲国日本宪兵队从海关总税务司署与牛庄关的往来密函中，发现了海关曾将华北日本侵略军进出山海关和长城各口的情况报告给南京国民政府的军事情报部门，他们一口咬定这是海关的间谍活动。

签发文件的丁贵堂是"首犯"，日本人把他抓进魔窟般的宪兵队。诱供不成，就恐吓；恐吓无效，就刑讯。丁贵堂坚决不承认自己的所谓"间谍行为"。甚至丁贵堂原来的同事、时任伪海关总税务司的岸本广吉都觉得这件事有些荒唐。岸本广吉找到上海日本华东驻屯军司令部，告诉他们作为一个国家的海关，向政府提供某个地区、某个时段的统计资料是本职工作。至于丁贵堂，他是汉文文案税务司，所有的文牍都必须要他签字才能发送出去，以此治丁贵堂间谍罪实在太荒唐。同时，岸本广吉也提醒日本宪兵队，这个中国人可不是一般的中国人，他在海关和社会的影响与威望不可小觑，以莫须有的罪名抓捕、拷打一个社会名流，对帝国的声誉损害巨大。

一个多月后，丁贵堂被保释出来，他与家人被软禁在官邸内。之后，丁贵堂向李正文透露了要离开上海的想法。

数月以后，在伪海关总税务司岸本广吉的默许下，丁贵堂和孙恩元借口看病，从医院逃出上海。一路上苦难重重，他们在洛阳穿越日军防线时险遭不幸，九死一生，终于在1943年2月6日到达重庆。

有了与孙恩元生死与共的经历，丁贵堂更为信任和倚重孙恩元。根据党的指示，1948年李正文发展孙恩元正式加入中国共产党，在搜集经济情报的同时，开始布局做丁贵堂等民主人士的统战工作。

丁贵堂不为日伪诱惑，不畏强暴，自始至终保持中国人的民族气节，受到重庆方面的崇高礼遇。1943年5月，原总税务司、英国人梅乐和辞职，总税务司一职换由美国人李度充任。因李度远在美国，国民政府财政部颁布训令让丁贵堂代理总税务司。1943年10月，财政部以丁贵堂劳绩卓著，将其擢升为副总税务司。这是我国近代海关史上华籍官员出任的最高官职。

1943年秋，丁贵堂奉命亲率关员远赴新疆设关。新疆地处中国西北，面积广大，与苏联、印度、阿富汗等接壤，交通不便。全民族抗战爆发后，新疆经济与战略地位日渐上升，逐渐成为抗战后方。丁贵堂不畏艰苦，饥餐渴饮，穿戈壁、闯沙漠，历时九个月，终于完成新疆迪化设关，下设有伊犁、塔城等四处分关及九处支关，并统领各关税务司。

1945年8月抗战胜利，国民政府财政部任命丁贵堂为京沪区财政金融特派员办公处专员，同时奉命接管上海总税务司署及江海关。他不仅要接管上海总税务司署及光复区各海关事务，还要接收原海关财产档案、敌伪码头仓库。当时，国民党各路接收大员中饱私囊、"五子登科"大行其道，而丁贵堂两袖清风、一丝不苟，获得各界的好评。国民政府财政部1946年5月25日颁令，给丁贵堂记大功一次。不过，国民政府及官员的腐败和贪婪让丁贵堂再一次失望。

丁贵堂对国民党的腐败统治彻底失望了。他在李正文、孙恩元的影响下，从无意识到主动地做了许多有益于人民的事情。我党著名的地下工作者阎宝航与丁贵堂常来常往，有着密切的联系。

往来沪港澳的党的领导人和爱国人士，有很多是通过海关地下党的帮助，在丁贵堂的默许下，利用海关掌管港警和检查过往人员的便利，避开了国民党宪警特的联合检查组。新中国成立前夕，大批民主人士就是以这种方式安全离开上海经香港进入解放区的。

1949年，解放军逼近上海，总税务司李度仍幻想保持海关的"超政治的完整性"，指令丁贵堂筹建海关应变委员会留在上海以观时变，自己则带着秘书亲信躲到广州观风向。丁贵堂以几十年守望国门的所见所闻，看透了旧政权的

时任副总税务司的丁贵堂（前排居中就座）与原台南海关的关员合影

抗战时期由丁贵堂一手创建的新疆关

阎宝航（后左一）与孙恩元（前左一）及友人合影

腐败，暗自期待着新中国的到来。国民党军队兵败如山倒，而此时海关上下人心惶惶，特别是高级华员都看着丁贵堂的行动，以抉择去留，唯其马首是瞻。其实早在1948年冬天，丁贵堂就秘密地派自己的外甥陈琼瓒去香港找到著名的左派作家夏衍，与我党接触。据夏衍后来回忆："1948年冬，陈琼瓒到华商报来找我，说他是得到丁贵堂的同意，来找共产党的。陈琼瓒说：'江海关有悠久的历史，现在还完整地保存着100多年的档案，一笔可观的库存，还有许许多多爱国的、有经验的职工、干部。国民党方面正在强迫他们去台湾，所以争取丁贵堂起义是十分必要的。'"

说起陈琼瓒，他早在1932年在北平税专读书时就与后来成为海关地下党骨干的胡实声、彭瑞复、朱人秀、冯华全、高仕融、佘毅、殷之钺等人成立了进步的新文艺研究会，探索真理，交流思想。这次通过夏衍，丁贵堂与中共中央取得了联系，并得到周恩来的明确答复：只要把全部档案和物资保留下来，上海解放后仍由丁贵堂任关长，起义的干部职工原职原薪不变。

当上海响起解放的炮声时，丁贵堂对国民政府要求其撤往台湾的通知虚与委蛇，暗地里通过孙恩元与地下党正式接上关系，在上海仁济医院的一间高级病房里，他非常慎重而高兴地向地下党的代表李正文表示将接受党交给他的任务，愿尽最大的努力，对中华民族的统一事业做出应有的贡献。丁贵堂按照地下党组织要求，设法阻止蒋介石从大陆向台湾运输军队和物资。淞沪警备司令汤恩伯几次命令丁贵堂将当时远东最大的挖泥船"建设"号开往台湾，但丁贵堂以种种理由予以拖延。汤恩伯十分恼怒，曾下令将其逮捕，终因解放军兵临城下而无法得逞。

在这次海关工作座谈会中，丁贵堂是组织组的召集人，组里还有来自上海的吴耀祺、陈铁保，来自天津的卢寿汶、卞鼎孙，来自东北海关管理局的孙纯、顾宁，来自雷州关的姚鼎新。他们这一组主要负责新海关的领导体制、职责任务等宏观方面的内容，决定着新中国海关的发展方向和道路。

1949年10月19日，中央人民政府委员会第三次会议任命丁贵堂为中央人民政府海关总署副署长。丁贵堂成为国民党革命委员会中央委员和民革北京市委常委委员。1954年、1959年被选为全国人民代表大会第一届、第二届代表。1960年，海关总署改制为海关管理局时，丁贵堂担任第一任海关管理局局长。

这里还有一个小插曲。上海解放后，丁贵堂作为副总税务司积极保护关产，配合解放军军管会对总税务司署和江海关的接管。一些旧海关的人不解，发出质疑之声，这对耿直而自尊心极强的丁贵堂刺激很大，他不得不有所声明。上海刚刚解放后的6月4日，在总税务司署解放后月会上，他满含深情地说："本人自进入海关服务，已有三十三年的历史，敢说无时无地不为国家和海关奋斗，事实俱在，尽人皆知。不过有时碍于反对政府的限制，无法实现，并不是本人今日变了共产党，或有意讨好共产党当局。换言之，共产党也未必因某人（我）有意讨好，予以优待！"

甚至有人把举报信寄到了当时的海关总署署长孔原手里，信中言辞激烈，直指丁贵堂是居心不良的投机者。有同志害怕丁贵堂知道了接受不了，建议不要告诉丁贵堂，然而长期在周恩来身边工作的孔原信心满满地批示道：请丁副署长阅。这些人哪里知道，早在日伪时期，丁贵堂就与我党建立了密切的关系。

◀ 丁贵堂当选为全国人大代表的证书

丁贵堂一家人在北京寓所门前合影

丁贵堂

1950年，丁贵堂全家从上海搬迁到北京，与海关总署署长孔原一家同住北京台基厂头条胡同1号院，两家各住一幢小楼。

1953年3月，海关总署筹建上海海关学校，丁贵堂无偿捐献出他在上海市汾阳路45号的家——一栋豪华优美的西班牙风格的别墅来充当校舍。他还在给上海海关学校第一届开学典礼的贺信中谆谆叮嘱新生："争取做一名新型的海关工作人员，一名名副其实的祖国经济大门的守卫者！"

同样，丁贵堂这位饱经沧桑、历尽劫波的国门守望者从此以全部的热情投入新中国海关的建设之中。抗美援朝正酣，他亲赴东北检查工作，指导当地海关全力支援前线；他还多次亲赴当时情况极为复杂的华南各关调研，解决人员短缺、抢运物资、敌特政治走私破坏等棘手问题。他晚年患上了糖尿病，影响视力，不能多读书、看报、看文件。为了更好地学习和工作，他坚决要做眼部手术。不料手术后由于护理疏忽，造成了血栓。1962年11月21日晨，他正准备出院回家时，突发肺动脉栓塞，抢救不及，于中午12时10分离世，终年72岁。在周恩来总理的关怀下，他的骨灰被安放在北京八宝山革命公墓第一室。

然而有关丁贵堂的故事并没有结束。1965年7月的一天，对外贸易部海关管理局党组织接到了一封特殊的群众来信，信中这样写道："敬爱的领导同志：自从先父丁贵堂1962年故去后，家母任淑贞和两个侄女的生活费一直由组织上照顾。今年5月家母故去后，组织上决定继续补助两个侄女的生活费以及目前的住房津贴。组织上多年来对我们全家老小的多方面关怀照顾，我们甚为感激，并将永远铭记在心，但是为了不给国家增加开支，同时为了加强对两个侄女的教育，我们恳请组织上重新考虑，批准我们的请求不再补助上述生活费和住房津贴。"信的落款是丁耀琳、丁耀瓒。丁耀琳、丁耀瓒就是丁贵堂的子女。

丁贵堂捐出上海市汾阳路45号副总税务司官邸做海关学校校舍

第九章 海关人的"潜伏"

1949年9月举行的全国海关工作座谈会，来自津海关的代表最多，有8人，其中，朱剑白是接管津海关后由共产党任命的津海关税务司，卢寿汶是洋关时代津海关最后一任税务司，卞鼎孙是常务副税务司，王熙甫则是滞留在天津的迪化关税务司，韩彪是共产党派到塘沽分关的关长。这里有一个重要原因，津海关是当时共产党接管的第一个大关。然而到会代表中却少了一个人，他就是后来的天津海关关长梁家瑛，因为那时的梁家瑛接受上级的指示，以洋关辞职人员申请复职的身份"潜伏"在津海关，从旁协助接管小组工作。

事情要回到半年前，就在接管津海关的时候，远在数千公里之外的香港，九龙关的一个监察员向九龙关税务司提交了因病离职的申请书，他自称长期患胃溃疡，无法坚持工作云云。消息传开，很多同事都替他惋惜。战乱时期，有人即使倾家荡产也要挖空心思弄到一张到香港的机票躲避战火，能偏安香港拿港币薪水是一件令许多人艳羡的事。粤海关曾有一位负责关警培训的副督察，花大价钱说动财政部部长替他向总税务司李度说项，想调到九龙关任职，都被拒绝。

这个申请离职的九龙关监察员，就是一年前从津海关调到九龙关的梁家瑛。

梁家瑛，广东中山人，生于1912年，1934

1938年9月，梁家瑛秘密入党

1937年冬，梁家瑛（后排左三）送二弟、三弟奔赴延安前全家合影

年毕业于北平师范大学，转年考入税专外勤班，先后在江海关、拱北关、万县关、津海关、九龙关任职。

梁家瑛的举动让很多人都不理解，包括他的家人，只有他自己明白，因为"家"里来信了。

1949年3月初，远在香港的梁家瑛接到了一封信，召唤他"回家"，写信的那个人叫高仕融，是梁家瑛税专的学长，也是他在组织里的上级和联系人。其实早在1938年，在拱北关任职的梁家瑛就在税专同学黄宸贵的介绍下加入了地下党组织。

1940年1月，梁家瑛奉调至四川万县关。1945年通过高仕融成为刘少文情报网的一员，受高仕融单线领导，主要从事军事与经济情报收集。

刘少文，原名刘国章，1925年入党，抗战

刘少文

1946年，梁家瑛到上海与税专校友相聚

期间曾在八路军驻沪办事处工作，担任过中共中央南方局交通处处长、情报部部长。内战开始后，先后担任中共上海工作委员会副书记、上海局委员、中央社会部副部长。新中国成立后，任华东军政委员会委员、总参二部部长，被授予中将军衔。

重庆谈判签署《双十协定》后不久，国民党撕毁这一协定，国共双方兵戎相见，国民党借助美国军舰和飞机的帮助，把大量部队运往东北抢占地盘。天津作为北方最大的港口，极有可能被作为转运枢纽，组织上想布下一枚棋子，监控国民党军的军事运输。

不久，机会来了。1946年，梁家瑛接到调令，调他去青岛胶海关任职。他按照组织原则通知了自己的上线领导、海关总税务司署的高仕融。在他到上海准备转船去青岛赴任时，突然接到总税务司署人事科的改派通知，派他转任津海关监察员。就在他一头雾水的时候，高仕融让他和一个叫张明的人接头。

张明是刘少文当时的化名。刘少文告诉梁家瑛，这次组织上安排他去天津，目的是搜集国民党军队在天津口岸的军事运输情报，并交代了秘密联络方式。

当时国共双方在东北正调兵遣将，剑拔弩张准备开打，天津港有许多运输军用物资和部队去东北的货船停靠。梁家瑛利用自己海关外勤查验人员的身份，每次上船都把装运物资、装备和人员的数量，部队番号，起航靠港时间记录下来。

至于刘少文交代的联络方式，既大胆又出人意料，那就是以海关信函的形式，冠冕堂皇地直接寄送上海总税务司署总务科高仕融。那时候国民党特务横行，查扣信件肆无忌惮，却怎么也想不到海关通信渠道竟成了中共地下党传递情报的工具。

第九章 海关人的"潜伏" 117

　　解放战争进入胶着时期，解放区越来越大，国民党妄图用经济封锁的手段遏制东北和山东解放区的发展。1947年年初，根据国民政府财政部关务署的指示，总税务司李度发出总税务司密函，谕令津海关等严格检查往来渤海湾的船舶，查禁一切"匪区"输出、输入的货物。解放区急需的药品、汽油、粮食等重要物资被封锁，组织上让梁家瑛想尽一切办法粉碎敌人的阴谋。

　　梁家瑛找到了时任津海关塘沽分关副监察长的陈凤平帮忙，在彼此"心领神会"的运作下，他如愿以偿当上了负责沿海民船监管的塘沽分关大沽支所主任。

　　梁家瑛为了避免露出破绽，刚一到任便装出贪婪的样子，假意向代理民船

图为当时的塘沽港

帮助运送国民党军队和物资打内战的美军舰艇停泊在海河内河码头

报关的报关行经理打听如何来钱快。其实梁家瑛早就了解到正是这些人借助走私两边急需的物资大发其财。梁家瑛刚冒出这点意思,报关行经理便主动提出,只要海关稍稍睁一只眼、闭一只眼,把从"匪区"来的货当成从国统区来的放行就可以,挣来的钱,海关六成,他们四成。这样,一条往来大连和胶东解放区的秘密货运航线便开通了。

为了扩大秘密航线的贸易量,粉碎敌人封锁解放区的图谋,一天,梁家瑛故意对报关行经理露出这点"油水"不能满足自己胃口的意思,暗示让报关行经理牵头,把所有想做两边生意的报关行、船东都组织起来,按照各种货类,定出一个"放私"的价钱,让走私者"心明眼亮"。梁家瑛的一招四两拨千斤就把打破国民党的封锁变成一种按部就班的"生意",这一下子,塘沽港经营来往大连、山东等解放区进行贸易的帆船从每个月几条变成了几十条、上百条。

没过多久,一个特务模样的人盛气凌人地来到大沽支所找梁家瑛,二话不说把他带上吉普车。车子越走越偏僻,梁家瑛的心一下子悬了起来,难道暴露啦?他暗自回忆自己的一言一行是否留下破绽,打定主意,如果特务问起走私的事,自己就一口咬定是因为贪财。

车子在一个小饭店门口停下来,特务把梁家瑛拉到一个单间里。桌上早已经摆上酒菜,国民党天津警备司令部稽查处(保密局派出机构,后扩编为保密局天津特别站)航运组的组长姜盛三黑着脸,半天不说话。梁家瑛因工作缘故以前见过这个人,知道这家伙是个大特务,但摸不清他演的是哪一出戏码,所以很矜持地和他打个招呼。不料姜盛三上来就指斥梁家瑛受贿私放走私"匪区"的私货,梁家瑛心里一惊,糟糕,暴露啦?梁家瑛惊出一身冷汗,如果事发,别说军统,就是海关内部处理也是非常严厉的。就在那年10月,上海江海关帮办尹某等3人被淞沪警备司令部稽查处用钓鱼设陷阱的

梁家瑛

1994年，梁家瑛（右三）与老关长朱剑白（左四）重访天津新港

手段，以"输入许可证核对专案"之名逮捕了，震惊全国，听说判得不轻呢。

片刻后他冷静下来，恍然大悟，这小子在诈自己。他来的路上就想过，洋关历来拒绝军统、中统这些特务机关插手海关事务，如果私放民船事发，早有上司找他了，况且陈凤平、高元济他们也会给自己通风报信的，这个姜盛三应该只是凭道听途说的事要挟自己。但是他们想干什么呢？梁家瑛一时也没有琢磨明白。他打定主意以攻为守，黑着一张脸告诉姜盛三："既然姜组长说的是公事，那麻烦您和我回关里去说，去圣路易路（津海关税务司公署所在地）我也奉陪。"说着上前抓住姜盛三的手就往外走。

姜盛三没料到自己的一招没唬住梁家瑛，连忙尴尬地笑笑打圆场，给自己找个台阶下，说是跟梁兄开个玩笑，并讨好道，有人诬陷梁兄私放"匪区"民船，他作为朋友是来"知会"一声的。

通过这次接触，梁家瑛得知原来保密局天津站准备执行一项秘密的派遣计划，通过海上向辽东、山东解放区派遣特务，并建立一条情报和人员物资的交通线。为此保密局在塘沽成立了一家名为"大中船务行"的公司，作为他们开展对解放区渗透和派遣人员的掩护机构，置办了民船开展沿海船舶运输业务，正发愁碍于国民政府的规定无法与"匪区"通航呢,有人指点姜盛三,想干这样生意,得打通梁家瑛的门路。

虽然同是国民政府机构,但由于海关一向是洋人的地盘,自诩"超越政治",从来就不买这些特务机构的账,总不能因为放行一条特务船还要惊动毛局长去和总税务司李度协调吧。姜盛三听手下人说梁家瑛爱财,所以就想从他身上下手,拉拢梁家瑛在验放属于他们的"特殊任务"民船时,给予方便。事情搞明白了,梁家瑛一块石头落了地,坐下来推杯换盏。

姜盛三讨好地说,梁兄放心,道上的规矩他懂,保密局的船也按规矩缴纳"规费"。另外,如果有谁风言风语扯私放民船的事,就让梁家瑛往自己身上推,保密局替他兜着。

梁家瑛回去后,连忙把此事向组织进行了汇报,认为一方面能够监控保密局方面向解放区派遣特务和潜伏特务的情况,另一方面也可以拉军统这面大旗,更好地掩护咱们自己的海上交通线。

经上级批准,梁家瑛就这样与敌人开展了一场看不见硝烟的战斗,不仅支援了解放区,还向党组织上缴了一笔不菲的"受贿"来的特殊党费。

虽然天津地处国民党统治区,但是津海关地下党活动的能量还是相当大的。中共情报界的元老、曾经获得德国进攻苏联情报的阎宝航,1946年身份暴露后欲从上海去已经解放的东北时,就是这些海关地下党出的力。当时,

1949年3月,梁家瑛从香港回到天津与家人合影

1950年5月，在天津海关党支部公开大会上，梁家瑛正式公开了自己党员身份

媒体上已经公布阎宝航被中共方面委任为辽北省人民政府主席，明摆着是为共产党干事，身处上海的阎宝航不啻深陷虎穴。就是在津海关的陈凤平、冯厚生掩护和帮助下，他搭乘货轮来到天津，住在津海关高级关员家里，并最终安全抵达东北。

1949年3月，梁家瑛奉组织的指示以治病为由从九龙关辞职，乘船回到硝烟刚刚散去的天津，然后去北平短暂学习。之后，跟随刘少奇来到天津，刘少奇把他介绍给当时天津军管会主任黄克诚及黄敬。当时津海关刚刚接管，大部分人员都是旧海关留用人员，为掌握接管后海关的实际情况，经过研究，黄克诚决定派梁家瑛以旧海关关员身份申请在津海关复职，任稽核科科员，开始另一次"潜伏"。

1950年5月，天津海关党支部根据海关总署党总支的指示，召开公开党组织大会，公开了天津海关中党员的身份，梁家瑛的身份才公开。

1950年梁家瑛担任天津海关缉私科副科长，后来直至天津海关关长。

潜伏在旧海关的共产党人还有很多，后来担任海关总署副署长的胡仁奎，1926年加入中国共产党，1936年担任国民政府晋察冀边区的县长，后任晋察冀边区行政委员会副主任委员。1938年，经党组织秘密批准，他"加入"了国民党，后来还步步高升，当上了国民党中央党部设计委员，成了中统领导人陈立夫的座上客。

抗战胜利后，胡仁奎任中央党部设计委员，在南京为掩护梅园新村的中共谈判代表团做了大量的工作。

在1949年9月召开的全国海关工作座谈会的36位会议代表中，有一对红色伉俪，他们也有一段奇特的潜伏生涯。

1938年，胡仁奎（左一）与聂荣臻（左二）、白求恩（左三）在山西敌后

新中国成立后，胡仁奎一家在北京

会议中唯一的女代表叫佘崇懿，清秀的面庞，眼神中透露着坚韧。在代表合影中，与她相隔不远的一位戴着眼镜的儒雅男士是她的丈夫殷之钺，表面上是来自江海关的外勤稽查员，而真实身份则是中共晋察冀分局社会部的干部。

这要从当年的江海关同人救亡长征团说起。1938年1月，在八路军驻穗办事处云广英的建议下，殷之钺，佘毅、佘崇懿兄妹等长征团中的10名团员风尘仆仆奔赴延安，经过组织部门的审核批准，其中殷之钺、佘毅、佘崇懿及王宗浚被分配到陕北公学学习。

陕北公学是中国共产党在抗战期间创办的一所统一战线性质的学校，主要目的是培养抗日前线和敌后根据地急需的军政干部，坐落在延安枣园，第一任校长是成仿吾。陕北公学的学员来自五湖四海，既有共产党员，也有国民党员；既有工人、农民，也有工商业者；既有党的地方和军队干部，也有来自国统区和敌占区的职员。学员年龄上差距较大，十几岁的青年与两鬓斑白的老人同堂上课也不鲜见。他们抱有共同的信念——抗战救国！

陕北公学开学典礼

那时的陕北公学分半年制的普通班和一年制的高级班，殷之钺和佘崇懿读的是普通班。设置的课程主要有社会科学、抗日民族统一战线、游击战争和民众运动四门。陕北公学的教学条件比较艰苦，窑洞当教室，没有桌子板凳，一个班有十几个人，席地而坐。但学习气氛浓厚，教学相长。白天上课，晚上同学们围着一个小油灯复习讨论。

陕北公学在教学中非常注重理论和实践相结合，学员们除了课堂学习外，还要去乡下参加发动农民的工作，在进行军事训练的同时，还要参加大生产运动。

1938年6月，殷之钺、佘崇懿毕业后，留校任教。7月，中央决定在关中分区驻地栒邑看花宫创办陕北公学分校。他们随李维汉（当时叫罗迈）到了栒邑陕北公学分校，校长是成仿吾，殷之钺担任二十六队的队长，佘崇懿是二十七队的指导员，佘崇懿的哥哥佘毅是学校政治部宣传科副科长。1939年后，殷之钺、佘崇懿被派到中共中央晋察冀分局社会部工作。殷之钺先后担任社会部组织干事、副科长、科长。

在晋察冀边区时的殷之钺、佘崇懿

抗战时期，在北平的燕京大学教授张东荪希望与我党我军建立抗战合作关系。而晋察冀分局社会部原来指派的联络员王定南突然在1942年6月被北平日本宪兵队逮捕，联系中断。1943年寒冬，殷之钺受晋察冀分局社会部派遣，辗转天津潜入北平，在北平情报站副站长李振远的直接领导下从事情报工作，主要负责联络张东荪等上层民主人士。殷之钺在张东荪等人的帮助下，化名"殷冷"参加了民盟，在党的统一战线方面做了大量工作。1944年，佘崇懿奉命从晋察冀边区潜入北平，以夫妻名义掩护殷之钺工作。其间屡遭危险，在日本投降前夕，殷之钺的地下党员身份被人出卖，紧急转移方才脱险。

1945年8月，日本宣布无条件投降，就在举国欢庆的日子里，殷之钺接到了组织的通知，奉命潜回上海，以原海关离职人员身份申请复职，进入江海关潜伏。

在江海关，殷之钺以外班监察员的身份掩护他的情报工作。他的上级领导人仍是李振远，报务员是王文。当时组织上根据殷之钺的职业特点，交给他的任务主要是搜集经济与军运方面的情报。一直工作到上海解放前夕，他才奉命撤离上海，回到刚刚和平解放的北平，与在中央社会部工作的佘崇懿一道参加新中国海关的筹建工作。

参加全国海关工作座谈会时的佘崇懿

第十章　端着金饭碗讨饭

在旧中国的很长一段时期里，有"海关金饭碗，银行银饭碗，铁路铁饭碗"的说法，旧海关的待遇高确实不假。

1854 年，英国人李泰国当上大清海关第一任总税务司，第一项举措便是提高海关员工工资。正、副税务司年俸 12000 两白银，帮办按各等分为 2400 两白银、1800 两白银、1200 两白银，总巡分为 3000 两白银、2400 两白银，洋人钤子手 840 两白银。要知道，那个时代，大清朝廷督抚大员的年收入，包括恩俸、养廉银在内也不过 1 万多两白银，这还包括供养师爷、幕僚在内的费用。

而李泰国的继任者赫德通过《中国海关管理章程》，把海关高薪养廉的制度作为大清的规章给确定下来。如划分关员为内外班：内班分税务司、帮办、税务员等 27 级；外班分监察长、监察员、稽查员、验估员、验货员等 16 级。关员的考绩全凭主管人员个人的密报，并规定按年资升级的制度，让关员晋升有序，保证了队伍的稳定。

有史料记载，赫德执掌总税务司署近 50 年间，个人薪资和办公费用超过 1500 万两白银，年均超过 30 万两。

时间的脚步走到了 1948 年，时局的突变也让捧着金饭碗的海关开始"要饭"了。

1948 年，国民政府不仅在军事上连遭败绩，政治上、经济上也颓势凸显，财政走到了崩溃边缘，不得不使出饮鸩止渴的一招。1948 年 8 月 19 日，国民政府公布《财政经济紧急处分令》，同时发布《金圆券发行办法》《人民所有金银外币处理办法》，实行金圆券币制改革，基本内容是以政治力量来收兑或收存全国人员所持金银、外币，实行管制经济，在全国设若干管制督导负责执行。蒋介石还专门派大公子蒋经国坐镇上海"打老虎"，力推金圆券币制改革。不过这场币制改革一出手就被国人看出是掩耳盗铃的骗局。名义上以黄金为等价交换物的金圆券，按规则是可以自由兑换黄金的，而蒋介石却同时下令，民间、私人不得收存黄金、白银和外汇。这种做法明摆着是场骗局，只不过蒋介石手里有刀枪，百姓攥空拳敢怒不敢言罢了。

币制改革之前，总税务司署下令调整各关员工职务津贴，自1948年7月1日起，各关职务津贴包括特别津贴、主管津贴、舵工津贴以及其他因职责加重或额外工作而发给的各项津贴予以提高，职员最低定为国币35元，雇员及工役定为25元。可刚实行没多久，金圆券币值一泻千里，总税务司署只得随时通知调整津贴加成倍数，最多时达1.6万倍。即便如此，员工收入的提高也远远赶不上币值的跌落，昔日的金饭碗真是到了要饭的窘境。

江海关地下党则发动群众，通过海关同人福利会的渠道，向江海关和总税务司署提出预支两个月薪水、增加400万元寒衣费的要求。同时通电各关，获得了16个关区的声援响应。

1948年11月的一天，分布在上海江海关辖区的数个报关大厅、查验场所

蒋介石的币制改革让人民手中的财富变成一捆捆的废纸

喝汤的老兵与站台扫落粮的老妇

的关员，从税务司、帮办、监察长到验估员、钤子手、文员、杂役，纷纷关掉电灯、放下手中的笔，静坐在自己的岗位上。一时间，上海口岸的进出口货物、船舶、邮件业务陷于停顿，进出港船舶压港，待运的货物堆积成山，邮件更是塞满了仓库。

一场震动上海乃至全国的海关静坐罢工爆发了。上海市民惊讶地看到，平日里高高在上、不问世事的海关先生们也发怒了。这次静坐罢工前后持续了将近 16 天。

税务司卢斌、张勇年、刘丙彝为首的 60 余名江海关高级关员联名给李度写了一封公开信，信中写道："工资水准几经削减，以致难以维持户口的生活（据统计，中国关员的现实工资仅及战前的 10%~45%，尤其是高级关员降低更多），低级员工和勤杂工带头以静坐罢工和怠工的行动来要求增加工资是受非议的。由于这么一些不满的员工，因此，任何的骚扰都会得到员工的响应，唯独高级职员，不得不担负起痛苦的责任去平息职工的骚乱，同时他们也面临难忍的局面。老实讲，现在是海关能否保持忠诚的、有效的机构或走向最终毁灭的关键时刻。"

1948年,海关职工包围总税务司李度请愿

1948年12月,中原地区,被国民党称为"徐蚌会战"的淮海战役激战正酣。炮火连天,大地在颤抖,空气在燃烧,国共两军在广袤的雪野上拼命厮杀已经二十多天了,国民党军刚刚决定放弃徐州,消息不胫而走,很快传到了远隔千里的上海。此时的上海像一只火药桶,就等着致命的火星,失败的消息触发了一系列的诡秘事件。

12月3日上午,美籍海关总税务司李度接到国民政府财政部通知,立刻带领财务科税务司陈琼琨、江海关税务司张勇年,面见国民政府财政部部长徐堪接受训示,一同前往的还有海关的直接上司、财政部关务署署长张福运。

徐堪似乎有些不高兴,他直接拒绝了给海关员工按照通货膨胀率增发米贴的要求,还提出虽然战局不够乐观,但是政府是不准备迁都的,所以要求海关不许擅自从"陷落区"和"国统区"撤退,海关也"不准裁员、不许请假、不许辞职"。他又拐弯抹角地说,为了保证"员工稳定",可以先发给两个月的薪水,让他们的家属先撤离,特别强调后面这项措施只适用南京地区,而不适用上海和其他地区。陈琼琨和张勇年闻听暗暗苦笑,南京地区的所谓海关就只剩下总税务司署一块牌子了。

徐堪强调包括总税务司署、江海关在内不准公开做撤退准备,但要秘密做一些应变准备,成立应变组织,还笑着说很大可能是用不上的。在场众人陪着他一同尴尬地笑起来,唯独李度绷着脸。徐堪瞥见了李度的表情,立刻收敛了笑容,转而用委婉的语调轻描淡写地提到,或许政府会安排总税务司及若干骨干人员乘关船南迁。不料李度冷冷地回应道:"与此(撤退)有关的所有安排,不可能做到瞒过员工,而会马上引起极度不安并完全破坏纪律和士气。"张勇年提醒,江海关有4500名员工,"那意味着撤退时,至少要按照22500人安排"。徐堪有些气急败坏:"总署是全国的总署,江海关只是地方机构,总署可以撤退,江海关不可撤退！"

李度甩手走了，心中暗骂：这是什么国民政府部长，狗屁！是什么事叫李度这么生气？原来，就在几天前，中央银行总裁俞鸿钧拿着蒋介石的手令找到他，要海关帮忙。只是事关重大，他不便当面揭穿徐堪的谎言罢了。

李度一直保守着这个秘密，直到 1975 年美国著名汉学家费正清等人编著的《中国海关总税务司赫德书信集（1868—1907）》准备在美国出版，邀请李度为该书撰写序言。李度在序中写道："国民政府对海关的依赖（除了海关的收入之外）再一次显现，在 1948 年年末，国民政府要总税务司以小小的缉私舰把 80 吨的黄金及 120 吨银元，从上海国库转移到台湾。"

1948 年 12 月 1 日下午 2 时，靠泊在黄浦江杨树浦海关码头的"海星"号上，舰长钟福林接到他的顶头上司——海关总税务司署海务巡工司水佩尔签发的加急密电："你舰立即停止休整，补充燃料和给养，保持无线电静默，随时待命，等候我的进一步指示。"按照海关传统和惯例，下属是无权询问上级长官的想法的，此时钟舰长能做的就是先找来大副、老鬼（水手长），出示了水佩尔的密电，下令备航，然后召集全体舰员在餐厅集合训话。他只强调了一句，没有他的命令，任何人不得离舰下地，不得使用无线电。管理规程脱胎于英国皇家海军条例的旧海关巡船条例，繁复而严格，船员们早已习惯这种不明缘由的命令。这艘运输舰并不是海关第一艘被命名为"海星"号的舰船，早在民国初年海关正式成立海务处船队时，从香港太古船厂订购的一艘排水量达 2000 吨的船只才是第一艘"海星"号，

被劫运到台湾的国库黄金

它以蒸汽机产生动力,并装备了 60 毫米口径速射炮作为自卫武器,还装备有在第一次世界大战成名的马克沁重机枪、哈奇开斯轻机枪等武器。

"海星"号与晚清时装备的"流星"号、"并征"号、"海光"号等 4 舰均涂白色,组成了以巡视、供应、修造为主要任务的海务船队。1931 年九一八事变后,日本关东军发动了华北大走私,日本海军侵入中国领海 3 海里以内,在渤海湾耀武扬威,甚至无理威胁在此地正常执行缉私任务的中国海关舰艇,以武力迫使"海星"号等舰拆除主炮。1937 年七七事变后,号称"中华民国第二海军"的海关舰队遭受灭顶之灾,大部分船只被日军劫夺或自沉,"海星"号则于 1938 年 10 月被日军飞机炸沉于长江宜昌段。当时这艘"海星"号是二战后中国海关从美国购买的战争剩余物资——AN 型远洋扫雷艇,满载排水量 700 吨,是为纪念被日寇炸沉的"海星"号而被重新命名为"海星"号。

翌日凌晨 1 点,"海星"号鸣笛起航,在一片压抑的气氛中顺流而下。

与此同时,坐落在上海外滩江海关十六铺码头对面的上海华懋饭店,楼上的一个房间窗子突然亮起灯光,住在这间客房的长租客户——来自英国的著名专栏记者乔治正从前一日的宿醉中醒来,头痛欲裂。他为了能搞到点一手消息,

为国民政府偷运黄金去台湾的"海星"号

昨晚在国际记者俱乐部喝了大量炽烈的朗姆酒和龙舌兰酒，从一个情报贩子那里得知国防部已经决意放弃徐州，乔治意识到这预示着国民政府将放弃长江以北地区。

为了清醒一下麻木的神经，他随手拉开窗帘，却看到了惊人的一幕。记者的职业敏感让他立刻向伦敦发去消息："……中国的全部黄金正在用传统的方式——苦力运走！"

乔治透过窗子看到，原本人头攒动的外滩大街上此时异常安静，只有沉默的军人和黑洞洞的枪口，以及一队从中央银行侧门出来的挑夫。挑夫两人一组，扁担下是结实的木箱，木箱不大，大约一尺见方，但从挑夫沉重的脚步能感觉出木箱的沉重，以乔治长期政经专栏记者的经验，不用多想就猜到了木箱里是黄金。乔治发出电讯的次日，英国报纸就刊登了这条新闻，路透社也发布了新闻："国民政府央行偷运黄金。"香港《华商报》及其他报纸

外滩的中央银行金库

曾是"海星"号巡缉舰船员的范元健

转载了这条新闻。

而钟福林和他的船员们则在"海星"号上默默地看着这一切，同样猜出了他们此行的任务，只是不清楚航行的目的港在哪儿。

外滩黄浦江路从江海关到中央银行这一段早已戒严，街面上没有一个闲杂人等，只有军警和来回穿梭不发一言的银行职员。

吃水线一寸一寸地上涨，钟福林无可奈何地摇摇头，整整80吨国家储备黄金及400万银元装载在排水量只有700吨的"海星"号上。装载完毕，"海星"号立即起航，由国民党海军的"美朋"号炮舰护航，直驶台湾基隆港。"海星"号在海上航行了一天一夜，终于抵达基隆港二号码头。码头上戒备森严，大卡车早已静候多时，几个小时卸运完毕，大卡车便在银行人员押送之下，朝台北绝尘而去。

事后，海关总税务司署海务巡工司水佩尔接到了一封国民政府中央银行发来的感谢信，这封由中央银行总裁俞鸿钧签名的信，语焉不详地感谢海关圆满完成中央银行财产的运送工作，并附上一张2万元金圆券的支票作为奖金。

水佩尔有些哭笑不得。从1948年8月20日发行金圆券时，2元金圆券兑1银元，仅仅过了4个月，到1949年1月就变成1000元兑1银元了，这2万元金圆券仅仅能兑20银元，怎么分配？让他更想不到的是，到4月23日解放军攻进南京，超过1000万元才能兑1银元。金圆券发行8个月来，通货膨胀超过500万倍，也就是说，如果将100万美金换为金圆券，8个月后只能换回美金2角！

水佩尔以半官方密函向当时的总税务司李度做了书面汇报。尽管使用了海关密码，又是旧海关总税务司与各税务司之间秘密联络的特殊渠道，水佩尔在电文中仍是很隐晦地提到了"把中央银行财产从上海转移到某一安全地方"的那件事。

他在报告中不无讽刺和揶揄地说："如果你决定收下这笔钱，我建议把这笔钱交给'海星'号的舰长分配给船员们，或者干脆充作海关福利基金。"一边利用海关偷运大批黄金白银，一边说没有钱，不同意给海关员工发米贴，这叫李度这个洋关大老板都觉得无法面对一直忠心耿耿的属下。徐堪的所作所为能不令李度气得七窍生烟吗？

生气归生气，海关这老老少少几千口人还要吃饭呢。总税务司署财务科代理税务司卢化锦经历了一个令人心酸的场景，1949年2月1日下午4点半，他陪同一筹莫展的总税务司李度，再一次拜访财政部部长徐堪。

李度向徐部长诉苦道，1949年1月下半月物价指数就飙升了88.17倍，而政府同意给予员工补贴加成才15倍。徐部长答应政府

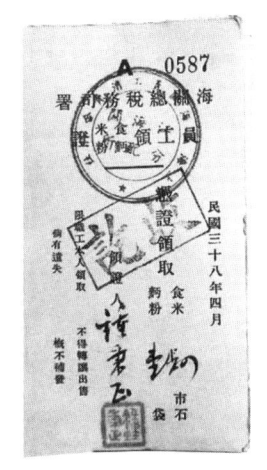

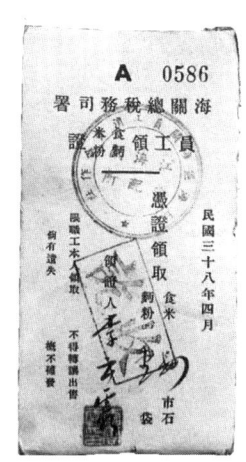

海关职工领用的米面补贴的票证

可以调整加成倍数，但何时调整需要等财政部通知。物价一日千里，这明显是在拖延对付。李度直截了当要求财政部提前拨付4~6月的薪金，同时发放1~3月的米贴差额。说到米贴差额，徐部长又发飙了，指着卢化锦的鼻子质问："你们说米价从月初的1000元涨到月底的6000元，为什么要按照月底的6000元米价计算，为什么不按照政府的配售价格计算？"李度实在忍不住了，回驳道："徐部长，我们一直按照市场价格才能买到大米分配给员工，政府配售价格的大米，整个上海都买不到。如果政府不补发，我很难预料将会发生什么事情。"

此话被李度言中了。1949年5月初，李度刚刚离开上海逃到广州，江海关就发生了一起严重的突发事件。

原来李度离沪前，曾指示以贷款的名义按级别给海关员工分别发放600万元、400万元、240万元补贴，可是央行却只给了30%的现金，另70%是限期兑现、如同废纸的银行本票。江海关的下层关员与关警、杂役找税务司张勇年

讨要说法，张勇年束手无策，被请愿的人们扣押在办公室不能动弹。

在华籍关员中威望较高的丁贵堂只得带着一干人等赶赴现场，好说歹说，答应立即按级别分别追加500万元、330万元、200万元补贴，并由海关出面兑换成金条和银元发给大家，才救了张勇年。

央行不给钱，丁贵堂决定先斩后奏，用海关税款支出，并由海关税务司出面，找央行兑换成银元支付给海关员工，每个人两块。

第十一章　外滩钟声

20世纪三四十年代，上海是亚洲最大的城市，有600万人口，也是中国工商业中心城市。能否完好无损地解放这座大城市，是摆在人民解放军面前一项艰巨而复杂的任务。陈毅说："进入上海是中国革命的最后一个难关，是一个伟大的考验。"这期间，上海地区海关地下党组织发挥了不可替代的作用。

渡江战役前夕，中共中央指示上海各级组织，展开反遣散、反迁移、反裁员、保厂、保校、保业、保护机关的斗争。1948年年底和1949年1月初，中共上海局策反委员会委员、沪中区执委王致中两次参加江海关党组织在海关同人俱乐部秘密召开的总支会议和总支扩大会议。在会上，王致中分析了上海当

作为上海外滩地标性建筑的江海关（左起第二栋大楼）

江海关富丽堂皇的前厅

前的形势，传达了上级党的指示，要求大家转变斗争策略，为迎接上海解放积极开展工作，并特别指出要做好海关系统内中高层人员的统一战线工作。

会议决定成立两个组织，即党团小组和接管小组。党团小组由王春晖为书记，姚寿山为副书记，成员有潘文凤、王锐生和姜国庆，主要负责发动群众。而接管小组的任务是通过各种渠道收集海关各部门的人员、财产、房屋档案，摸清海关武器装备、车辆船舶等底数，搜集海关内部各种规章制度资料，以备上海解放后接管海关所用。这个小组的组长就是后来参加海关工作座谈会的总署帮办、地下党员陈铁保，成员有江海关代理副监察长、地下党员陈凤平，还有海务科海图室主任胡洪元、江海关帮办于清伦。

中共上海局让李正文通过丁贵堂的同乡、朋友孙恩元、阎宝航、吴耀宗等人对丁贵堂做统战工作。

不仅如此，在上海的海关上层人员中的进步人士，如后来参加海关座谈会的原总税务司署税务司吴耀祺、代理税务司李长哲、江海关税务司张勇年、江海关缉私科税务司韩肇连，以及江海关总监察长郭有荣、海务科副巡工司王承训等，都有专门的人员做他们的统战工作。中高级关员的办公室甚至办公桌里经常出现油印的传单，告诉他们保护关产可以立功。

至于中下层人员中，从海关内班、外班，再到海务港务、港警、关警，上海关区几十名地下党员积极发动和团结周围的进步群众，早已经形成了很雄厚的群众基础。然而破城在即的上海也正卷入一种濒临绝望的疯狂中，国民党军警宪特疯狂地抓人、杀人，即使一直不问政治、高高在上的海关也未能幸免。海关地下党利用当时海关系统成立的一个半官方组织海关应变委员会，紧锣密鼓地进行迎接解放的各种准备工作，江海关税务司张勇年因拖延

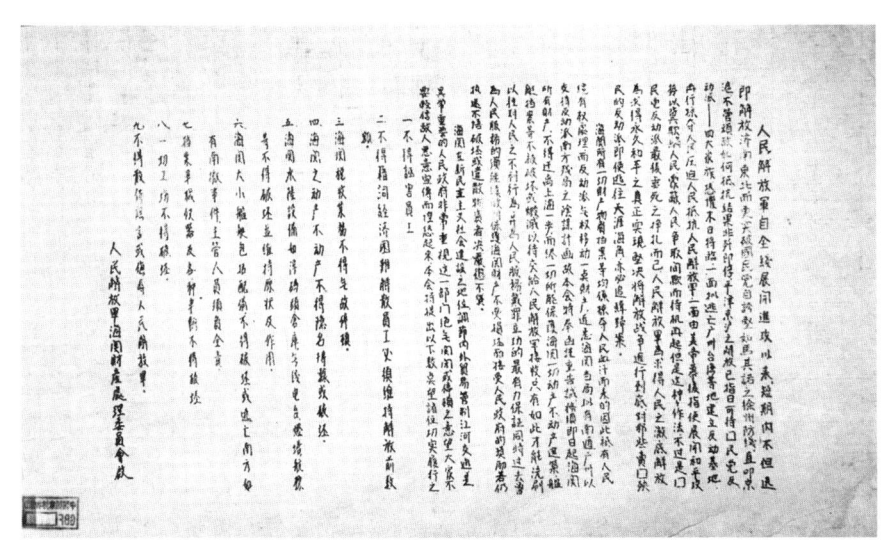

地下党在海关中散发的保护关产有功的传单

将海关舰艇调往台湾,而突然遭到国民党上海警备司令汤恩伯扣押。上海的街道上,抓人的特务汽车经常呼啸而过。高仕融接到上级的指示,立即撤退到香港,北上参加新海关的筹建工作。

这个海关应变委员会到底是个什么组织呢?"文革"结束后,胡实声先生的一篇回忆文章揭开了此事的盖子。海关应变委员会,实质就是海关系统应对政权更迭、保护自身财产和安全的临时机构。

1948年12月3日上午李度与国民政府财政部部长徐堪见面时,徐堪提出海关要做好应变准备,还不许公开地、

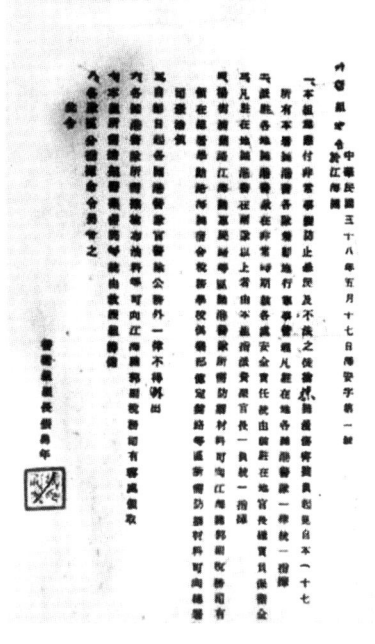

江海关应变委员会警卫组签发的为海关纠察队提取武器的命令

大张旗鼓地做。李度回到总税务司署后立刻向美国驻华大使司徒雷登做了书面汇报，报告自己的处境"极端不稳定"。同时李度签发了一个命令，要求国统区海关立即成立应变组织，主要是保护关产，防止乱兵劫掠和骚扰，这就是海关应变委员会成立的由来。而在上海的总税务司署与江海关联合成立的应变委员会，则成了地下党保护关产、迎接解放的一个半公开机构，这是怎么回事？

1948年4月16日李度发出严厉的通令，取缔了海关中存在很多年的职工互助团体，如海关华员公会、华员俱乐部等组织，要求全体员工加入同人进修会。借江海关地下党组织民主选举产生新的同人进修会理事会的机会，经过积极筹划和运作，在选出的47名理事中，中共党员和积极分子占40%；在19名常务理事中，中共党员有9人，积极分子有3人，几乎占了2/3。韩肇连任理事长，王春晖、郭有荣任副理事长。为团结丁贵堂，进修会聘请他为名誉理事长。

这次李度成立海关应变委员会的指示，恰好给了上海关区地下党组织开展迎接解放工作非常好的机会。江海关税务司张勇年提出以新当选的进修会理事和各部门负责人组成海关应变委员会。

1948年年底，中共中央指示上海局根据宁沪地区的形势特点，发动人民群众运动，从政治上、组织上、思想上动员起来，给敌人以更大的打击，促使敌

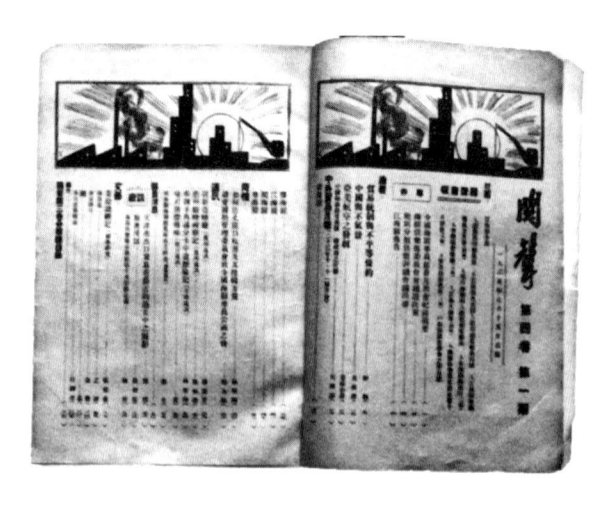

◀《关声》杂志长期被海关党组织掌握

▶ 江海关同益里海关俱乐部是地下党经常活动的场所

人进一步瓦解，顺利完成里应外合，配合解放大军。江海关地下党组织在中共沪中区执委王致中的领导下已经开始着手这方面的组织工作。

海关地下党也同时得到消息，立刻动员起来，利用十几年来积蓄发展的力量开展工作。

王致中亲自到同益里海关俱乐部参加了地下党组织召开的会议，并指示，如果海关应变委员会的各个部门里都有自己的同志参加，正可以利用这个组织开展我们的工作。

1949年2月4日，以同人进修会出面组织海关应变委员会的方案，经由江海关税务司张勇年之口提出并获得通过。

由于解放战争进展迅速，上海已经风雨飘摇，海关职工强烈要求储粮应变，保障安全和生活。海关地下党总支根据上级指示，通过同人进修会和海关应变委员会提出把"保护海关完整，保障职工生活，保卫地方安全"作为海关应变委员会的工作方向和目标。这既得到了包括高级职员在内的广大群众的拥护，也提高了党员在群众中的威望。

1949年2月15日，总税务司署及江海关应变委员会第一次全体委员大会在上海召开。李度根本想不到，他下令成立的应变组织，竟成了中共迎接解放的群众性组织。海关应变委员会下设总务、会计、采购、运输、救护、警卫和设计7个组。除由税务司组成的设计组外，其余各组都有共产党员和积极分子参加。

海关应变委员会成立后，海关地下党组织可以利用更多资源开展迎接解放的准备工作。

首先，拿出海关行政经费和部分关税以米贴的名义采购大米，至1949年3月，采购了19500多担大米和6500袋面粉，分配给海关职员，足够上海关区每个关员分得两担大米和一袋面粉，并储备一些黄金分发给职工，解决了职工的生活困难。

其次，根据中共上海局关于各基层单位建立护厂队、纠察队、消防队，并在此基础上组成秘密的人民保安队的决定，江海关地下党做了很多工作。丁贵堂于1949年2月16日以副总税务司1190/7585号备忘录的形式要求江

▶ 海关纠察队袖标

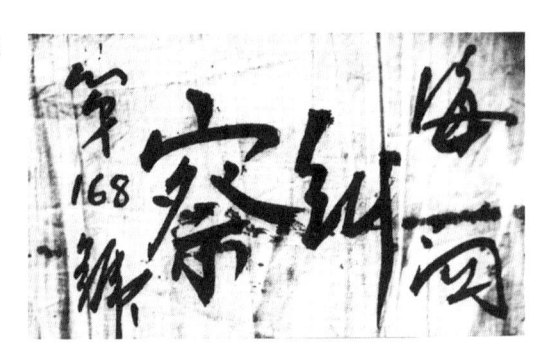

▼ 海关地下党组织积极在海关关警、港警中发展力量，在解放上海时发挥了重要作用

海关税务司张勇年就"有关内乱时保护关产的问题"做出安排，并要求掌握港警队的海务巡工司水佩尔、辖制关警队的缉私科税务司积极配合。

当时在上海地区，上海港港警队和江海关关警队是两支不可小觑的武装，其装备和编制独立于国民政府的武装部队。

1929年，南京国民政府历经多年的"关税自主"运动后，终于废止了"协定关税"，颁布了第一部《国定进口税则》。新税则因提高进口税率而引发了沿海、沿边的走私泛滥，海关总税务司署为此成立了陆上缉私武装，还组建了拥有大型舰只26艘、小型巡缉舰40余艘的海上缉私舰队。可仅仅过了两年，1931年九一八事变爆发后，日本侵占东三省进而成立伪满洲国，不仅对进出关的货物征收关税，还在华北沿长城一线策动日本、朝鲜浪人有组织地大规模走私。海上走私有日本军舰护航，陆上走私出动日伪军骑兵护送。在华北、华东、华南，大量的人造丝、糖类、烟纸等私货流入，而大量银元流出，造成中国民族纺织业、制糖业、银行票号纷纷倒闭，国库空虚。为加大缉私力度，海关总税务司报经国民政府关务署批准，在各关武装缉私队的基础上成立了关警队。当时全国海关关警队共有130支，人数最多时有1500多人。从20世纪20年代总税务司署正式设立海关关警以后，关警便作为海关的一支独立的武装缉私力量存在并壮大，其训练有素、装备精良，很多指挥官都来自黄埔军校。

江海关关警有400余人，在海关杨树浦码头还设有武器仓库，存有大量的枪支弹药，负责黄浦江的巡防和江海关、海关总税务司署所属的大楼、宿舍、码头、仓库的警卫工作。关警队分35个小队，分别派驻总税务司署、海关大楼、兰路支所、杨树浦

存放武器的江海关吴淞分关

码头以及汾阳路、惠民路、进修会、虬江路、国富门路、江苏路等处。

解放前夕，港警队有警卫297人，分驻吴淞、杨树浦、白莲泾、陆家嘴和海关大楼。

1949年4月20日，解放军发动渡江战役，百万雄师一举跨过长江天堑，国民党军望风而逃。4月23日解放军占领南京，5月3日解放杭州，上海的解放指日可待。

1949年4月中旬，为配合人民解放军解放上海，中共上海市委决定恢复抗战胜利初期的上海人民团体联合会的活动，并对分散的、名称不一的各种纠察队、护厂队、消防队等组织进行集中领导，统一指挥，公开名称为"上海人民保安队"，共有6个区队，队员6万余人。人民保安队总部在同年5月1日发布了《人民保安队队员须知》，规定保安队的任务是：保护工厂、学校、机关、仓库及公共场所不被国民党破坏；为人民解放军做向导；协助人民解放军维持地方秩序；监视战犯；瓦解敌军，收缴敌人武器。每个队员必须遵守三大纪律八项注意。中共上海市委还决定人民保安队总指挥部由沈涵、孙友余、刘峰3人组成，沈涵为总指挥。

海关地下党组织立即按照上级的要求成立海关保安队，在国民党党政机关已瘫痪的情况下，对付散兵游勇和特务的抢劫破坏活动。他们根据海关应变委员会提出的"保护海关完整，保障职工生活，保卫地方安全"口号，在江海关大楼、同益里和祥康里俱乐部等处，设立紧急救护站、临时防护所，收容居住

解放上海时，宽敞坚固的江海关大楼、海关图书馆都成为收容海关家属的避难所

在战场边沿地区的职工及家属 3000 多人。在富丽堂皇的江海关报关大厅里设立收容所，支起炉灶为大家做饭和烧开水，还有海关关医为大家看病诊疗。同时通过江海关税务司张勇年发出指示，调集关警、港警组织武装卫队，参加人数达 400 多人，8 人一队，有 50 余队。

港警中的地下党员带领数名积极分子，冒险到国民党军占据的浦东关栈海关军火库，取出 10 支驳壳枪和一些子弹，并用海关汽艇成功地通过国民党军队严密封锁的黄浦江，运进海关大楼。接着，用海关应变委员会和丁贵堂的批示，从警备司令部拿到了特别通行证，又从军火库畅行无阻地取出 583 支步枪、10 挺机枪和 63 箱子弹，装备海关保安队。

5 月 12 日，解放军正式开始上海战役。

5 月 19 日，按中共上海市委指示，海关正式成立人民保安队，取代了纠察队，由林培森任队长，接受人民保安队总部指挥。5 月 20 日，上海市人民保安队总部秘密移驻外滩江海关大楼四楼原缉私科税务司办公室，即现在的 401、412、413 室，由港警一个小队负责警戒保护。

5 月 23 日，人民解放军对上海市区发起总攻，人民保安队紧急集合队员，佩戴臂章，全体出动护校护关。

5 月 24 日晚，溃退中的一队国民党散兵欲闯进海关大楼，被驻守在大楼的人民保安队持枪喝止。国民党部队从浦东溃退后渡江，准备从杨树浦海关码头强行登陆，因遭到关警队鸣枪警告而退回。驻守在百老汇大厦的国民党第五十一军负隅顽抗，关警王中民督察奉上级指示，写信劝该军军长停止抵抗，

上海解放前夕，设在江海关大楼 401 室的上海人民保安队总部

率部投诚。

5月25日凌晨，枪炮声渐渐逼近江海关所在的外滩，大楼里避难的人们心都提到了嗓子眼。忽然五楼的一扇窗户打开了，扑啦啦一面30米长的"迎接人民解放军解放大上海"条幅垂下来。虽然天才蒙蒙亮，但是这面条幅格外显眼，它是由江海关党总支书记钦世业安排海务科的杨之蟾、褚建民和陈庆鸿秘密缝制、书写而成的。

紧接着，江海关大钟楼上出现一面绣着镰刀、锤头的红旗，在晨曦中迎风飘扬，这是黄浦江畔的第一面胜利的旗帜！这面用红绸被面缝制的红旗出自海关女职员沈曦中、叶筠、洪宝仪、殷之瑾之手。当时她们并不知道红旗是什么式样，殷之瑾听哥哥殷之钺说过，共产党的党旗上有镰刀、锤头图案，叶筠就特地跑到外白渡桥苏联驻上海领事馆偷偷观察苏联国旗的样子，决定在旗子的左上角用黄布缝一个镰刀、锤头的图样。她们悄悄地在赫德路的海关总税务司署印刷厂找了一间没有窗户的小屋，挑灯裁剪、缝制。

一位海关关员用铅笔素描记录下了上海解放时的外滩

◀ 上海人民迎接解放

▶ 江海关女职员举着锦旗参加庆祝解放大游行

红旗缝好，叶筠利用乘坐海关班车的机会，闯过国民党军的检查哨，把红旗带进了江海关大楼。

红旗在大钟楼上飘扬，引起了国民党军的恐惧，他们疯狂地用机枪射击，击碎了几块玻璃。海关纠察队立刻以火力回击，压制住对方。

25日深夜，有人报告市府大楼有人烧档案，人民保安队总部即派一队港警

地下党员陈铁保（右）协助南下干部贾振之（中）等接管江海关

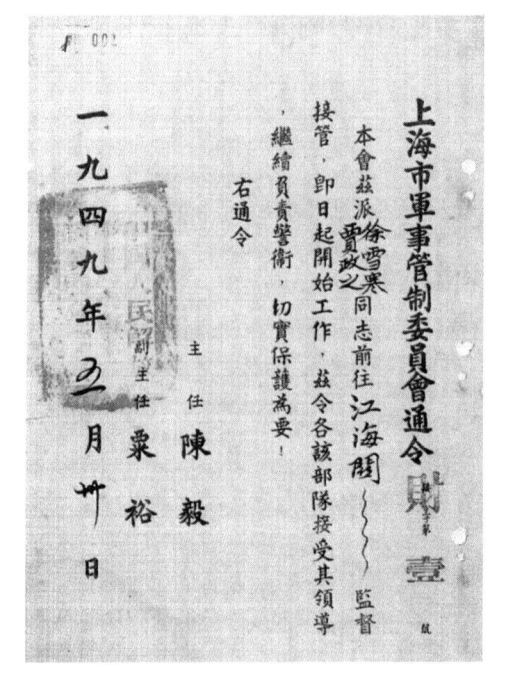

陈毅签发的接管江海关的命令

前往阻止，抢救出了部分档案。

5月27日，上海全部解放。经历15天的上海战役，我军歼灭国民党军第五十一、三十七军和五个交警总队全部，第十二、二十一、五十二、七十五、一二三军大部，总计15万人。我军坚持外围作战，把大上海完整地交回人民手中，创造了战争史上的奇迹。

更换了海关纠察臂章的人民保安队队员和解放军战士一起在街头巡逻，守护着即将接管的工厂、机关、仓库等。

5月30日，奉中国人民解放军上海市军事管制委员会主任、上海市市长陈毅的命令，军代表徐雪寒、贾振之带队接管了总税务司署和江海关，并宣布全国各关不再受总税务司署的辖制。

海关护产小组把关产、档卷、各种水陆器材及大批武器弹药完好无缺地移交给军管会。

此时，在吴淞口的波涛中，另一场战斗也接近尾声。5月17日离港进行定期灯塔补给任务的海关"景星"舰，在海关地下党组织和进步船员的努力抗争下，挫败了海务巡工司水佩尔妄想将"景星"舰开往台湾的图谋，冒着被国民党飞机轰炸的危险，举行了起义。5月31日早晨，天高云淡，阳光灿烂，"景星"舰降下青天白日

上海解放后，总税务司署与江海关同人在海关大楼合影纪念

旗，在桅杆上升起自制的红旗，上书"海关"两个字。10时，"景星"舰稳稳靠泊在海关浦东码头。三年后，该舰随海务科加入人民海军序列。

上海解放了，有着百年历史的江海关完整地回到了人民的手里。为了纪念这个光荣的时刻，大家齐聚总税务司署，留下一张合影。

上海解放后，包括丁贵堂、吴耀祺、张勇年、韩肇连等在内的一大批海关高级关员响应共产党的号召，自愿留下来参加新中国海关的建设。

第十二章 战斗在敌人的心脏

淮海战役接近尾声，地处华中腹地的水陆枢纽武汉三镇立刻成了决战的前线。海关总税务司李度也看到了这一点，他在1949年2月23日给江汉关税务司蔡学团的密函中，对江汉关应变做出一系列安排。

蔡学团是福建人，清光绪二十六年（1900年）出生，祖父、父亲都是受雇于外国人的工人，家境贫寒。蔡学团小学毕业以后，靠亲戚资助进入福州鹤龄英华书院读书。1920年考入北京税务专门学校，在校期间成绩优秀，后提前一年毕业加入厦门海关，1924年升为福州闽海关帮办。他与同事、同乡、中共党员林大琪、高仕融私交颇深，受他们影响，思想进步。抗战胜利后，蔡学团任海关总税务司署人事科额外税务司。他知道高仕融等人是中共党员，时常为他们提供方便，把原应调往胶海关的中共情报人员梁家瑛改调津海关，将在上海上了保密局黑名单的林大琪迅速调到国民党魔爪一时控制不到的九龙海关。

早在1948年年底，国民政府财政部关务署副署长召见江汉关税务司蔡学团，提出大战在即，国防部要征用江汉关的船艇。蔡学团摆出一堆理由拒绝，说江汉关只有两条还算大一点儿的船，排水量在200吨左右，一条是"海绥"号，目前被总署暂调到南京关使用；另一条是"海济"号，是专门为从扬子江到汉江这一段长达900公里的航道上众多灯塔、航标、灯船运送备件和给养物料的，如果被征调走了，国民党军的水路运输和美援商船会立刻瘫痪，这样对国民党军造成的损失要远远超过征用这条船的作用。况且"海绥""海济"都是民用船只，没有任何武器装备，甚至没有装甲板，根本不适合军用。就这样，蔡学

江汉关大楼，前为怡和码头，后为太古码头　　　　江汉关税务司关防

团把国民党军妄图劫走船只的计划挡了回去。

蔡学团是一个富有爱国心、正义感的老海关人，他早已看清了国民党政权的腐败，同情共产党，所以他在江汉关的所作所为都是顺理成章的。

但事情没算完，1949年1月19日，华中"剿总"总司令白崇禧把包括海关、银行、邮政、中央企业等部门的负责人召集起来亲自开会，他拿出蒋介石的手令，说"收到蒋总统1948年12月26日电，内称为适应剿匪戡乱需要，指挥便利、事权专一起见，各'剿总'及各绥靖区内所有中央机关应当受当地最高军事长官指挥"，准备霸王硬上弓强征各机关的资源。蔡学团用踢皮球的办法，把蒋介石手令内容转给总税务司李度，以等待总税务司署命令为由拖延了事。不过真正让蔡学团挠头的事是江汉关这么多口子人的吃饭问题。国民政府的经济崩溃到了无可挽回的地步，本来总税务司署批复允许江汉关为每个员工购买两担大米和一袋白面，其他沿海海关可以借用关税垫支，但是以长江下游巡江事务为主的江汉关几乎没有关税收入，只能靠总税务司署的行政经费拨款。前文说了，财政部早已经捉襟见肘，总税务司署也已经寅吃卯粮，哪顾得上他们？几经拖延，等到解放大军已经包围了上海，在上海的总税务司署根本无法将经费汇给江汉关。

米价一日三涨，蔡学团急得团团转。万般无奈之际，4月25日，他给粤海

20世纪20年代的武汉三镇

关税务司吕少西写了一封求援信，信中言辞恳切："电请贵关查照惠允在案，兹以南京易手局势日紧，本关员工均毫无储存，此间钞荒严重亦达极点，特派本关副监察长王祖清前来贵关面陈苦况，拟恳将上列款目（金圆券壹佰陆拾亿元）由贵关税收项下先行借垫，即日交由该员带汉以应急。"

还没有等王祖清到广州，地处华中腹地、长江沿岸的武汉三镇就已经处在四野的兵锋所指了。

1949年5月14日午后，国民党华中"剿总"总司令白崇禧在汉口三元里一座钢筋混凝土建筑中的司令部里来回踱着步，他刚刚接到前线战报，林彪领导的第四野战军已经开始在九江至汉口间发起渡江行动。他清楚地知道，就在4月20日，华东野战军不费吹灰之力就跨过了之前国民党军重点防守、被吹嘘成天险的长江防线，只用三天就拿下了南京。而且他又接到密报，他的副总司令兼第五绥靖区司令张轸有"投共"嫌疑。就在刚刚，白崇禧设下一计，在自己的私宅摆下了一桌鸿门宴，准备跟张轸摊牌，不料张轸借口"更衣"溜了。

白崇禧在国民党军中有"小诸葛"之称，他痛感自己过于妇人之仁，清楚张轸此去的后果，料想事态已经无可挽回了。他当机立断下令桂系部队赶快跑，留下杂牌军料理后事。

次日下午1点多，白崇禧乘"追云"号专机逃离武汉。上飞机前，他下令留守部队执行应变计划，炸毁武汉的码头、船舶、电厂、水厂等重要设施。可是他万万没想到，就在他的飞机起飞的时候，解放军萧劲光兵团所属第四十军

江汉关前的
长江码头

汉口港

一一八师的一个营已经连夜突入汉口，抢占了水厂、电厂等要地。

白崇禧更没想到的是，他严令必须炸掉的江汉关大楼竟然完好无损。5月16日，第四野战军第四十军主力入城时，在江汉关大楼上冉冉升起了武汉解放后的第一面红旗。

要说白崇禧的手下没有执行他的命令还真冤枉，他们不仅来了，还来了两次。

武汉的地标建筑——江汉关大楼

　　江汉关是 1862 年 1 月 1 日在汉口设立的，英国人狄妥玛（Thomas Dick）为江汉关首任税务司。1922 年 11 月 4 日，新的江汉关税务司公署大楼在江汉路与沿江大道的交会处奠基兴建。新址位于老租界区南端，向北可观汉口租界区及江面，南望汉水的入江口，可谓扼三镇挟两江咽喉之地。轮船无论顺江而下还是逆流而上，在遥远的地平线上，最先映入人们眼帘的就是江汉关的钟楼，听到它的钟声。江汉关大楼从设计到施工全部招标，除石料从湖南运来外，其余全部从英国及美国进口。大楼由景明洋行辛浦森设计，由魏清记营造厂施工。大楼高 45.85 米（其中钟楼高 33 米），有正房 48 间、小房 23 间、附房 14 间，总面积 4439.46 平方米。经过一年多施工，1924 年 1 月 21 日江汉关大楼建成。它的主楼为四层，底层为半地下室，四楼之上为钟楼，当时是三镇的最高建筑。大楼采用了当时先进的钢筋混凝土地基和框架，外墙由产自湖南的花岗石砌就，整体设计风格为典型的欧洲三段构图的古典主义风格，融合了古希腊神庙建筑和古罗马建筑的元素，石雕奢华，线条繁复。大楼的东、西、北三面设计有高大的花岗石廊柱，采用了简化的科林斯柱头，其中建筑北侧、面对租界区的廊柱尤为高大巍峨，8 根花岗岩石柱，每根直径达到 1.5 米，下接通向大门的 28

级台阶，拾级而上，不由自主让你抬头仰望，感受到威严和庄重。大楼以钟楼为中心呈对称状，墙面、山花、窗楣和入口半圆形拱门的细节处理上，则充分体现了西方文艺复兴时期的建筑特征。如果绕到后面，则可见它的南面是开口的，使建筑物整体呈三角布局，自然融入周边街区的环境。

江汉关俱乐部

四层上面是钟楼，钟楼内设有钢梯直达顶层。钟楼的外墙、四面均嵌设着巨大钟面，钟面直径逾3米，内有7个不同音阶的大钟，每日可按时敲钟并奏乐，钟声洪亮，传播力和穿透力极强，即使在市面喧嚷时，亦能在方圆数里内可闻。如在夜深人静时，三镇皆可听到它的音乐和钟声，尤其是顺风的一面，听得更为清晰。钟楼大钟1924年1月18日开始启动报时，报刻器每15分钟鸣奏一次英国《威斯敏斯特钟声》，声音洪亮、悠扬。同时，指定人员每周五到停泊在港口的英国军舰上，查询无线电收到的格林尼治标准时间，校正时差。

面对这样的建筑，国民党工兵也有些束手无策，第一次来了，带的炸药不够无功而返；第二次来了，最后决定在大楼石柱上开凿炸药室。以徐中玉、刘怡冰为首的江汉关地下党组织发动江汉关职工们，誓死与江汉关共存亡，面对枪口不后退。国民党工兵无法施工，最后只在石柱上留下些白色的痕迹就溜走了，他们跑到江边海关码头，在江汉关长江巡江事务处的五艘舰船上引爆了炸药，炸坏了部分船只设备。江汉关保住了！

地下党员徐中玉、刘怡冰和李葆初三人，一起考进江汉关长江巡江事务处当绘图生，三个人很快成为好朋友，经常在一起讨论人生、社会、时局。三个人还成立了一个读书小组，阅读进步书籍。不久，他们就与中共地下党武汉市

1947年，江汉关同人元旦合影

委取得联系，在地下党的领导下，成立了江汉关民主青年先锋队，吸引青年关员参加进来，一些关员通过他们的介绍，奔赴解放区。后来，武汉市委遭破坏，单线联系的上级王欣荣、肖惠农等人被捕，江汉关民主青年先锋队一时与党失去联系。

在白色恐怖下，他们没有放弃寻找党。1948年7月，在一次名为"新人画会"的画展中，徐怀冰的一幅反映内战给人民带来身心伤害的画作《残垣》，在画展上产生了较大反响，也引起了武汉地下党组织的关注，就这样他们通过采访报道画展的《华中日报》《大刚报》等报的进步记者，与鄂豫皖地委城工部建立了联系。

淮海战役的胜利预示着解放战争的步伐很快将迈过长江，鄂豫皖地委城工部决定恢复他们的组织关系，并要求他们在江汉关民主青年先锋队的基础上，组建武汉人民解放先锋队，为迎接武汉解放做好相应的准备。武汉人民解放先锋队不久成立，总部就设在江汉关，总部委员会由徐中玉、刘怡冰等人组成。

第十二章　战斗在敌人的心脏

　　这期间武汉地下党组织曾经历过两次严重破坏，很多同志被捕进了监狱，仅武昌监狱就关押了60多名同志，严刑拷打和恶劣的生活条件造成一些被捕的同志生病和死亡。党组织策划越狱行动，需要与狱中的同志建立联系。出身富裕家庭、有着海关职员身份掩护的徐中玉、刘怡冰接受了与狱中战友建立联系的任务。

　　经多方联系打探，她们了解到国民党监狱里有几位同志因营养不良和生病相继死去，更有不少同志因为缺乏维生素得了夜盲症，急需药物治疗。

　　徐中玉、刘怡冰立即号召进步关员捐款，购买药品、营养品送进监狱，并将越狱计划传递进去。

　　正当监狱里的同志为越狱积极做准备时，适逢蒋介石下野，李宗仁接任国民政府代总统，开始国共和谈，为显示所谓诚意，宣布在全国释放政治犯。徐中玉等人及时把消息及城工部的指示传达到狱中，告诉狱中的同志增强耐心，通过合法斗争，争取早日出狱。

◀ 汉口关帮办公馆

▶ 江汉关已婚外班职员宿舍、外籍职员公寓（1914年）

徐中玉、刘怡冰还发动武汉人民解放先锋队的社会关系和舆论资源，揭露国民党监狱的黑暗和国民党当局说一套做一套的阴谋，特别是揭露了所谓"特别刑事法庭"审判真相，激起人们的愤慨。

这一系列行动发挥了作用，武汉国民党法庭在国共和谈期间迫害政治犯的行为曝光于天下，引起全国舆论的抨击，又受到高层的压力，只得敷衍地判了几个人的刑，其他的或"遣送"或"开释"，判了刑的也不关押了。最后，被释放的同志们在武汉人民解放先锋队和鄂豫皖地委城工部的护送下，安全回到解放区。

随着解放战争形势的发展，人们越来越关心时局变化，城工部要求武汉人民解放先锋队尽快建立地下收听站，收听新华社广播，出版地下刊物，尽快将党的政策和解放战争胜利的消息传播到人民群众中。徐中玉、刘怡冰研究决定，在江汉关大楼二楼的气象发报室设立秘密收听站。收听站建立起来后，每天晚上由刘怡冰收听记录，徐中玉刻写，郭志达油印，然后大家一起装封，连夜分送到电信局、公路局和武昌省立高中等机构的地下组织进行散发、张贴。

这一天，夜已经很深了，徐中玉、刘怡冰按照约定打开电台，戴上耳机，把频率调整到新华广播电台频道，开始抄收新华社广播消息。此时窗外月光如银，江岸上灯火依旧。

突然，敲门声响起，二人急忙把电台频率调回到日常频道，摊开气象记录本。门开了，两个穿西装的陌生男人立在门外，他们看到开门的是两个靓丽的姑娘，便掩饰说自己是总税务司署来汉口出差的，住在三楼，晚上闲着无聊，想找人说说话。因为海关长江巡江事务处就设在江汉关，作为水陆通衢的武汉，海关出差的人确也常来常往，但徐中玉还是提高了警惕，马上说，这里是气象发报室，每小时要向东京、上海、香港的天文台发送一次气象观测数据，外人不便进来。二人探头朝里面看了看，没发现什么，便悻悻离开了。徐中玉、刘怡冰关上门，又把电台频率调回到新华广播电台，继续收听。

事后她们跟上级说起这件事，引起了城工部的注意，不久内线传来情报，惊得她们出了一身冷汗。原来那是国民党特务设的一个无线电侦听站，利用江汉关大楼的高度优势侦测电台信号，房间就在她们头顶上的三楼，那天晚上找她们聊天的两个人就是特务，多亏了徐中玉、刘怡冰仅仅收听无线电广播，若是用发报机发送电文，就会立刻暴露。就这样，敌我双方在一个屋檐下竟然共处了数月"相安无事"，不能不说是个奇迹。

淮海战役胜利后，国民政府提出国共和谈，徐中玉、刘怡冰等连续印发新华社广播和社论的同时，还编印了《消灭它》《天亮了》等小册子，把毛泽东主席的新年献词《将革命进行到底》张贴出来。此外，又在人口密集地区散发和张贴《向全国进军的命令》《中国人民解放军布告》《城市政策》《工商政策》等。为了防止国民党破坏公共设施，又编印了《财产是我们的》《告武汉同胞书》等传单。

武汉三镇的人民群众，甚至关在监狱里的同志，通过这些油印的小册子和传单，知道了解放战争进程，了解了党的政策。

1949年仲春，武汉解放在即，城工部指示徐中玉、刘怡冰收集国民党军政情报。她们立即行动起来，决定先从江汉关长江巡江事务处保存的"长江航道图"下手。两人一起找资料室保管员讲革命道理、分析形势，使保管员看清国民党大势已去，打消顾虑，从资料室拿出一套图纸交给她们。

解放军大兵压境，但武汉三镇却呈现一种奇特的景象，汉口的舞厅酒肆依然人头攒动，灯红酒绿，人们醉生梦死，仿佛末日狂欢一般。

一连几天，两个衣着华丽、气质不俗的年轻女郎，出现在国民党军官流连的大都会夜总会，她们与职业舞女迥然不同的超然气质，吸引了很多军官来献殷勤。这两人便是徐中玉、刘怡冰，她们根据城工部指示，乔装打扮，频繁出入娱乐场所，与武汉的国民党军官拉上关系，几番周折，拿到了龟山工事图和国民党军队军事部署资料。

5月初，在解放武汉的战役发起前，城工部紧急指示徐中玉、刘怡冰一定要设法搞一部无线电台，作为与上级联络的备份电台。搞电台，对于两个年轻的姑娘来说真有点天方夜谭。在白色恐怖之下，电台作为极其敏感的装备是受到严格控制的，她们怎样才能在无数双眼睛的注视下，神不知鬼不觉地搞到它？

两人仔细研究了一下，觉得还是从海关下手。一方面，作为洋人掌管的机构，海关历来反感国民政府的特务机关插手海关事务，另一方面，海关确实装备了一些无线电通信设备。

她们首先从身边熟悉的人员找起，找有条件接触这类设备，而且思想比较开明进步的人。找来找去，反复研究试探，终于选准了一个目标——江汉关长江巡江事务处的供应船"海济"号代理大副黄运昌。黄运昌曾经和徐中玉、刘怡冰有过交往，为人正派，有正义感，反对打内战。她们俩试探着和黄运昌一说，一拍即合。

黄运昌出面向海务科巡工司提出，战乱之际，为保护关产，把电台从"海济"号上拆下，存放到仓库里为宜。这样，他们便将"海济"号上的无线电通信设备拆卸下来放进仓库，然后再悄悄地运出来，运到指定地点架设起来，通过电波及时接收党的各项指示。

5月16日晨，国民党军队退出汉口，解放军还没有进城接管和布防之际，汉口市区一时出现短暂的真空状态。一帮散兵游勇趁机纠集在一起，准备对江汉关进行抢劫。他们先将江汉关斜对面国民党后勤部抢劫一空，连门窗也不放过，接着抢劫海关码头和船上没被烧尽的财物，然后朝江汉关奔来。在这关键时刻，徐中玉、刘怡冰带领20多名职工，从缉私科的武器库中拿出步枪和手枪，挡在大门外，朝天鸣枪警告。匪徒见海关已有防备，犹豫起来，几个职工趁机冲上前抓住两个匪徒，捆在电线杆上示众。那些还在犹豫的匪徒见不是对手，掉头逃走。说起来，又是一桩巧事，这天上午，驻守江对面武昌的国民党部队本打算向汉口这边放一通炮后开逃，正欲开炮之际，听到江汉关的枪声，以为解放军已经进城，惊慌起来，丢下大炮急忙逃跑。职工们保护关产的行动不但使关产免遭抢劫，同时也使汉口免受国民党军炮轰造成更大损失。

5月16日，江汉关大楼的钟楼上第一次升起红旗，这面红旗是1948年加入中国共产

刘 虹

江汉关庆祝武汉解放的游行队伍（左侧举旗为蔡学团）

党、年仅 25 岁的刘虹及其家人连夜缝制的，缝好后传递给徐中玉、刘怡冰。那天清晨，二人在同志们的帮助下，冒着不时飞来的流弹，将鲜艳的红旗在江汉关钟楼的旗杆上高高升起。

当天下午 3 时，解放军进城。武汉市民举行庆祝解放大会时，江汉关的秧歌队第一个走上街头，税务司蔡学团高举江汉关的门旗走在海关游行队伍的前列。他们敲着锣打着鼓，扭着秧歌，唱着《解放区的天》，迎接解放军进城。

5 月 20 日，武汉市军事管制委员会海关贸易处委派沈旭、王奇为江汉关军代表接管了江汉关，税务司蔡学团积极配合。5 月 26 日，军管会正式全面接管江汉关业务，军代表根据中国人民解放军进城约法八章，安定人心，使职工坚守工作岗位，一切业务照常进行。依靠工人阶级及低级职员进行人事、财务、财产及文书档案的清理与接管工作，由旧江汉关税务司蔡学团负责办理移交手续，接管职工 750 人（职员 107 人，工人 643 人）。江汉关的业务主要是验征关税，查私，管理航道以及管理长沙、岳阳、沙市、宜昌、九江等处关卡。原有的行政组织由总务科及验估科办理验征，由稽查科处理缉私、港务关产及杂务，由江务科负责江务管理，另由秘书科、会计科分别执掌人事文书档案及会计工作。

1950年2月，中共武汉市委接到中南局通知，武汉市要动员四五百名海员支援解放军渡海作战，4月份应完成动员任务。汉口关的海务科长江巡江事务处有船也有船员，自然也在航政机关之列。接到通知，汉口关自然不肯落后，积极发动船员踊跃参战，经过个人报名、组织审查考核，共有15名船员获得批准。税专海事第十二期的李志涛就是其中之一。

4月3日，武汉海员参战动员大会在汉口璇宫饭店旁工人之家大礼堂举行。此后，各单位基层的动员工作全面展开，经过报名和审批，很快成立了由400多名海员组成的参战大队，大队长兼政委是周何亮，副政委是芦杰，副大队长

1950年4月，汉口关欢送参战解放海南岛的15位同志（第一排）

兼团总支书记是汪流泳。

前方战事正紧。由于在香港买船困难，解放军第十五兵团于4月10日召开作战会议，决定渡海以木帆船和机帆船为主，确定4月13日部队按两个梯队的组织进行集结，待命起渡。广东支前司令部随即通知武汉，要求参战海员迅速南下。

4月12日，汉口关的全体同志聚集在海关大楼的台阶前，欢送15名勇士赴前线参战，15名参战船员站在最前面与大家合影留念。

4月16日，参战海员第一批124人由芦杰率领奔赴广州，18日中午抵达广州，受到广州各界的热烈欢迎。

1950年5月，汉口关关长陈策签发的表彰令

刚刚成立的海关总署特地发电表彰："你关海务工作同志在此次参战运动中，发挥了工人阶级热爱祖国、自我牺牲的崇高品质，40个海务工作同志有15人支援参加海南岛的战斗行列，这是汉口关的光荣，也是新中国人民海关的光荣。"

第十三章　英雄的黎明

1948年8月，广州华英医院，一个年仅40岁的生命正在枯萎，他就是原粤海关缉私科代理副税务司、中共地下党员陈双玉。此时距离广州解放已经不远了，他带着无法看到光明的遗憾合上了双眼。

陈双玉，1908年出生，广东南海人，1929年考入粤海关，1933年担任二等二级帮办，1938年在九龙关工作时兼任抗日团体香港业余联谊社负责人和香港华人文员协会常务理事，1939年调龙州关工作，1940年11月加入中国共产党。

陈双玉在旧海关中是个出名的人物，不仅学识渊博、业务精通，而且为人和善、正直、豪爽，在中下级关员中有着很高的威望，年仅35岁就被提拔为代理副税务司，在讲究论资排辈到了苛刻程度的旧海关，可算是凤毛麟角。

陈双玉热心抗战宣传，他的一切表现被一个人看在眼里，这就是1939年调到龙州关的黄辰贵。黄辰贵也是胡实声的税专同学，1938年在参加上海抗日护关运动中表现突出，被胡实声发展成为中共地下党员。

黄辰贵调到龙州关后与陈双玉一商量，便利用陈双玉《龙关通讯》主编的身份和当时国共合作抗日的形势，发动关员自愿捐款，筹集资金，建立小型流动图书馆，宣传抗战，购置进步书籍，订阅《新华日报》等报刊，甚至将《论

粤海关代理副税务司陈双玉

持久战》《资本论》摆上案头,还举行时事座谈、政局报告,周末晚会演唱抗战歌曲。

1940年战火逼近龙州,龙州关闭关,迁往香港。在香港,黄宸贵介绍陈双玉加入中国共产党,从此陈双玉便走上为共产主义事业奉献一切的道路。

他编辑发表文章,号召大家关心民族的命运、国家的命运和海关的命运,团结抗日,共赴国难。他针砭时弊,仅1942年就发表了20多篇政论文章,有评论国民党十中全会、消费税、物价危机的,有揭露权势人物、军警走私和受贿放私内幕的,有抨击外国人控制海关和现行制度弊端的,等等。

1943年3月陈双玉发表的《闭关与开放》一文指出:"一八四〇(年)以后,中国的大门被英帝国主义的大炮打开,中国变成了半殖民地半封建社会,通过签订一系列丧权辱国的条约和协定,中国逐渐丧失了关税自主权和海关管理权,从此中国的关税在很长时期内到了低得不能再低的程度,便利了帝国主义对中国资源的掠夺,关税失去了保护本国工农业生产作用。这一惨痛的历史事实告诉我们,没有强大的国防力量,只能处于被动挨打的地位。"《龙关通讯》对

1927年3月13日,重庆海关工会成立

沦陷区海关的同事们寄予深切同情，呼吁捐款济援他们，号召他们挣脱虎口而归来。

陈双玉在调入重庆的总税务司署人事科后，把原来龙州关的刊物《龙关通讯》改版为《关声（重庆版）》，让全国人民继续听到海关同人抗日

全民族抗战爆发前的重庆关

的呐喊。

1940年日寇大举南侵，不仅占领南宁，还登陆了越南海防。当时任职龙州关的陈双玉撤退到英国人控制下的香港九龙关，他满怀报国抗敌的热情，一方面捐款捐物，一方面组织银行、海关、洋行职员，发起成立了抗日救亡组织业余联谊社，开展抗敌救亡活动。当年殷之钺、佘毅组织的江海关同人救亡长征团抵达九龙关的时候，就是他做通了九龙关税务司的工作，邀请长征团到香港演出抗日爱国话剧《塞上风云》，并安排团员们住在九龙关俱乐部。有些团员病了，他还把人接到家里，让母亲和妻子悉心照料。

陈双玉把宣传抗日的杂志《抗敌关声》投寄到沦陷区，让沦陷区的海关职工也能了解抗战形势和大后方海关职工抗敌救亡的活动。

1943年，海关总税务司抽调左章金担任总税务司署计划专员，专司战后重建全国海关的规划和准备工作。左章金点名调陈双玉做他的唯一助手，就是看中了他的知识与能力。而陈双玉则抓住这个机会，在制度设计上尽可能多地为华员增加权益。很快，陈双玉经过多次调研走访和集体讨论，撰写出《改进海关人事制度研究大纲》，提出"海关人事制度之厘定，以适合民族化、民主化、一般机关化之新海关为前程"，"采取民主集中制"，强调对洋员要"全部卸除行政责任"，"及早还政华员"，"不容许有洋关之存在……不应由外人越俎代庖"，反对国民政府继承清政府奉行的"洋人治关"制度，可谓语惊四座。

由于表现出色,他被破格晋升为代理副税务司,同时也为日后他领导和发动总税务司署的第一次罢工打下了深厚的群众基础。

1944年,抗战进入最关键也是最艰苦的阶段,日军为了挽回在太平洋战场的败局,制订并发动了"一号作战计划",为打通中国大陆交通线,对湘桂、粤汉铁路沿线及华南地区发动大规模的进攻。长期的战争令积贫积弱的中国经济濒于崩溃,尽管当时的重庆是国民政府的陪都,但物价飞涨,通货膨胀,素有"金饭碗"之称的海关职员待遇也一落千丈,甚至到了难以糊口的境地,很多人靠典当家底勉强维生。年关将近,职员福利会屡次提出补助、加薪或借支的建议,都石沉大海,杳无音信,困于海关严苛的纪律,很多人敢怒不敢言。刚刚被提升为代理副税务司的陈双玉以一个共产党员的责任和良心,挺身而出,在上级党组织的支持下,串联各科室代表开会,号召大家举行罢工。

这一天早上,海关刚刚上班,传来一阵清脆的摇铃声,大家纷纷放下手中的纸笔、印章,来到大会堂静坐罢工。这是海关从未发生过的事情,而且还是在海关的最高领导机关。外籍税务司目瞪口呆,连忙向总税务司李度报告。罢工静坐一直持续到上午11点多,李度才放话让罢工代表下班后到他的办公室去协商,并刻意交代一切问题都可以谈。到了晚上,在陈双玉的主导下,海关同人协商起草了英文请愿书,要求拨付福利金、改善职工生活待遇等等,有礼有节。

李度最后不得不全部答应下来,罢工取得了全面的胜利,党在群众中的威信得到进一步的提高。

组织罢工,这在自诩为"国际官厅"的旧海关属于大逆不道的行为,让

重庆关外办职员宿舍

抗战时期重庆总税务司署办公楼、礼堂、子弟小学操场

海关的当权者怒不可遏，而作为罢工的组织者，陈双玉自然遭到了海关当局的严酷报复。当时的人事科税务司卢斌对陈双玉说，海关对你不薄，这么年轻就被提拔为代理副税务司，对你寄予厚望，而你恩将仇报，太令人失望了。陈双玉冷静地说，火山爆发是谁都压不住的，同人们的情绪你是看到了，要不是我比较冷静，他们早就渡江找到总税务司请愿去了！一番话让卢斌哑口无言。

然而暴风雨终归要来的，陈双玉先是被"发配"乐山关，继而又被"贬"到川康边境常年阴冷潮湿的雅安关。关员们在请愿取消调令无果的情况下，只能为陈双玉举行了一次盛大的送别晚会，以此向海关当局示威。陈双玉坚定而坦然地说："民主运动不可能一帆风顺，大家要愈挫愈坚，最后的胜利一定属于我们。江东子弟多豪俊，卷土重来未可知！"

然而恶劣的气候和艰苦的生活环境严重损害了陈双玉的身体，他患上了严重的肺病。抗战胜利后，1946年总税务司署迁回上海，而陈双玉也拖着病躯奉调至广州，任粤海关缉私科代理副税务司。

内战爆发后，国共两党在正面战场激烈斗争，在看不见的隐蔽战线也展开了生死搏杀。陈双玉的身体每况愈下，冬季广州湿冷的天气对于他不啻雪上加霜。他虽然是高级关员，拿着高薪，住着海关分配给的花园洋房，但因为经常把薪水拿出来作为特别党费和周济困难同事，生活也很拮据，孩子们还啃着咸菜，穿着打补丁的衣服。孩子们不理解，为什么自己穿得还不如海关宿舍看门人的孩子？

陈双玉顾不上自己日趋加重的病情，利用自己的身份掩护香港工委财经贸委采购物资和收集资金,甚至帮助掩护党中央的秘密交通向两广纵队传递文件。

海关当局并没有忘记陈双玉曾经带给他们的羞辱,他刚刚痊愈,又被调到拱北关工作。拱北凛冽潮湿的海风彻底摧垮了陈双玉的身体,他到拱北上班仅一个月就病倒了。

1947年5月,海关当局以职员病假超过6个月为由,将陈双玉停薪,这对没有多少积蓄还要为治病付出高昂费用的陈双玉是毁灭性的打击。党组织派梁家瑛来看望他,送上路费让他到北平来治疗,然而他没等动身就病逝了。英雄的悲壮是闯过了黑暗,却倒在即将到来的黎明之前。

福州港历史悠久,自古以来就是中国东南沿海重要的对外贸易港口。明永乐年间,郑和七下西洋,每次都在福州长乐县太平港停泊,等候冬季朔风并添招水手、维修船舶、补给物资。明成化十年(1474年),福建市舶司从泉州北移福州管理对外贸易。

清康熙二十三年(1684年),大清开海贸易设立的四海关就有闽海关。后来乾隆虽厉行广州一口通商,但仍恩准琉球的贡船停泊福州,可见福州港地位之重要。

1949年5月,百万解放大军跨过长江天险,南下的脚步渐渐逼近八闽大地。福州的国民党守将已经逃往台湾,守军惶惶不可终日。6月,福州地下党获悉情报,国民党军队准备劫夺福州闽轮公司的客货轮和闽海关7艘缉私艇,逃往马祖和台湾。地下党立即找到时任闽海关稽查科主任的地下党员洪履权商量对策。

洪履权出生在一个海关世家,父亲洪冠玉、弟弟洪履和也是旧海关的职员。洪履和参加了江海关同人抗日救亡长征团,去了延安,入了党。洪履权在中学期间就加入了共青团,当过福建英华中学的团支部书记,积极参加学生进步活动。1933年秋,已经考上厦门大学经济系的洪履权在父亲的影响下,投考在上海的税务专科学校,毕

洪履权

业后被派到江海关任外勤稽查员，之后又到粤海关、昆明关任职，1946年调至闽海关任稽查科主任。1935年，当时在粤海关任职的洪履权曾经掩护过被敌人通缉追捕的任达、曾志（陶铸夫人）。

洪履权找到自己的统战对象、闽海关代理副税务司林叔永（无党派爱国民主人士，新中国成立后任福建省政协委员），要求他想方设法秘密保护海关船艇不被敌人掳走。

洪履权早就开始了迎接解放的准备工作，他利用自己工作的便利条件，早早将闽海关人事档案、财务经费和关产情况登记造册。同时发展积极分子，一同参加到保护关产、迎接解放的工作中去。

1949年8月17日福州解放，24日福州市军管会派张超、曲健民等人接管闽海关。10月，接管专员张超（后担任福州海关首任关长）向军管会提出，在福州语言不通，人生地不熟，要求派几名当地干部来海关工作。经军管会介绍，省公安厅帮助物色人选，要求符合"一是福州人，二是中共地下党干部，三是大学生"三个条件。

等到洪履权见到被调来协助海关工作的人，两人悲喜交加，拥抱在一起。

原来，来人叫黄一夫，在福州市公安局社会处工作。解放前，洪履权曾与他有过地下工作的配合，一起参与过震惊福建的"闽海关布案"。

事情还要从1947年说起。那一年的1月，闽浙赣区党委决定将闽江工委改为闽浙赣区党委城市工作部，负责开展东南各省的城市工作，开辟第二战场。

1946年秋，洪履权从昆明关调回闽海关担任稽查科主任时，手下新入职了一个年轻人，叫陈文湘。陈文湘1925年出生于福州仓山的一个茶商家庭，1937年考入英华中学读书，是洪履权的学弟。虽然互不相识，但陈文湘早就耳闻洪履权参加了进步团体，这次遇到学长顿生亲切之感。陈文湘入职海关前，经老同学、中共闽江工委特别支部书记孙道华介绍，已经加入了中国共产党。陈文湘在暗暗考察了洪履权几个月后，终于有一天向洪履权表明了自己共产党员的身份，洪履权既惊诧又兴奋，惊诧的是自己眼里的小不点儿竟然是自己革命道路上的前辈，兴奋的是自己终于找到了组织。就这样，洪履权也成为城工部的一员。他以出租房屋给美军联络处职员的名义,把自己在仓山程埔头的老宅璞园作为闽浙赣区党委书记曾镜冰、常委左丰美、城工部部长庄征及中央特派员阮英平等的居住和秘密办公点。

那时国共双方在东北战场和中原战场呈胶着状态,而国民党当局对国统区的共产党活动加大了"剿灭"力度。中共闽浙赣区党委城市工作部贯彻中共福建省第二次代表大会通过的《关于发动爱国游击战争的决定》,发动城市的中共基层组织筹集经费,支援游击战争。恰巧1947年7月间,福州5家商号无证贩运200多匹布料及棉纱、颜料等物资到港,被闽海关查扣,暂时扣留在海关私货仓。洪履权得到这个消息,觉得是一个完成任务的好机会,便向上级报告。城工部领导决定采用里应外合的手段获得这批物资,变卖支援游击战争。7月11日,他们选择在这天行动,庄征(城工部部长)、李铁(城工部副部长)、孟起(城工部副部长)、孙道华(福州市委书记)、简印泉(福州市委委员)、于湛(省委交通员)、何友礼(城工部学委书记)、陆集圣(闽中地委城工部部长、福建学院学生)、真树华(福州市委委员、农学院支部

闽海关

闽海关的水手、杂役

书记）、黄一夫（城工部学委委员、福建学院学生）等参加行动，陈文湘和洪履权在内接应。到了这天，于湛、陆集圣、真树华和黄一夫等人进入闽海关大公事房，声称领取暂扣货物，并出示了仿制的海关货物放行单。陈文湘则装模作样审查一番，向上司请领关防后，签字同意放货。前后进出4次，成功地领出布260匹、棉纱362公斤、各种颜料40余斤和一些西药等，价值法币2亿多元。

过了几天，真正的货主持海关货物放行单来取货，海关才发现货物早已经被冒领。由于金额巨大，海关总税务司署震惊，责令闽海关破案。海关在福州《南方日报》上刊登悬赏布告，省政府派出大批警察、特务和密探侦查此案。

不久，国民党特务机关通过审讯疑犯偶然获知了一个线索，他们发现孟起有嫌疑，通过搜查不仅发现了尚未转运的布匹，还发现了中共文件，此案件也从经济案件上升为"共党匪谍"案件。此时陈文湘按照上级要求已经离开海关，而洪履权则留了下来。

孟起夫妇被捕后，坚贞不屈，被敌人杀害于南京雨花台。

1949年8月16日，解放福州的战斗打响了。第二十八军开始攻打福州市区，这时候，国民党福建省政府主席朱绍良和第六兵团司令李延年已经坐飞机逃到台湾去了，把守住福州的任务交给副军长李以劻、兵团参谋长何同棠。

城工部事件后，包括洪履权和黄一夫在内的这些与上级党组织失去联系的地下党员们，坚守信念，分散独立地坚持革命斗争，福州城内"反内战、反饥饿、反迫害"的爱国民主运动也进入高潮。大家利用自编的《大众报》《小火星》等报刊进行宣传工作,又冒险张贴解放军布告,进行统战策反、收集情报、护厂护校等活动,配合解放军第十兵团解放福州。

1949年8月24日,福州市军管会派员接管闽海关。1950年2月,闽海关改称为福州海关。洪履权、黄一夫终于又在海关见面了,怎不令人慨叹?!

第十四章　罗湖山顶升起五星红旗

接管旧海关最为精彩的一幕在华南地区上演。

1949年9月，人民解放军逼近华南重镇——广州。

广州是中国海上丝绸之路的重要港口，从唐宋时期开始，朝廷就在广州设置市舶司或市舶使来管理进出境贸易，征收关税等。

清康熙二十二年（1683年），清廷平定台海，转年，康熙皇帝宣布设立闽、浙、江、粤四海关，开海贸易，这时中国历史上第一次把国家对外贸易管理机构命名为海关。四海关中最有影响的就是设在广州珠江的粤海关。到了清乾隆二十二年（1757年），乾隆以防止洋人窥测天朝为由，取消闽、浙、江三个对外通商口岸，粤海关成为当时全国唯一对来华贸易征税稽查的监管机构。

《粤海关志》所绘在广州的外国商馆和十三行位置图

粤海关

1860年10月1日，粤海新关在广东省开关，俗称洋关。

1914年3月28日在原址重建海关大钟楼，1916年5月建成，6月正式办公，此后一直为粤海关办公大楼。

1946年，曾经介绍梁家瑛入党的地下党员黄宸贵调到粤海关后，接受中共华南分局驻广州特派员杨子江（钟明）的领导，主要任务是积蓄力量，结交朋友，宣传教育群众，并设法为党筹集经费（这是当时广州地下党活动经费的主要来源之一）。而在粤海关还有另外一支力量在活动，那就是接受广州市委领导的粤海关副监察长程逸岩和从江海关调来的本口稽查员张家栋。在广州解放前夕，他们利用总税务司李度南迁广州并成立粤海关应变委员会的时机，通过争取粤海关税务司吕少西，从而实际控制了这个委员会，尽可能保证这个中国历史最悠久海关的资产与文献档案能够完整保存下来。

1949年10月14日，李度下令关闭海关总税务司署广州办事处，在台北另设总署办事处，被派来接运总署人员行李和家具的海关"鸿星"舰急匆匆拔锚离港。下午5点，珠江上轰隆一声巨响，国民党守军在撤离广州

升起五星红旗的广州海关

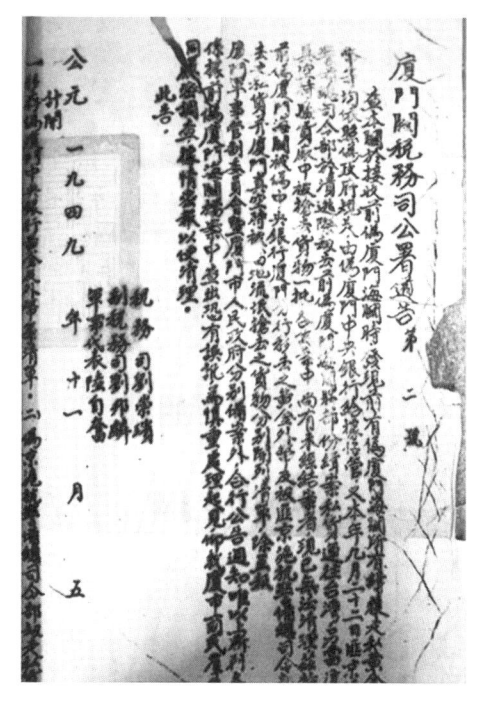

厦门军管会接管厦门关公告

前炸毁了海珠大桥。粤海关税务司吕少西下令全体员工坚守岗位努力工作，等待接管。当晚解放军进入市区，广州宣告解放。15日清晨，大钟楼顶升起了五星红旗。

1949年10月22日，中国人民解放军厦门市军事管制委员会接管厦门关税务司署。

10月23日，江门解放，27日江会区军管会接管江门关。

10月24日汕头解放前夕，与胡实声、高仕融同为二十六届税专校友的刘新业，拖着病躯和同事简克章一起，用红绸被面做了一面红旗。在解放军进城时，这面红旗就悬挂在潮海关关员宿舍的北门上，欢迎解放军。

1949年11月3日，正在广东中山县翠亨中山纪念中学课堂上授课的物理老师鲍康尧被人叫出去耳语了几句，回来后鲍老师继续把这一堂课的内容全部讲完，下课前很动情地对同学们说，大家以后要好好学习，将来为国家多做贡献。然后下课，头也不回地消失在校园里。

从此，中山纪念中学少了一位叫鲍康尧的老师，而中国人民解放军拱北军管会里多了一位军事特派员。

炮台山是拱北关陆路缉私总站的驻地。11月4日，拱北关税务司瑚珮、常务税务司巴士度、副税务司王作民从设在澳门的总关乘车过境，将拱北关400多人的花名册、房屋和车船等固定资产登记清册、财务资金收支结存账册，呈交到军管会主任黄旭、鲍康尧等人面前。当时拱北关共有员工423人、房屋10处、

坐落于澳门的拱北关税务司公署　　　　接管拱北关的军代表鲍康尧

船艇 15 艘，还有大量的武器以及存放在澳门银行的 20 万港元。11 月 5 日举行了正式接管仪式，设在澳门的海关机构随即迁入内地。

九龙关是因鸦片设立的海关。第一次鸦片战争后，香港被英国占据，但鸦片进口仍然违法，一些不法商人以香港为基地，向中国内地大量走私鸦片。为此，粤海关在香港周边设卡堵截，而港英当局却以损害其自由港地位为由，极力阻挠。1886 年中英签订《管理香港洋药事宜章程》，规定由中方在中港边境设立洋关，专司稽征鸦片税厘和查缉走私等事宜，名为九龙关。九龙关

1897 年坐落在香港的九龙关税务司公署

建关初期的九龙关洋员与关勇

成立后，按惯例总关关址应在其辖区内，但其辖区环绕香港，地广人稀，海盗横行。经总税务司赫德多次磋商，终于使港英政府同意九龙关税务司公署租房设在香港，条件是由英国人担任税务司。自此，九龙关历任税务司均为英国人。1887 年 4 月，九龙关租用皇后大道中 16~18 号银行大厦作为九龙关税务司公署，正式对外办公。

甲午战争后，西方列强看破大清虚弱本质，纷纷在中国跑马圈地。1898 年，清政府被迫与英国政府签订《展拓香港界址专条》，将九龙半岛北部地区及附

1900年3月，深圳河关厂成立　　　　　　九龙关罗湖关厂

近岛屿和海域租借给英国，租期99年。翌年，九龙关下属各关厂逐步后撤至深圳地区，九龙关改称九龙新关，1931年恢复原称。

今天深圳罗湖口岸联检大楼那个地方，原来是一座小山头，叫罗湖山，俯瞰深圳与香港的边境地区。九龙关除了在粤港边境有大铲、蛇口、南头、沙头、白石洲、莲塘、蔡屋围、罗湖、文锦渡、沙鱼涌、盐田、沙头角、小梅沙、三门、垃圾尾、南澳等支关外，还削平罗湖山顶，建立了九龙关缉私总部，统管边境一带的缉私关卡。缉私总部有办公楼、宿舍、仓库、球场等，设备齐全完善。20世纪80年代，深圳将罗湖山彻底削平，建设了罗湖口岸联检大楼。

九龙关有武装关警300余人，配备机枪、自动步枪、左轮手枪等武器；海上则有华南缉私舰队，以香港为母港，拥有美国制造的A型、Y型、C型、U型等大小舰艇以及趸船共33艘，有海事人员500多人。全关包括关员、关警、海事人员、勤杂技工在内共约1300人。

早在1948年，九龙关地下党员林大琪、李国安、梁家瑛按照上级布置，通过九龙关同人进修会这个平台，秘密联络和发展了一批进步关员，为即将到来的解放做好"保护关产，迎接解放"的准备。

林大琪是福建省福州市人，1924年于福州协和大学肄业，两年后考入北京税专。1938年5月27日在福州参加中国共产党。1947年，林大琪调到九龙关工作。1948年，中共港澳工作委员会决定在财经委（书记许涤新）下成立一个财经小组，林大琪任组长。解放前夕，林大琪的儿子林波在福建也参加了革命，但被敌人杀害了。

到1949年2月,九龙关的积极分子已发展了数十人,梁家瑛奉命北上,参与天津海关的建设,林大琪和李国安即着手组织护产小组,从各部门挑选成员,由林大琪任组长,成员有黄昌燮、马绍永等14人。保护关产、迎接解放的工作在紧张地进行。护产小组成员黄昌燮是九龙关二等监察长,为人正派,有正义感,在外班华员中职务较高,林大琪以他为护产小组骨干,具体任务通过他去执行。

8月,九龙关起义护产工作进入最紧张阶段,而林大琪接到上级指示,命他赴北平参加新中国海关的筹建工作,他只得依依不舍地离开。

然而有一个不好的消息传来,李国安地下党员的身份暴露了,他被迫从九龙关辞职,在外围协助工作。

护关、护产的任务一下子落在黄昌燮的肩上。临行前,林大琪告诉黄昌燮,护产小组至少要保证深圳缉私总部系统的枪支、弹药、税款、档案等不受损失,完整地交到人民手中。同时要瞅准时机,尽最大可能把停泊在香港水域的华南缉私舰队的舰艇开回来,交给解放军。到时会有一个叫张枫的人来找他,是自己人。

九龙关起义的组织者之一
林大琪

林大琪与家人合影

1949年8月10日，风声鹤唳中，刚刚接任九龙关税务司的经蔚斐紧急召开九龙关区所有支关、部门负责人会议，中心议题就是一个，在解放军大兵压境之际，如何应对共产党的接管。会议开得很平静，或者说是很沉闷，经蔚斐托病缺席了这次会议，常务税务司史铎士也没有参加。会上，与会者议论一番，也没有拿出个准主意。最后还是经蔚斐拍板，不允许海关人员随着国民党政权撤离，也不允许参与到任何与解放军的战事中，严格保证关警的武器只能用于防御散兵游勇的抢劫。他说："从支关撤退或集中在某些支关的行动，都可能被看作海关部分地参与抵抗总的政权易手。"他心里最大的隐忧是九龙关关警队。洋关初建时期，走私多发，各个通商口岸海关都建立了武装缉私队伍，有的叫巡缉队，有的叫关勇队，大清倒台后，逐渐改称关警队或港警队。关警队主要有两大任务：一是协助关员执行查缉工作，关警队处于辅助地位，主要的检查工作仍由关员负责执行；二是保护关产及警卫。

1933年经总税务司署批准，九龙关的关警队正式列编海关。1935年，九龙关关警人数猛增至330多人，共编为11个队，其中10队为步兵队，1队为马队，配有良马17匹。到了1949年，九龙关区有关警34队，每队12人，有

九龙关关警队人员众多，武器装备齐全

队长、队副各 1 名，警士 9 名，伙夫 1 名。关警装备有轻重机枪、步枪、手枪，很多成员是有战斗经验的转业军官或直接从财政部税警改调而来。解放前夕，整个九龙关的关警队相当于一个齐装满员、训练有素的步兵营，各队分归各税务司或分支关所主任指挥管理。这样一支武装力量的存在，对顺利接管九龙关是一大不确定因素。同时，九龙关还掌握着另一支更重要的武装力量——中国海关华南缉私舰队。

九龙关管理的华南缉私舰队

海关海务缉私船队发端于清朝光绪年间，到 1937 年 6 月，全国海关的海务和缉私舰艇达 60 余艘，最大的是排水量 6000 吨的"福星"舰，船坚炮利，号称"中华民国第二海军"。

抗战期间，海关缉私舰艇大多被日军炸毁或劫夺，损失殆尽。抗日战争胜利后的 1945 年 10 月，总税务司署与美军代表团签署协议，接收 9 艘美军无偿赠送的退役舰船重建海关缉私舰队。1947 年，总税务司署又向美国海军采购了战后退役的扫雷舰、炮艇等共 60 余艘，充作缉私舰艇，采购排水量 1300 吨的远洋型木壳扫雷舰 5 艘，作为海务运输船，并重新以海关历史上曾经使用过的巡缉舰名"春星""海星""流星""景星""并征"等命名。

1946 年 12 月 30 日，海关宣布重建华中、华南和华北 3 个缉私舰队，舰队基地分别设在上海、香港和烟台。随着解放战争的进程，华北、华中的缉私舰队除南逃舰艇外，都已经被人民海关接管，只剩下驻泊在香港九龙湾的华南缉私舰队。

华南缉私舰队的实力强大，原编制中就拥有海关半数以上的缉私舰艇，其中 A 型舰 4 艘，Y 型舰 4 艘，加上 C 型、U 型、"屐仔"型艇，共有 33 艘舰艇和一些趸船。

这些美制舰艇在当时算是很先进的。如A型舰排水量1000吨，有40毫米博福斯主炮、25毫米机关炮各1门，舷侧有12.7毫米重机枪2挺；Y型舰排水量256吨，前有25毫米机关炮1门，舷侧有12.7毫米重机枪2挺；C型艇排水量60吨，有12.7毫米重机枪1挺；"屐仔"型缉私艇排水量30吨。A型和Y型舰均配备二战中才出现的航海装备——雷达，以及陀螺仪、声呐、无线电测向仪、超高频无线电话、电台等。C型缉私艇也配有小型陀螺罗经及其他助航仪器、无线电通信机等。舰艇的主机绝大多数是美制的格兰船用柴油机，启动性好，加速快。A型舰有主机2台，2000匹马力，航速每小时13~14海里。Y型舰有主机2台，1000匹马力，航速每小时12~13海里。C型艇有主机2台，500匹马力，航速每小时10海里。"屐仔"型艇有主机1台，250匹马力，航速每小时9海里。每艘舰艇都配备缉私队员，装备有卡宾枪、左轮手枪、中正式步枪或日式步枪。

1949年9月13日，经蔚斐在给总税务司李度的第274号密呈中无奈地写道："我将指令本关，只要情况许可，将继续正常工作。"其明显的目的在于把九龙关像一个开着的商店一样移交给共产党，如同天津、上海和其他被共产党占领的口岸通常所做的那样。李度同样无奈地回复："如果共产党还能让你掌控海关，并维持原来的制度运行的话，就那样吧。不过你手下的那些A级和Y级缉私舰艇，都得拖到台湾来，不能留给共产党。"

就在经蔚斐和李度你来我往之时，林大琪已经住进了赫德曾经工作过的北平东交民巷台基厂头条胡同的英式洋房中，与来自全国各地的会议代表，正在筹备新中国海关历史上举足轻重的那场座谈会。

1949年9月1日，国民政府财政部部长徐堪在广州找来总税务司李度，谈到时局的溃败及对九龙关那一大摊子家当，特别是那几十艘缉私舰艇的忧虑，强调缉私舰不能留给共产党。

1949年9月23日，也就是全国海关工作座谈会召开的那一天，李度从台北发急电给经蔚斐："除保留两艘Y级舰在香港外，全部A级舰和Y级舰连同船员调往台湾或海南。根据上述指令，你须力争尽早调走3艘A级舰、2艘Y级舰，这5艘舰须调往台北。"

护产小组得到这个消息后，发动船员联名上书，拒绝赴台，阻止舰艇起航。

当天，"运星"舰的芦桥、何永生，"鸿星"舰的郭君名，"荣星"舰的林芳，以及"海康""海龙""海宁"等舰的代表，代表全体船员联名请愿，要求解决赴台的具体问题，如工资标准、搬家费用、家属安置等，并提出还要预支 3 个月的应变费，对不愿去台人员支付 3 个月工资的遣散费。一句话，不想去台湾！

解放前夕在珠江口外海巡逻缉私的"运星"舰

9 月 26 日，得到消息的李度再次急电经蔚斐明确要求："自 10 月 1 日起，A-2（'德星'号）、A-4（'运星'号）、A-7（'鸿星'号）、A-8（'荣星'号），Y-1（'海康'号）、Y-2（'海龙'号）、Y-5（'海威'号）、Y-7（'海宁'号）舰及现有船员迁调台北。"

一边是李度的一道道催命电，一边是准备抗命的船员，经蔚斐思忖之下，决定让九龙关海务巡工司兼华南缉私舰队司令马劳伯和海务帮办叶观炎使用硬的一手，以九龙关的名义邀请港英警察清场，强行将不愿迁台的 159 名船员除名并驱赶离船，向太古轮船公司租用"佛罗斯蒂·穆勒"号和"卡洛琳·穆勒"号两艘外籍拖轮，于 10 月 9 日清晨起陆续将 3 艘 A 型舰和 2 艘 Y 型舰强行带往台湾，另从台湾派"福星"舰船员飞抵香港，替代"鸿星"舰船员，将"鸿星"舰开往台北。

护产小组得知消息非常着急，一边向港澳工委汇报，一边加紧各方面工作，向九龙关施加压力。

9 月 23 日、24 日，叶剑英在江西赣州主持召开干部会议并做重要讲话，研究部署解放华南各项任务，号召广东的百姓紧急动员起来，支援解放战争，彻底扫清残敌，协助接管乡村、城市，建立革命秩序，恢复和发展生产。10 月

7日，粤北的门户曲江县被解放军攻占；10月12日，佛冈县解放，解放军已经兵临广州城下了。

在这场战役中，仅仅不到一个月，国民党军就被歼灭了6.2万余人，而解放军仅伤亡1700余人。

国民政府确实气数已尽了。经蔚斐正在办公室里琢磨时局，九龙关负责缉私的常务税务司史铎士推门进来，递给他一封由九龙关318名关警签名的请愿信，信中要求九龙关立即比照关员标准发放应变费并提前发放10月份的薪金。言辞虽谦卑，但句句含着愤恨与不满。原来旧海关历来对关警采取歧视态度，认为他们是没受过高等教育的下等人，待遇相对关员差许多。关警们不仅薪金少，就连应变费也只按一个月薪金发放，早引起关警的愤怒。经蔚斐并没有把关警们的请愿书放在心上，以没有先例和规定为由，迟迟不答应关警的要求，并派史铎士和二等监察长杨俊虬去各个支关弹压。

为了稳定局面，经蔚斐还拟定了一份税务司密令，要求"九龙关全体人员坚守岗位、照常工作，不得轻举妄动，一切听从总关的指令"，并秘密印发了一份中文的文件，是关于如何与前来接管的解放军接洽的指南和声明，同时还要求各分关提前储备粮食、罐头、副食等，准备一面绿地黄十字的海关关旗。为了掩人耳目，经蔚斐还安排报纸媒体发布了一则九龙关动态的消息。1949年10月14日香港《新生晚报》刊登关于九龙关的动态报道称："本报特讯 面对着广州的巨大变革，在香港与国民政府有关的各种机构，近日来也都呈现了一种很紧张的样子，但在公主行五楼的中国海关的九龙关却因他另外有一种见解，独显出十分平静。"

10月13日，去各个支关弹压关警的史铎士和杨俊虬刚走到白石洲支关，就被愤怒的关警们围住，史铎士怎么也想不到在他眼里最驯服的关警敢在太岁头上动土，竟然把他扣押为人质。关警们不仅提出立即发放3个月的薪金作为应变生活费，还要求把一等监察长杜炽芬和二等监察长杨俊虬交给关警处理。

经蔚斐得到消息，急得像热锅上的蚂蚁。洋员被扣事件以前只发生在太平洋战争爆发时的日军行动中，眼下天津、烟台、上海都没有听说扣押洋员的事情，而今天自己手下的洋员，还是个常务税务司，却被一向逆来顺受的关警队扣押。

他的第一反应是，这件事肯定是共产党鼓动干的，因为他听说白石洲支关附近早就有中共领导的东江纵队在活动。可是他刚来九龙关才两个月，两眼一抹黑，怎么办呢？

税务司办公室里，经蔚斐一边向总税务司李度汇报，一边绞尽脑汁想办法。忽然他脑子里闪过一个念头，似乎发现了一丝端倪。九龙关负责关警的有3个华籍监察长：杜炽芬、黄昌燮和杨俊虬，为什么关警只要求惩办杜炽芬和杨俊虬？这说明黄昌燮与此事有某种联系。早就耳闻黄昌燮和那个从江海关调过来的共产党嫌疑分子林大琪关系密切，这就更加印证了这件事背后的主使与共产党、黄昌燮分不开。

经蔚斐认定黄昌燮是扣留人质的幕后操纵者，他以开会的名义，把包括常务税务司沈世坤、缉私科代理税务司张中炜、边境支关一等监察长杜炽芬、黄昌燮在内的九龙关高级关员都召集起来开会。这个会拖拖拉拉开了很长时间，经蔚斐东拉西扯，总之想把营救史铎士的责任拍到黄昌燮头上。黄昌燮则告诉他们，以自己对共产党的了解，这绝对不是共产党干的，但白石洲是游击区，共产党倒是可以施加影响解决这个问题。经蔚斐故意问，你怎么知道不是共产党干的？黄昌燮说，从津海关到江海关，还有汉口关，共产党接管海关没有一个洋员被扣留和拘捕就是证据。经蔚斐闻言却越发相信自己的判断，必是黄昌燮后面的共产党游击队干的。他提出要黄昌燮出面请共产党协调解决此事，千万要保证史铎士的人身安全。黄昌燮回复说，共产党以合作接管为条件，和平解决此事。

经蔚斐向李度汇报，并获得李度的批准，答应了关警的发放应变费和提前发薪的要求。和关员一样，发给每个关警4石大米和10月份的工资，史铎士安全返港。黄昌燮则乘机提出，共产党言而有信，税务司也要信守承诺。

黄昌燮连夜找到李国安。第二天早上，港澳工委的代表、新华社香港分社社长黄作梅在李国安陪同下找到黄昌燮，早有林大琪的介绍，黄昌燮与他一见如故，很快商量出一个完美的方案。再由黄昌燮几番传话奔走，港澳工委终于与九龙关达成初步意向。

1949年10月14日晚7时，就在广州解放的当晚，香港半山九龙关税务司

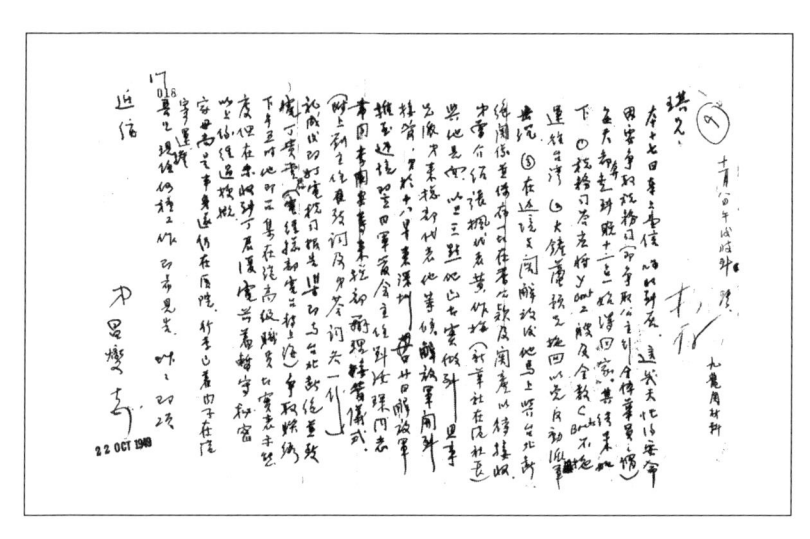

1949 年 10 月 22 日，黄昌燮写信向林大琪报告九龙关起义谈判结果

官邸的铸铁门吱吱呀呀地打开了，经蔚斐站在门前，心神不宁地等候着即将到来的客人。

黄昌燮陪同黄作梅登门拜访九龙关税务司经蔚斐，双方略作寒暄就直奔主题。

广东的战局早已让经蔚斐失去了最后一点儿筹码，会谈更多的时间是花费在交接细节上。

经过一夜的谈判，双方达成协议，一共八条：

第一，经蔚斐保证九龙关区内一切动产和不动产完整，不得有任何差漏、转让或移动。

第二，所有九龙关建筑从次日起降下国民政府的旗帜，升挂黄十字关旗作为脱离国民党统治的标志。

第三，立即派黄昌燮以税务司代表名义前往深圳山顶总部，确保关产，准备交接。

第四，驻泊香港的华南缉私舰队除少数交通快艇外，全部移泊宝安县深圳河下游入海口，舰艇各船尾皆挂海关旗为投诚标志。解放军到达边境时，舰队不得开炮射击。

第五，人民政府接管九龙关总部时，经蔚斐应即通电北京海关总署投诚，接受领导。

第六，解放军接管边境各支关时，应携带黄昌燮亲笔介绍信前往，以免被坏人冒充，危及关产和职工安全。

第七，在通电北京海关总署公开投诚之前，双方同意保守本协定秘密，以防深圳国民党梁杞部队借口袭击各支关。

第八，因事关机密，双方同意以口头君子协议形式，严格遵守，立即生效。双方邀请黄昌燮为见证人和切实履行本协定各条款的保证人。

黄昌燮终于松了一口气，没有辜负林大琪的嘱托，和平接管九龙关初见曙光。

九龙关护产小组开始半公开活动了，他们一方面对广大职工进行爱国主义宣传，一方面详细了解原九龙关在香港的所有财产，列表备案，进行严密监控，防止转移关产。

10月14日，沙头角、莲塘的国民党军准备逃跑，之前曾窜到海关抢粮抢枪，遭到关警的武装抵抗而未得逞。地下党迅即派人与上述支关接洽接管事项。

10月16日，国民党海军"永嘉"舰窜到大铲西北海面，通知系泊在通惠趸船上的大铲支关，此海域成了战区，要求大铲支关撤离。关员们借故拖延。经蔚斐怕失信于共产党，跟黄昌燮通报后，下令将大铲支关连同通惠趸船拖至香港海域。

为了做好南头、深圳镇和九龙海关的接管工作，江南地委在宝安县委和县人民政府成立的同时，还成立了宝深军事管制委员会。曾任粤赣湘边纵队东江第三支队一团政治委员、中共江南地委委员的刘汝琛任军管会主任，黄永光为副主任。军管会主任刘汝琛负责接管深圳镇，副主任黄永光负责接管宝安县城南头，东宝税务处的蓝杰、谭刚、何财等人负责筹备接收九龙关。

10月19日，深圳、保安地区解放。听到这个消息，经蔚斐给黄昌燮打电话，要求他马上联系解放军接管九龙关。同时密电各边境支关，立即降下国民政府的旗帜，升挂关旗。

九龙关税务司经蔚斐及向海关总署发出的起义通电文稿

　　10月20日，九龙关与宝深军事管制委员会之间架设了直通电话线。10月21日上午11点，宝深军事管制委员会主任刘汝琛率领何财、谢枫、李国安等人来到九龙关深圳缉私总部，举行了简短的接管仪式，宣布成立九龙关临时接管委员会，要求人员资料、武器、财产、档案文件分别造册保管，全体人员暂时原职原薪录用，待正式接管。黄昌燮代表九龙关全体同人致答词，他深情地说道："'解放'二字虽然简单，但它意义包括很广，如改良的决心，如进步的精神，如新生命的开始等。我们要切切实实改良不好的行为，以获得解放的精神，以解放的行动表现来为我中华人民共和国的新海关而服务。"

　　中午12点15分，五星红旗在九龙海关罗湖山顶缉私总部上空冉冉升起，同时边境各支关也升起了五星红旗。

　　在香港的经蔚斐通过江海关转发，致电北京海关总署孔原署长、丁贵堂副署长，宣布断绝和台湾总税务司署的关系，接受北京海关总署的领导，效忠新中国。

　　而此时的北京，中华人民共和国海关总署成立的准备工作一切就绪。接到经蔚斐的电报，丁贵堂找到孔原，兴奋地说，这真是个好消息！尽管林大琪早就向孔原汇报过九龙关起义的准备工作，但是事情机密，不到揭锅的那一刻，谁也不敢轻言胜利。这个消息给即将成立的海关总署送上了一份沉甸甸的大礼。孔原、丁贵堂立即回电嘉勉，肯定经蔚斐保存关产有功。

收到嘉勉电的经蔚斐立即召集在港职工开会，宣读了北京的电文，要求大家坚守岗位，等候接管。

这真是一份沉甸甸的大礼。起义后的九龙关向海关总署移交总关一个、支关 11 个，计有港币 462 万元、黄金 300 两、银元 5800 元、舰艇 34 艘、机枪 153 挺、其他枪支 1037 支、子弹 37 万发、汽车 12 辆、人员 1000 余人，光是武器就足够装备两个营的正规军，舰艇更是解放军解放沿海岛屿急需的装备。

经蔚斐还交出了他占有的香港半山独立式公馆三座及堡垒街两栋四层楼高级宿舍等。

1949 年年底，经蔚斐向广州军管会海关处提出辞职，军管会海关处处长陈应中根据孔原署长意见，代表海关总署挽留。经蔚斐去意已决，海关总署于 1950 年 2 月 25 日批准其辞职，并发给 6 个月的薪金以及全家返英旅费以示奖励，而九龙关其余辞职洋员也都发给 3 个月的薪金及川资。

虽然九龙关及所属的 11 个边境支关已接管，但位于大鹏湾和香港之间的三门岛还盘踞着国民党军队，不时出来劫掠商船，骚扰渔民，岛上的三门支关

接管时的九龙关检查所　　　　　　　拱关分卡检查所

还未接管。经过研究，决定以九龙关税务司的名义先派人进去保护关产，稳定人心。

11月，杨履堃、汪济、吴国进等3名关员带领8名水手，乘木帆船从香港筲箕湾出发，驶向三门岛。不料一出海就遇到冬季季风，风高浪急，小小的木帆船如一片树叶被刮向外海，只有几十海里的路程却整整在海上颠簸了3天，才安全登岛。尽管他们穿着海关制服，拿着税务司的手令，仍遭到了国民党军队的严厉盘查，幸亏他们是从香港出发的，而且木帆船的船籍也是香港，这才消除了怀疑。可国民党兵万万没有想到，杨履堃身上藏着一封密函，是宝深军事管制委员会签发的证明九龙关系起义单位，所属人员系起义人员的证明信。三门支关在等待解放的那段日子里，每天都利用三门支关内设的无线电台，用英文密码定时与深圳海关接管会联系，报告情况，听取指示，保护关产。

九龙关的起义震动了香港和台北，国民政府关务署下令斥责，总税务司署通令停发九龙关所有员司的薪金、养老金及储金。

◀ 九龙海关检查站外景

新中国成立后，九龙关从香港撤出，在深圳重建，称九龙海关，直至香港回归祖国

就在九龙关起义后不久，10月25日广州市军管会成立海关处，11月23日任命刘琦为海关处处长兼粤海关税务司，陈应中为副处长兼副税务司。

海关总署公告自12月1日起，包括九龙关在内的华南各地海关受海关处统一领导。1950年1月28日，广州市军管会海关处根据海关总署关于改订全国海关名称的决定，发布命令，将九龙关改名为中华人民共和国九龙海关，由海关总署和广州市军管会海关处双重领导。2月22日，海关总署任命赖田为九龙海关代关长，驻深圳办公；张中炜为代副关长，驻香港办公，负责保护原九龙关在港关产。同时撤销在香港境内的西环、油麻地、九龙车站支关，其员工除自动离职外，均陆续内调。

1950年10月，在深圳建设的新九龙海关大楼竣工，撤销九龙海关驻香港办事处下属所有机构，只留下少量工作人员负责调查物价和保管在港关产。但关名仍保留九龙海关的名称，表明中华人民共和国对香港拥有主权，香港是中国领土不可分割的一部分，直至1997年香港回归祖国。

第十五章 归 航

九龙关税务司经蔚斐通电起义，接受中华人民共和国海关总署的领导，震惊了海内外，各方的目光一下子聚焦到了香港铜锣湾避风塘的那片海面。那时的避风塘并不是美食的代名词，而是香港一片水波不兴的避风港，由九龙关代管的海关华南缉私舰队的几十艘舰艇就驻泊在这里。九龙关的起义通电，也让这里成为国共双方的战场。在英国殖民统治下的香港，表面波澜不兴，实则暗流涌动。

起义通电发出的第二天，10月22日，黄昌燮给在北京的林大琪写了一封信，请他转呈海关总署领导，一方面汇报九龙关接管的过程，一方面提示华南缉私舰队的几十艘舰艇驻留在香港，需要早做安排。因为国民党一直没有闲着，想把这些舰艇弄到台湾去。李度就发出公开的召唤，只要到台北去，工资翻番，职务提升。

九龙关起义后，当时国民党的军舰在香港外伶仃一带设封锁线，日夜巡弋，它进不去深水湾，也不许海关舰艇出来。

早在10月6日，华南缉私舰队唯一的华人舰长何炳材指挥着"海康"舰刚刚靠上码头，就受到缉私舰队指挥官马劳伯（英籍）的紧急召见。

在缉私舰队的办公室里，马劳伯面无表情地拿出一份密电，这是总税务司李度发来的总税务

九龙关地界碑

司令，按照旧海关的规定，无特殊原因，即使是何炳材这一级的职员也无权阅读。命令上写着："自10月1日起，A-2（'德星'号）、A-4（'运星'号）、A-7（'鸿星'号）、A-8（'荣星'号），Y-1（'海康'号）、Y-2（'海龙'号）、Y-5（'海威'号）、Y-7（'海宁'号）舰及现有船员迁调台北。"

马劳伯沉着脸说，按照总税务司的指示，你必须在10月10日前做好起航准备。看到何炳材犹豫不语，马劳伯接着说，违抗命令的，一律除名！

何炳材平静地告诉马劳伯，我会向属下传达总税务司的命令，但我相信大多数人是不会去台湾的。

马劳伯威胁道，你要清楚你做出这个决定的后果，一旦除名，包括你的养老储金、退休金全部泡汤了。

回到舰上，何炳材命令大副全舰集合。他向全体船员传达了总税务司的电令，但同时表态自己不会去台湾。何炳材告诉大家，国民政府气数已尽，台湾孤悬海外难以独存，大家不应跟着他们做陪葬品，宜另谋明路。何炳材还说，如兄弟们能抱团儿，拒绝开船，"海康"号就能留在香港。有这条船作为筹码，大家就有出路。即使海关把船拖走，并将你们开除，我保证介绍大家去商船公司工作，不会丢了饭碗。在华南缉私舰队，何炳材是唯一的华籍舰长，其他的

九龙关起义时，仍驻泊在香港水域的华南缉私舰队

解放后担任船长的何炳材

洋人舰长此时已纷纷告假躲避战火，所以何炳材的话在中国船员中有着举足轻重的影响力，大家纷纷表示愿意听何舰长的指挥。加上海关护产小组做工作，拒绝开船去台湾的风潮很快席卷整个舰队。

华南缉私舰队资产雄厚，截至1949年10月10日，尚有Y型舰4艘、C型艇18艘、趸船3艘、交通艇2艘，这些舰艇在当时比较先进，特别是Y型舰，配有火炮、声呐测深仪和平面侦察雷达。当时海南岛、东南沿海岛屿还被国民党军队盘踞，这些舰艇若驶回广州，可以直接支援人民解放军解放沿海岛屿的战斗，国民党方面怎么会轻易放手？为争夺这批舰艇，国共双方展开了一场暗战。

这些舰艇停泊的地点是港英政府统治下的香港水域，法理上调动、使用权是属于九龙关，然而港英当局和台湾方面都不希望这支武装力量落到共产党手里。

九龙关宣布起义不久，舰队英籍指挥官马劳伯辞职返英，九龙关税务司委派"海康"号舰长何炳材兼任华南缉私舰队代理指挥官。

第二天，香港反共的《华侨日报》即刊文："九龙关华南缉私舰队英籍队长马劳伯辞职返英，由投共舰长何炳材接任队长职务……"

然而接下来，华南缉私舰队宣布将缉私舰艇上的轻重武器、弹药卸下来存放在青山水警武器库，还把一些小艇拖到船坞里维修，颇有些马放南山之意，这才让那些不怀好意的媒体暂时闭嘴。

1950年1月的一天，何炳材的一个老同学来到华南缉私舰队位于香港皇后大道公主行五楼的办公室，说自己是受台湾方面友人的委托，要求何炳材与台湾方面合作，以试车为名将舰艇驶出鲤鱼门外，然后交国民党海军，船员则全部送回香港，事成后Y型舰每艘给5万美金，C型艇每艘给1万美金。这在当时可是一笔巨款。没想到开始还是春风满面的何炳材立刻黑下脸来,严词拒绝。老同学留下一句"好自为之",走了。

何炳材立即下令在自己的办公室外间安排警卫,原分散系泊在铜锣湾避风塘外的缉私舰艇全部集中靠帮停泊,严禁外界船艇接近,禁止外人登船,设立日夜值更。同时加紧舰船的保养维修,4艘Y型缉私舰入船坞彻底检修。

收买干部不成,国民党特务又使出分别收买、各个击破的手段,妄想收买船员驾船出海。由于反动派造谣煽动,部分船员在思想上有些波动。对此,沙深宝军管会派李国安前往香港做说服安抚工作,重申政策,动员在港留舰的全体船员坚守岗位,齐心协力,保护舰艇。同时告诉大家,愿意留在内地继续工作的,保持原职;不愿留下的,多发一个月工资,可以选择在香港就地辞职。

华南军政委员会海关处积极运筹舰队归航,1950年5月初秘密派出20多名船员和解放军化装进入香港,准备把两艘Y型舰和两艘C型艇开回去,参加解放万山群岛登陆战。不料消息走漏,国民党控制的香港报纸公开报道了此事,华南军政委员会海关处不得已撤回人员,华南缉私舰队的第一次归航计划流产了。

海关处责成九龙关庄仲仁仔细研究,制订周密的方案。经过深思熟虑,庄仲仁制订了"九龙海关缉私舰队开穗计划",由海关处上报后很快获得批准。

同时,各项准备工作也在紧锣密鼓地进行。九龙关原A型、Y型舰上拒绝迁台被开除的船员,经过黄昌燮动员,都

任"太平"舰副舰长收复西沙群岛的何炳材(前排右三)

集中到深圳湖背村学习 3 个月，政治觉悟有所提高，成为参加护舰回归的可靠力量。舰队代理指挥官何炳材答应在技术上和业务上帮助舰队回广州，万事俱备，只欠东风。

1950 年 6 月 7 日，庄仲仁关长发密函给在香港的副关长沈世堃，转达了海关处命令。9 日，庄仲仁又向中国人民解放军沙深宝军管会通报了舰艇归航计划，请转告沿海部队不要发生误会。

6 月 10 日这一天，赖田副关长把黄昌燮紧急找来，递给他一份庄仲仁刚刚签发的九龙海关关长令，命令他即刻赴港，于 6 月 17 日率领九龙关缉私舰队开赴广州。

此时黄昌燮心里非常纠结，他的母亲突患急病半身不遂，还在医院治疗，需要他照顾。另外，香港鱼龙混杂，各方势力交错，缉私舰队驻泊香港，船员思想复杂，人心不稳。内有国民党方面派的很多爪牙时时盯着，外有伶仃洋上国民党海军的封锁线，而且港英当局也不会愿意内地方面把舰队开回来，这真是个棘手的任务。

看到黄昌燮有些犹豫，赖田以为黄昌燮是在担心自身安全，就拍着他的肩

▶ 九龙海关代理关长庄仲仁签发舰队归航命令

▲ 九龙海关代理关长庄仲仁

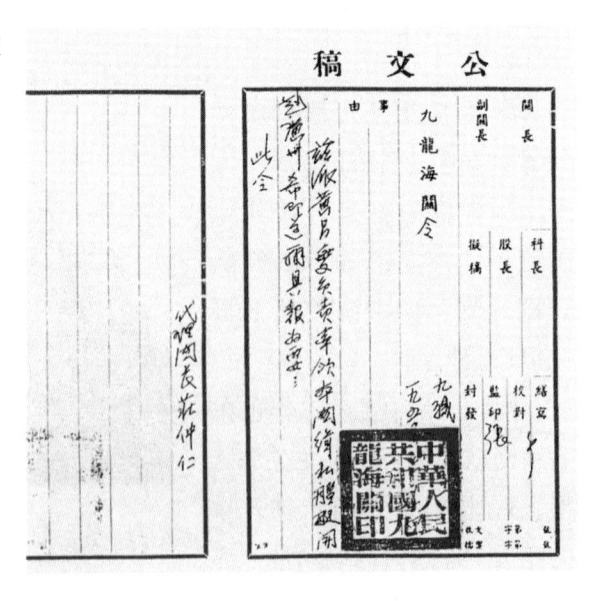

膀说，这次行动的重要性、危险性我就不跟你说了，如果万一有不测，我在这向你保证，组织一定会负责你的家属供养和子女教育。黄昌燮思忖了一番，说，20 艘舰艇在大海里夜航，非陆地公路可比，很难控制，万一有某些舰艇不听指挥，向南驶去投敌领赏，则宁可把它击沉，也不让其资敌。如果我有此权力，则甘冒死以赴。赖田当即授权黄昌燮全权临机处置。同时，又派关警队队长张守业率领几名解放军战士进港，登船随行。

张守业等人以新招的关警赴港体检为名进入香港，悄悄登上各船。黄昌燮与何炳材会面，分头安排 6 月 17 日起航的准备工作。

然而香港的局面十分复杂。一方面，不仅各船没有补充必要的油料和给养，甚至有的船还在船坞中修理，而且船上可拆卸的武器都存在昂船洲驻港英军的军火库里。另一方面，船员的思想和想法也很复杂，尤其是有些船员对新中国的政策不了解，心里有所顾虑，有些家在香港的船员则不愿去广州，黄昌燮、何炳材等只能尽力去做思想工作。

不料准备工作刚开始，海关舰艇准备起义回归的消息便被泄露。首先是香港《星岛晚报》，接着就是《新晚报》大肆报道："停航已久的九龙关缉私舰艇突然准备开航，17 日离港，目的不明……"

香港一片哗然，不仅港府拐弯抹角来探问实情，还有许多不速之客到缉私舰停靠的码头窥探，更有人假借记者的名义直接打电话给何炳材要求他澄清此事。

国民党方面更有人放话，只要海关缉私舰艇一驶出香港水域就会遭到武装拦截甚至是击沉。

但是，开弓没有回头箭。黄昌燮、何炳材紧急和九龙海关联系商量对策，最后决定提前到 6 月 15 日开始行动。九龙海关又加派李国安率领 4 名领航员进入香港，还带了一位特殊身份的无线电报务员，专门负责与沿途解放军岸炮部队联络，避免误会。

同时，何炳材召开新闻发布会，就舰艇备航一事解释为常规的入坞保养维修后的试车，并无远航计划。

归航计划是这样的：所有舰艇成一字纵队，前面由何炳材带领领航员和临

归航中的起义舰艇 Y-3 号艇

时船长各 2 人，分别安排在 4 艘 Y 型舰上，负责在前面领航；以 Y-8 "海荣" 舰为指挥舰和首舰，依次是 Y-1 "海康" 舰、Y-2 "海龙" 舰、Y-3 "海泰" 舰断后。每艘 Y 型舰拖带若干艘 C 型或 U 型艇，舰尾悬挂海关旗。参加这次行动的一共有 90 多人。

15 日清晨，何炳材宣布，舰队全体人员不得下地，做好起航准备。一切就绪后，他命令 Y-3 "海泰" 舰解缆，提前出发，去青州岛香港水警军火库领取武器弹药，包括 12.7 毫米口径重机枪、卡宾枪、手枪等。武器弹药装上 Y-8 指挥舰，并由便衣解放军战士掌握。

下午，日光洒在铜锣湾波光粼粼的海面上，一派祥和。

在起航前，黄昌燮召集各舰舰长和水手长宣读九龙海关关长命令和航行纪律，所有舰艇实行灯火管制和无线电静默，包括航海必要的红绿灯及无线电收发机都要关掉，并规定了使用灯光信号联络的方法。

17 时，黄昌燮在指挥舰 Y-8 "海荣" 舰发出旗语 "归航"。

各舰缓缓驶出铜锣湾，舰首划破平静的海面。

当舰队到达香港海域界线内侧时，由于天还没有全黑，为防止被在外海巡弋的国民党海军发现，舰队暂时抛锚等着天色黑下来。

忽然有瞭望的水手向何炳材报告，右后舷有灯光信号，大家的心一下子提到嗓子眼。天色已晚，普通商船一般不会出现，会是军舰吗？马达声越来越近，暮光中两艘军舰的黑影快速驶来，并发出停船检查的灯光信号。原来是驻守昂船洲军港的两艘英军护卫舰。

英舰渐渐驶近，在离缉私舰队几百码的地方停下，炮口指向缉私舰，并打开探照灯四处照射。何炳材告诉大家不要惊慌，特别是千万不要脱下炮衣，由他来交涉。他让水手用灯光信号回应英舰的询问：这是中国海关缉私舰队，正在进行夜间缉私拿捕演习。

英舰用探照灯四下照射一番后，熄灭灯光，发出祝安的信号，悻悻离开。

黄昌燮长吁了一口气，看到天色已黑，下令各舰开足马力，航向西，回家！

夜幕下的伶仃洋暗流汹涌，几百吨的缉私舰如一片树叶，很快队形就散了，黄昌燮连忙命令用灯光联络各舰靠拢。Y-1舰、Y-2舰依次回复，不见Y-3舰回答。黄昌燮望着远处Y-3舰渐渐模糊、偏离预定航线的影子，心中产生一种不祥的预感，莫非Y-3"海泰"舰舰长彭世远想跑到国民党那边去领美元赏金？

黄昌燮再次下令用灯光告诉Y-3舰，限它5分钟内转北折回。可是，时限过了，该舰仍偏离预定航线。黄昌燮下令最后警告，如3分钟内不向北驶入直线，开炮击沉。Y-8的主炮脱去炮衣，炮弹上膛，炮口指向远处Y-3舰模糊的影子，舰桥里气氛异常紧张。就在这千钧一发时刻，一名船员跑来报告，一艘C型艇靠帮。原来Y-3舰因为浪大，拖带C型艇的一根缆绳搅到螺旋桨里，造成一台主机停车，导致偏航。舰长彭世远看到指挥舰灯光信号，怕发生误会，一边紧急抢修，一边派Y-3舰的二副左作枪坐C型艇过来通报情况。误会解除，舰队趁暗夜安全驶入虎门海域，经联络员与虎门要塞的解放军联络，两发绿色信号弹升起，照亮了波光粼粼的海面，黄昌燮和大家这才松了一口气。

16日清晨，舰队驶抵广州沙面，列成长阵，在白鹅潭江面下锚。何炳材下令各舰降下海关旗，升挂五星红旗，引得两岸市民驻足鼓掌欢呼。

晚上，华南财委副主任易秀湘受广州军管会主任叶剑英委托，在广州陆羽居酒楼举行庆功宴会，慰劳全体船员。

17日清晨，几架国民党的B-26轰炸机在"野马式"战斗机的护航下，飞临珠江口虎门水域，遭到解放军高射炮的攻击，慌忙扔下几颗炸弹空手而归。

华南缉私舰队到广州后由人民解放军广州军区江防司令部接收，除1艘舰况较差未能成军外，其余4艘舰均被广东江防部队重新使用，分别为原九龙海关的"海康""海龙""海泰""海威"，原编号"Y-1""Y-2""Y-3""Y-5"，人民解放军以原编号作为舰名，全部加装苏式扫雷具，恢复为扫雷舰。由于此型军舰在广东江防部队当时装备的舰艇中吨位较大，不仅被用于珠江口等区域的扫雷，早期甚至主要作为炮艇使用，曾在珠江口海域参加过多次作战行动。Y-3舰曾在1950年配合人民解放军珠江军分区部队全歼蚊尾洲上的国民党军队，Y-2舰则于1952年9月25日在珠江口海域截获了国民党保密局四邑特别站站长赵一帆。

中南军区海军第一次统一授予舰号，4艘舰分别被授予舰号"3-101""3-111""3-121""3-131"。

6月底，九龙海关又把油麻地支关及通惠等处7艘趸船、快艇等陆续拖回大陆。

九龙关起义取得了最终胜利。为了这一刻，九龙关关员进行了将近两年的不懈努力和生死搏斗，九龙关护产小组胜利完成了护产任务。

1984年颁发的九龙关起义人员证明书

1984年10月23日，海关总署颁发原九龙关起义人员证书大会合影（右四为黄昌燮）

说起来挺遗憾，这次轰动大陆和港台的九龙关起义，直到30年后的1980年6月17日，才由中共广东省委下达文件正式确认。一千多名起义人员，能够参加1984年10月23日海关总署在深圳市西丽湖度假村召开的颁发原九龙关起义人员证书大会的仅300余人。

黄昌燮尽管不是共产党员，但在九龙关起义及缉私舰艇回归上发挥了不可替代的作用。他于20世纪70年代移居境外。1984年，海关总署颁发原九龙关起义人员证书大会召开时，黄昌燮已经双目失明，被人搀扶着登台领取证书。他仍坚信自己当年的选择是正确的，不仅如此，还帮助组织上去做那些有怨气的起义人员的思想工作，可谓"虽九死其犹未悔"。

第十六章 接 管

解放战争初期，中共对已解放区域的旧海关机构采取的政策是，建立与旧海关不同的人民海关，安排全新的人员，实行全新的管理制度、关税政策。随着人民解放战争的发展进程而成立的满洲里、绥芬河、图们、辑安、安东、旅大、营口、瓦房店等新海关，其特点是与国民党时代的旧海关没有联系，干部人员都是老解放区的，思想作风过硬，但缺乏正规的海关工作经验，组织制度也比较简陋。

1949年，中国人民的解放战争进入新的阶段。进入大城市，接管旧海关，创建新中国海关，是摆在共产党面前的一个新的课题。

1949年1月接管的津海关，不仅是人民政府接管的第一个海关，更是实行"全盘接管，逐步改造"政策的第一个海关。这个政策是在什么背景下出台的，效果又如何呢？

中国近代海关有一个明显的特点，就是机构庞杂、业务覆盖面广。概由总税务司署实施中央集权管制，因而在其发展过程中逐渐形成较为规范统一的海关征税、监管、统计、缉私、海务港务等业务管理体系，海关的基本职能及业务管理制度不断得以完善，形成了一套相对封闭的、专业化的管理体系和制度。即使经过了晚清政府海关管理体制改革和民国时期的"关税自主"运动，依然不能摆脱外籍税务司制度的桎梏。

根据1948年6月10日中共中央批转《东北局关于保护新收复城市的指示》，对新解放的城市要实行短期的军事管制。因此，平津战役尚在酝酿之时，为天津解放后接收津海关的各项准备工作已悄然有序地展开。

其实早在 1948 年年初，中共即已着手为天津解放后的城市接管和经济建设做准备，中共晋冀鲁豫中央局派出江明、曹中枢、赵有德等人秘密潜入天津市内，以货栈、贸易行、电器商店、粮栈、银行等为掩护，通过开展贸易活动，重点了解对外贸易方式，学习大城市的商业贸易管理和经营工作。为保证天津从战争的创伤中迅速恢复，发展经济，支援解放战争，对于津海关的接管和改造，人民政府做了非常周密的部署和准备。

1948 年 12 月 13 日，中共中央华北局发出《关于平、津地下党的组织在解放与接管城市中应如何工作的指示》，强调指出，"我们必须足够地认识平津等大城市和工业区的重要性和复杂性，因此，必须在各方面有充分的准备，不但要能够完整地接管，而且要能够顺利地发展与建设这些城市或工业区，使之成为全国最好的政治、经济与文化中心。"

同时，任命黄克诚为天津军管会主任，谭政、黄敬为副主任，负责领导天津的接管工作。军管会下设若干处室，其中负责接管对外贸易经济工作的是对外贸易接管处，处长为郭今吾，副处长是江明、李光军。

接管旧海关是一项专业性、政策性很强的工作任务。津海关完整地接管过来，不但对天津稳定秩序、恢复经济、发展生产至关重要，而且对以后全国旧海关的接收工作都具有重要意义。正如时任中央财政经济委员会主任的陈云指出的那样："把百年来被帝国主义把持的海关变为为人民服务的、完全自主的、有利于新民主主义国计民生的海关是根本性的大变革。但在变革中应采取稳重审慎的步骤，应当把旧海关内对新民主主义有用的东西，如组织技术、经验等接收过来。"

用黄敬的话讲："海关是个洋玩意，我们不懂，要依靠原来的人做，我们逐步学习，不要搞乱。"

1949 年 3 月 5 日，中共中央主席毛泽东在七届二中全会报告中提出："立即统制对外贸易，改革海关制度，这些都是我们进入大城市的时候所必须首先采取的步骤。"

解放天津战役开始前夕，1948 年 12 月 17 日，全体接管干部集中到河北省霸州胜芳进行入城前的培训和各项准备工作，确定领导机构，确定接收对象，组织学习政策，统一思想认识。

负责接管津海关的是天津军管会接管部对外贸易接管处。任命江明为对外贸易接管处副处长兼津海关接管军代表。接管海关的干部大多来自解放区冀中出入口管理局（一分局、六分局）、华北贸易总公司及永茂公司（冀中采购委员会的采购商店），共200多人。接管后根据实际情况，实际进入津海关工作的有四五十人。这些人大多是在乡村环境中培养出来的干部，虽都曾做过贸易工作，有管理少量货物和小地区经贸的经验，但普遍缺乏海关专业知识，缺少城市生活经验，甚至绝大多数不懂旧海关通用的办公用语英语。因此，接收和管理海关这样一个"洋味十足"的对外贸易管理机构，困难很大。针对海关的实际情况，又专门调来懂外语的干部秦岭（后任海关总署纪检组长）、张渤等人参加接管工作。据当时接管津海关的军代表江明回忆，黄敬（天津市军事管制委员会主任，天津市委书记、市长）找他谈话时指出，对天津旧海关，要完整地接收下来，尽快恢复业务，这不仅对稳定全市社会秩序、恢复生产、发展经济有好处，而且对以后上海接收旧海关总署的影响也很大。对海关的旧制度，不要轻易变动，要经过调查研究，再作变革。对旧人员，要使用，不要一脚踢开。

1949年1月14日，接管处人员到达杨柳青。翌日，天津解放，接管人员即随军进入天津。

1月16日8时左右，解放天津的硝烟尚未散尽，天津市军事管制委员会接管部对外贸易接管处军代表江明率领卢荫农、贾吉平等接管小组一行人，

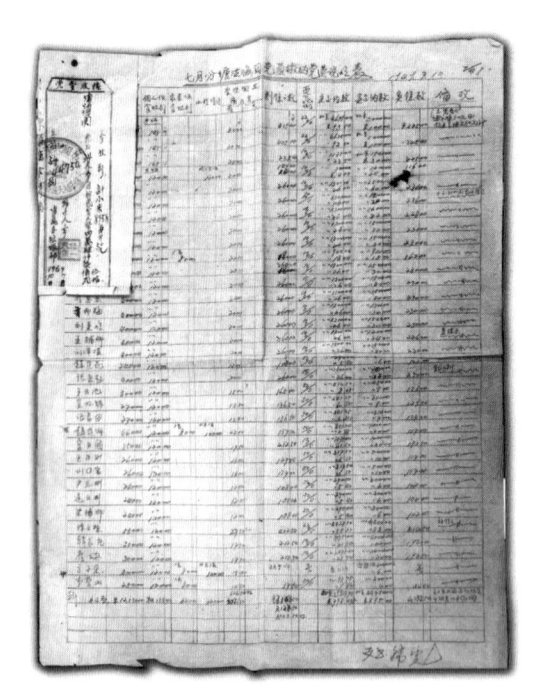

1949年7月，津海关塘沽分关的党员党费登记表，在当时尚属秘密

进驻津海关税务司公署和商品检验局等单位。军代表韩彪率队接管塘沽分关、大沽分卡。

接管津海关时，津海关的组织机构是这样的：天津设总关，塘沽、秦皇岛设分关，北平设办事处，大沽、北塘、天津邮局设支所。业务范围包括现在的港务局、航道局、税务局、邮局业务的一部分，或者承担它们的一种业务（如征收印花税、国内邮包检查）。津海关税务司卢寿汶，常务税务司卞鼎孙，副税务司吴传泽、冯英，津海关总监察长高元济等在津海关税务司公署向接管小组移交了津海关全部账册、关防。

津海关基本未遭到战火破坏，物资、档案、文件、仓库完好无损。接收前，津海关总关内设总务、验估、缉私、会计、秘书、关产、稽查、港务等部门，有关员、杂役 348 名。如加上塘沽分关、秦皇岛分关、北平办事处人员，整个津海关有近千人。其中含外籍洋员 5 人，除天津港务长傅莱秋（英国籍）外，其余 4 人均在外勤查验部门。装备有步枪 22 支、机枪 1 挺、手榴弹 22 枚、手枪 4 支、子弹若干。房产、汽车、仓库若干，海关结余库款 1424884 元。

江明首先以天津市军事管制委员会津海关接管小组军代表的名义发布公告，从即日起津海关所有关务事项均需得到军代表批准，原津海关税务司卢寿汶等以下人员（包括尚未解放的北平分关人员）坚守岗位，暂留原职。所有部门均派接管人员，原领导人员任副职，接管人员任正职，因接管人员多是农村干部，对海关业务不熟悉，故而对海关业务不做过多介入。接管人员把主要精力放在对海关业务的调查研究上，深入海关的基层部门，找关员和工人谈话、交朋友，了解情况，尽早掌握海关业务。至 4 月中旬朱剑白接任税务司之前，原津海关税务司卢寿汶、常务税务司卞鼎孙、外籍港务长傅莱秋都留任原职。同时，充分发挥旧海关地下党员和积极分子的作用，如天津解放后，原津海关的地下党员梁家瑛、王承麟和积极分子冯厚生等，都在津海关接管中发挥了重要作用。梁家瑛 1949 年初奉上级党组织命令从九龙关辞职，3 月回到天津，以旧海关关员复职名义进入津海关，从旁协助接管小组工作。

津海关接管小组根据战争形势发展的需要，遵照华北人民政府工商部的指示及时调整改革税制和通关流程。为保证前线物资供应和后方金融稳定，实行

"奖出限入、量出为入"的政策，鼓励原材料出口，换回关系人民生活和战争急需的物资。

由于战争而停顿的天津口岸对外贸易于3月18日恢复，第一个月申报进出口贸易额就达到2474906.36美元，全年更达到105291812.83美元。迅速恢复的天津口岸对外贸易，对支援全国解放战争、恢复经济发展生产以及巩固人民政权都有重要的意义。

津海关的平稳接管，以及迅速恢复贸易的经验，为不久后陆续接管的其他海关树立了样板。津海关除了按部就班进行逐步改造外，还先后派出一大批业务骨干，随人民解放军南下，参与多个新解放地区海关的接收工作。

对于接管旧海关这类特殊的机构，我党采取的"全盘接管，逐步改造"政策，从执行的效果看，确保了平稳接管和社会大变革时期的稳定。这一政策在日后新解放区海关的接管改造上发挥了示范性、引领性的指导作用，也在国统区海关人员中产生了强烈震动，有力反击了国民党反动政府对共产党政权的反面宣传。

1949年9月13日，尚未被解放军接管的九龙关，税务司经蔚斐在解放军大兵压境之际，在给总税务司李度的第274号密呈中无奈地写道：我将指令本关，只要情况许可，将继续正常工作。

三大战役胜利之后，国民党败局已定，青岛成了国民党在山东乃至华北唯一的据点而孤悬黄海之滨。

当时青岛麇集着从全省各地逃来的大量国民党军政人员，进出口船舶大幅减少，对外贸易极不正常。据同年进入胶海关工作的张侃回忆，他入关后正赶上纸币大量发行引发通货膨胀，发工资都是成麻袋的法币，钱毛得太快，关员们领了工资就赶紧扛去黑市换成银元。后来发过一段时间面粉，不久换成关金券，但一样迅速贬值。海关待遇已算优厚，平民生活可想而知。

尽管外海还有美国舰队巡弋，但国民党军队深知孤守待援是没有希望的，早就开始准备从海路南撤。我军采取"迫使敌人早日撤退，我们早日占领青岛"的作战方针，以减少战争可能带来的损失。

为了做好接管胶海关的工作，华东区财办工商部决定将原设在胶州的进出

胶海关税务司官邸

口管理局及所辖红石崖海关与陆地边缘进出口事务所撤销，与石岛进出口管理局合并，成立青岛市军管会工商部对外贸易处（后改为山东省工商部青岛进出口管理局），局长郭士毅、副局长汤光德直接领导胶海关工作。与此同时，胶东区党委从烟台、石岛等海关抽调得力干部，与胶州局及所属海关干部组成接管胶海关工作队。

为更好地完成接收任务，工作队用一个多月时间进行了集训，认真学习党的七届二中全会文件和《中国人民解放军布告》《三大纪律八项注意》及中央、省关于海关工作的指示。通过学习，广大干部认清了形势，熟悉了政策，明确了任务。根据实际情况，详细地分析研究了接管中可能出现的各项问题，制订了接管工作方案。

工作队成员、烟台海关关员高祚晚年回忆："当时纪律特别严，遵照毛主席'军队向前进，生产长一寸，加强纪律性，革命无不胜'的教导，每个人进城以后都不准乱说乱动。接收前通过地下党从青岛弄了个电话簿出来，上面把敌伪机关的地址和电话号码都弄得清清楚楚，据此确定负责人，进去后对号入

▲ 接管胶海关的军代表张学礼

▶ 接管胶海关的部分人员

座，准备工作很充分，包括怎样使用厕所，怎么用电话联系都讲了。"

1949年5月3日，人民解放军发起青（岛）即（墨）战役，采取了逐步压缩、迫敌早退的策略。6月2日，战斗结束，青岛完整地回到人民手中。由张学礼任军代表，高祚、张昆、叶秀斋、张庆励、张法卿、周厚欣、朱良民、邓庆、张元亨、单毅、王云峰任军代表助理的中国人民解放军青岛市军事管制委员会接管胶海关工作队及武装巡缉队百余人，于下午3时开进胶海关。

代理税务司刘贻麐等人在海关办公楼门前迎接。胶海关原有职员、工人、关警共367名，其中23人（关警7人、船员15人、职员1人）被敌人胁迫随"威海"号缉私船南逃，剩余344人（职员136人、工人及关警208人）都留了下来。工作队按胶海关原科室所属小港支所、浮标修理厂、大港码头东北门检查所、邮局支所、航空公司支所、团岛灯塔等单位分成10个小组，相应分配了干部。同时宣布旧职人员即日起停止行使一切职权，遵守军管会及人民政府法令，配合工作队做好交接。

20 岁的石岛海关关员鲁忠贤与二十几位同事一起，由石岛奔赴青岛，带队的是石岛海关主任朱良民。他们很幸运地搭乘上了一辆卡车，同车的还有多名外贸局的同志。人多车厢装不下，有几位同志就用绳子将身体绑在两侧车门边，就这样一路开到青岛近郊的即墨，徒步走到城阳后又搭乘火车到大港。虽然大家坐的是闷罐子货车，车厢里有股难闻的味道，但心情却是非常振奋的。当大家进入胶海关大院，第一次看到这么漂亮的洋楼时，心里更是充满了胜利的喜悦。

胶海关是 1899 年 7 月 1 日设立的。青岛曾是德国租借地，胶海关也长期在德国掌控之下。当年的条约曾规定，除鸦片（洋药）外，一切海运进口的货物都免征关税，产自租界的出口货物也同样免税。这就是德国统治下的自由贸易港，就连胶海关公文通行文字都是德文。

这次胶海关终于回到中国人民的手里，接管的主要物资有：浮标修理厂 1 座；煤、大米、汽油、颜料 1 宗；银元 75424 元，银元辅币 1305 元；巡逻艇 7 艘，汽车 7 辆。一切档案卷宗完整无损，交接物资于 6 月 24 日清点完毕。根据《青岛市军管会工商部接管工作概况》中 1949 年 8 月 30 日的记载：胶海关清点物资所值共计旧人民币 512089340 元，青岛商品检验局共计 18580448 元。

根据"原职原薪，原封不动"和"先交代，后清点，自交自接"的原则，对胶海关机关各科室和所管辖的团岛灯塔等 10 个单位实行接管，接管工作于 6 月 19 日顺利结束。大家刚刚舒了一口气，不料 7 月 26 日青岛遭遇前所未有的强台风袭击，墙倒屋漏，树木和电线杆被刮倒，海水倒灌，刚刚脱离战火的市民再陷自然灾害之中。胶海关关员们在军代表张学礼的带领下积极投入抗灾救灾之中，刘贻麐第一次亲身体会了共产党军队和老百姓的鱼水之情，内心十分钦佩。

1949 年 7 月 8 日，胶海关贴出通告："查青岛解放现已月余，海上交通逐渐恢复，各地船只络绎不绝。本关为了便商利民，加强港口管理，防止混乱现象起见，特于大港胶海关大门增设'问事处'，借以帮助各有关航运之

迪化关帮办公寓内景

琼海关帮办公寓外景

1949年12月，人民解放军占领镇南关

公营企业部门及中外商民解决具体困难。凡对船只货物进出口之第一号手续等项事宜，可派专人与该处联系，以便取得工作之顺利进行。"

在接管中国最大的口岸上海的江海关时，我党更是充分发挥了江海关地下党组织壮大、进步群众基础雄厚的有利条件，把旧海关系统成立的应变委员会变成了我党保护关产、迎接解放的群众组织。在接管小组中，有原总税务司署的地下党员陈铁保、江海关地下党员罗汉槎。

九龙关发挥地下党组织的作用，用津海关接管的范例影响广大海关职员，特别是外籍高级职员，最后成功发动了震惊中外的"九龙关起义"，原九龙关外籍税务司经蔚斐致电北京海关总署，宣誓效忠新中国海关。

江汉关（武汉）、迪化关（乌鲁木齐）等基本上都是按照"全盘接管，逐步改造"的模式进行接管的。

1949年内由人民政府先后接管的旧海关有：津海关、江汉关、江海关、胶海关、闽海关、迪化关、粤海关、厦门关、九龙关、江门关、潮海关、拱北关、龙州关、北海关、昆明关、腾冲关、雷州关。

1950年4月23日，接管琼海关。

至此中国大陆范围内的旧海关全部被平稳顺利接管。

1950年10月6日，周恩来总理在政务院第五十三次政务会议上在谈到如何接收、改造旧海关时指出，一方面，它是帝国主义的半殖民地的产物，不能像工厂的房产那样整套接收过来，如旧海关的人事制度、待遇问题就很不合理，应该改革；另一方面，许多业务、行政、技术、方法是有用的，如海关的统计就是比较可靠的，有些资料和业务经验也是比较有用的，应该接收过来加以改造。

第十七章 奠 基

　　而在北平，新中国海关的筹建工作就像盛夏的天气，进入紧张热烈的实质性阶段，留在北平的筹备处成员高仕融、殷之钺、佘崇懿和高尚能分头忙着安排办公地点，采购调配办公家具、文具，安排人员和家属的食宿等等，每天忙得脚不沾地。想想看，光是从上海原总税务司署选调来的人员和家属就有几百人，而北平刚刚解放，各种物资短缺，一下子要安置这么多人，真是巧妇难为无米之炊。未来的海关总署办公地——东交民巷台基厂头条胡同的房舍空置了

海关总署利用原津海关北平办事处旧址办公

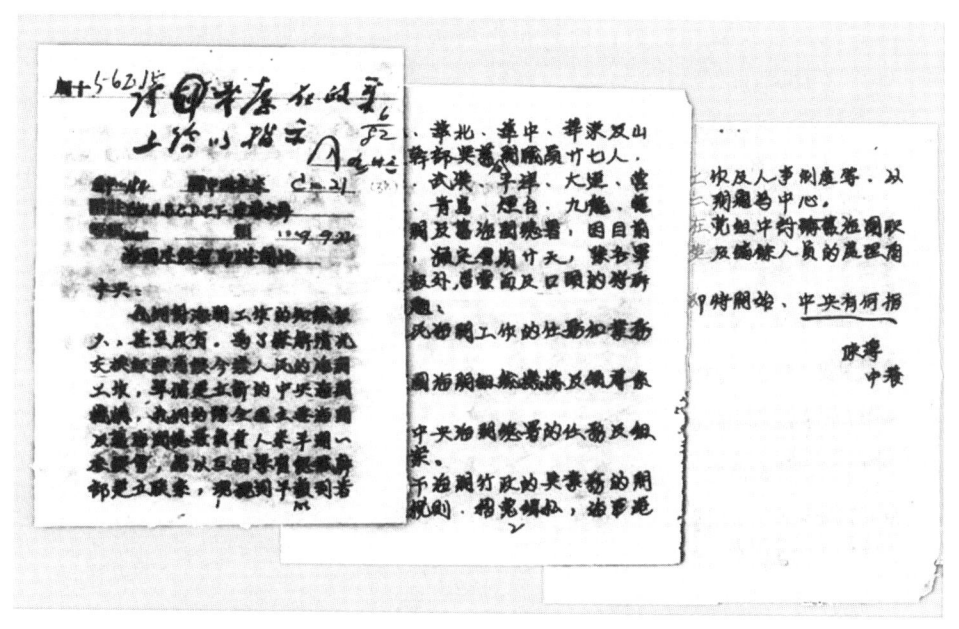

中财委就筹备召开全国海关工作座谈会给中央的专题报告

很多年,尽管一直由津海关北平分关来维护,也有很多需要修修补补的。

8月,孔原已经从天津考察学习回到了北平,他带着一份和华北人民政府工商部部长姚依林、津海关税务司朱剑白共同起草的调查报告,这就是当代海关历史上一份划时代的文件——《关于建立海关总署工作的初步意见》,报告递上去不久,就得到了中财委主任陈云的首肯,并以此为基础向中共中央做了专题报告,同时以中财委海关筹备处的名义向各地发出会议通知。

青岛,灾情稍稍平息,张学礼找到刘贻黻,递给他一份中财委海关处的加急电报,通知他9月16日前去北平报到,参加全国海关工作座谈会,同时去开会的还有张学礼、尚志义。

新海关的筹备工作千头万绪,这是一次历史性的大变革,不是枝枝节节的改革。筹建一个全新的海关组织架构,谈何容易。

看看中财委海关筹备处给海关工作座谈会提出的任务要求就知道了:

一、人民海关工作的方针任务和业务范围；

二、全国海关组织机构及领导系统；

三、新的中央海关总署组织条例草案；

四、若干海关行政的与业务（验征、税则、查私、海务、统计及人事等）的问题。

当时的情况是，解放战争还在进行中，已解放地区的海关还都处于地区性的分散状态，如津海关由华北人民政府贸易管理局管理，江海关、江汉关则由当地军管会或地方政府领导，而东北、山东老解放区各海关则由东北海关管理局、山东省贸易局管理，这是战争时期的特定产物，所以除了接管的旧海关外，各地海关的税则、工作模式大相径庭。

还是孔原有组织经验，他提议把会议分成两个阶段进行。第一个阶段是各地海关介绍和交流情况。来自东北海关管理局的孙纯、旅大海口管理处的顾宁、山东工商部的毕可敬分别代表各自地区海关，介绍他们在战争的困难环境下，研究出一套"土办法"的海关组织机构、人事制度、税则税率及进出口监管制度，为人民军队和战争经济"输血"的事迹，博得了大家的阵阵掌声。他们都属于大家口中的"老"干部，丁贵堂提议大家向"老"干部们致敬。

共产党任命的第一个税务司朱剑白重点介绍了津海关接管以后，在党的七届二中全会精神的指引下，采取"全盘接管，逐步改造"的政策，完整接收旧海关，对旧机构、旧人员进行彻底改造，尽速恢复工作，以满足全国解放战争形势需要的经验，受到了中财委领导同志的肯定。

孔原在全国海关工作座谈会上讲话

上海关区的丁贵堂、吴耀祺，汉口关的沈旭等代表，分别介绍了旧海关的通关制度、人事制度等，并谈到旧海关的许多规章制度完全是为帝国主义、封建主义及官僚资本主义服务的，与共产党为人民服务的宗旨背道而驰，必须彻底改造。

曾长期在旧海关服务、来自津海关的代表周宝荫还提交了《建立新海关意见书》，介绍旧海关的工作制度、组织机构、职责等情况，对旧海关存在的问题提出了自己的看法，就人民海关的领导机构建设问题提出了具体的建议。此意见书得到海关筹备处的重视，连同另外两篇意见书原文印发给全体与会代表，供大家讨论参考。

通过讨论大家一致认为，统一领导，统一税则税率，统一港口管理，是新中国海关开展工作的前提。

来自当时尚未解放的九龙关的林大琪，介绍了以九龙关为代表的旧海关体制存在的种种弊政，揭露了帝国主义把持中国海关、攫取殖民利益的恶行。同时他也透露了九龙关在护产小组与进步关员的努力下，正在为和平接管努力工作。他兴奋地说，护产小组成员、九龙关二等监察长黄昌燮发来消息，九龙关税务司、英国人经蔚斐已经同意，时机成熟时将通电起义，接受新中国海关总署的领导。

通过坦诚的交流，大家都觉得受益良多。老解放区海关的代表感觉到，从战争年代到和平建设时期，从偏僻分散的乡村到复杂集中的城市，过去他们那种比较简单的海关制度及管理办法已无法适应和平建国时期海关工作的要求，确实有充实提高的必要。

会议的第二个阶段是在各位代表讨论的基础上，分成组织、人事、税则验证、查私、海务港务5个工作小组，按照各自擅长的业务和知识特点，新老干部混编在各个小组开展工作，各展所长。

组织组，重点研究新海关的方针任务及组织条例草案等问题。

人事组，研究人员编制、配备，新老干部的团结及薪金、职级等问题。

税则验证组，主要讨论统一税则及税率，修改旧海关管理进出口货物制度等问题。

海务港务组，探讨海务港务的管理归属问题。

老同志作风朴素，工作扎实，原则性强，政治站位高。新同志也不简单，缜密的关税征收理论，丰富的缉私经验，也让来自老解放区的老同志们佩服，原来海关还有这么多门道啊。这让大家感到了统一领导、统一税则税率、统一港口管理的必要性和紧迫性。这个阶段的讨论深入而热烈，其中不乏针锋相对的辩论，也有求同存异的集中。

这时，海关筹备处专门邀请苏联海关顾问克里夫立什内赫介绍苏联海关的组织与任务，给了大家很大的启发。组织组经过热烈的讨论甚至是辩论，提出：各地海关之税务司有点封建意义，故拟改称关长；现在各地海关之名称有以地名为根据者，有以省州名为根据者，有以江河名为根据者，既不划一，亦欠明确，故拟一律用口岸名称，譬如江海关改为上海海关，津海关改为天津海关。

那时国家对干部实行的是供给制，全体会议代表一律在食堂吃大锅饭，无一特殊，不分级别。五六个人一间办公室，各领一套被褥，白天在办公室办公，晚上就在办公室打地铺睡觉。想象一下，这里既有习惯养尊处优生活的旧海关

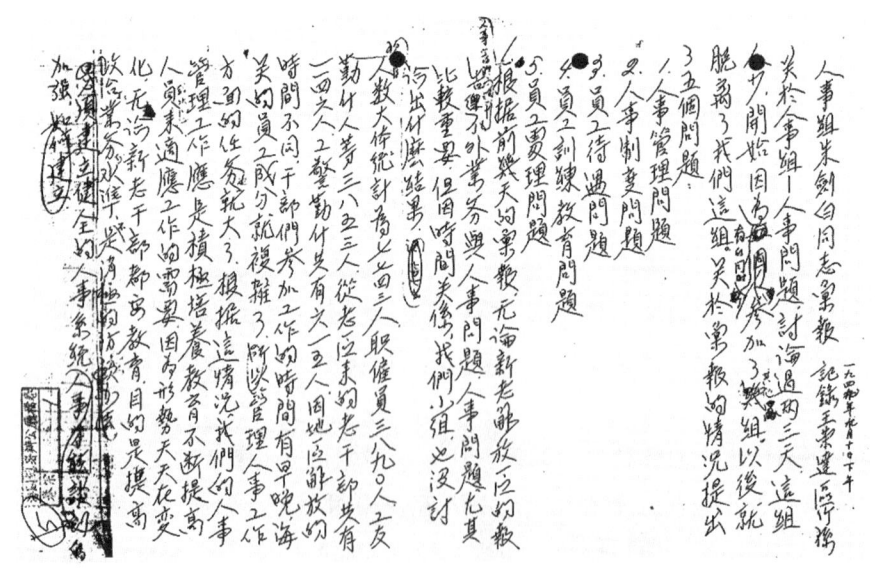

人事组组长朱剑白亲笔记录的小组讨论记录

高级职员，也有习惯行军打仗、刚放下枪的进城干部，大家抵足而眠，为缔造新中国海关绞尽脑汁、废寝忘食，也让旧海关代表们体验到一种从未体验过的革命大家庭生活氛围。

整个会议期间没有任何会餐和加菜，唯一的一次特殊招待是请会议代表观看京剧。

中间还有个插曲。1949年9月27日，北京中南海怀仁堂，中国人民政治协商会议第一届全体会议表决通过了《中华人民共和国中央人民政府组织法》，其中第三章第十八条规定，政务院设政治法律委员会、财政经济委员会、文化教育委员会、人民监察委员会和各部、会、院、署、行，海关总署位列其中，海关成为国家最高行政机构的一个组成部分。消息传来，参加会议的代表们无不群情振奋，他们对人民海关的擘画和构想就要变成现实了。

徐茂松被分配在海务港务组，在小组会议上，他作为来自老解放区海关的代表，介绍了辽南税关在保护发展辽南生产以及同国民党进行经济斗争过程中，所起到的限制和防止战略物资输入国民党统治区、配合政府从经济上封锁敌人的重要作用，以及营口关等辽南解放区海关根据党的政策和辽南解放区实际情况，制定的简便灵活、严密可行的海关监管征税章程和新的海关工作制度。

海关工作座谈会期间，还有一件令徐茂松难忘的事，那就是中华人民共和国开国大典。

当即将举行开国大典的消息传来，大家都是无比兴奋，革命多年终于能看见胜利的这一天。中财委通知，为参加开国大典，会议休会3天。丁贵堂将作为特邀代表登上观礼台，徐茂松等人将参加群众游行。10月1日的前夜，徐茂松和许多人一样，兴奋得彻夜难眠。

10月1日清晨，大家带了一些干粮，打着灯笼、旗帜，排着队早早来到了天安门。中财委的观礼队伍被安排到天安门城楼西侧金水桥旁，往城楼上观望比较清晰。直到中午，30万人才聚齐，广场上人山人海，人们席地而坐，到处是彩旗、鲜花和歌声，犹如欢腾的海洋。

不久，不知从哪里传来了一声"毛主席来了"，人们不约而同地站起来，睁大眼睛盯着天安门城楼。在《东方红》的乐曲声中，毛主席走到天安门城楼

开国大典上欢庆沸腾的人群

中间。当毛主席宣布"中华人民共和国中央人民政府今天成立了"时，广场上沸腾了，人们欢呼雀跃，热泪盈眶。军乐队高奏《义勇军进行曲》，中华人民共和国国旗徐徐升起，54门礼炮齐鸣28响。

之后的阅兵式历时3个小时，结束时天色已暗，天安门广场一片璀璨，北京数十万群众擎着红旗，手捧鲜花，提着各色灯笼，向天安门广场涌来。

海关代表所在的游行队伍举着红灯游行穿过天安门广场后，仍意犹未尽。当游行队伍行至东交民巷时，但见那片原来西方列强使馆区的洋房漆黑一片，门窗紧闭，鸦雀无声，与天安门广场狂欢的气氛形成对照。这时前边腰鼓队的领队高喊："快把鼓敲起来吧！"瞬时整条街都震颤起来，如同天边滚过声声春雷，群众边舞边敲，无不兴高采烈，扬眉吐气。

这一夜无人入睡。

10月8日，刚吃过晚饭，全体会议代表被车接到朝阳门内大街人称"九爷府"的一处不太显眼的旧宅院，这里是政务院财政经济委员会的办公地。

大家挤挤插插地坐在会议室里听中财委主任陈云讲话，主要阐明中央关于创建新海关、改造旧海关的几点原则。他说，把百年来帝国主义所把持的海关，变成为人民服务的、完全自主的、有利于新民主主义国计民生的海关，这是一个带根本性的大变革。但在变革中应采取稳重审慎的步骤，应当把旧海关内对新民主主义有用的东西，如组织技术、经验等接收过来。新的海关与对外贸易的关系是很密切的，人民政府在平等互利的原则下，愿与各国政府及人民恢复和发展通商关系，首先要同苏联及新民主主义国家做交易。海关管理上目前的不统一是暂时的现象，要逐渐走向统一。他要求新老干部必须团结，共同为建设新海关而努力。

最后陈云风趣地说，这些天，大家真是辛苦了，我本该尽地主之谊，可是你们都知道，我们共产党人是最反对搞吃吃喝喝、铺张浪费的，这都是民脂民膏啊。不过，我个人还是要慰问大家的，今晚我就请大家去长安戏院看京剧。哗——现场笑声一片。

这次会议有个突出的特点，即会议代表中有很多人都是税专的毕业生，可见党和政府对旧海关的接管采取"完整接收、逐步改造"的政策是实实在在的。36名会议代表中，一共有18名税专毕业生，占了一半，他们是：丁贵堂（内勤四班）、卢寿汶（内勤一班）、吴耀祺（内勤七班）、卞鼎孙（内勤十四班）、王熙甫（内勤十一班）、刘贻黁（内勤十二班）、李长哲（内勤十八班）、卢化锦（内勤十九班）、吴传泽（内勤十二班）、周宝荫（内勤十六班）、姚鼎新（内勤七班）、尚志义（内勤十班）、张孝煊（内勤四班）、陈凤平（外勤五期）、陈念慈（海事一期）、林大琪（稽训七期）、陈铁保（内勤二十二期）、殷之钺（内勤二十六期）。他们都是原总税务司署或各关涵盖内班、外班、海务业务的高级关员和精英，其中有很多人在旧海关系统工作时就加入了中国共产党。

政务院总理周恩来说："旧海关人员中绝大多数是好的和比较好的知识分子，他们具有爱国主义思想，倾向进步，愿意接受中国共产党的领导，同时熟悉海关业务，有海关工作经验。我们不能设想在脱离广大旧海关人员的条件下，能够做好新中国海关工作。"

这些话真的是从内心打动了这些来自旧政权的海关人。

10月15日夜，经过了不知多少个不眠之夜，未来国家海关的领导体制、人事制度、业务方案、关税安排等等，终于定稿。孔原揉揉布满血丝的眼睛，松了一口气，摆了摆手，轻轻说了一句"交卷"，就倒在沙发上睡着了。

10月16日，全体会议代表齐聚在原总税务司署的大院里，闪光灯一闪，一个历史的时刻被凝固下来。

10月19日，中央人民政府委员会第三次会议通过一项任命：孔原为中央人民政府海关总署署长，丁贵堂为副署长。

1949年10月26日，孔原签发了中央人民政府海关总署第一号通令："本署业已遵照《中华人民共和国中央人民政府组织法》，在中央人民政府政务院与财政经济委员会领导之下，于北京宣告成立，负责领导与管理全国海关及其事务。"

11月1日起，海关总署正式在北京东交民巷台基厂头条胡同6号开始办公，并启用了中央人民政府海关总署印。

1949年12月30日，政务院审议批准了《海关总署试行组织条例》，海关总署内设10个处级部门，分别是：办公厅、税则处、货运监管处、查私处、海务处、财务处、统计处、视察处、人事处、总务处。

台基厂头条胡同的院子里很快就人声鼎沸，从各地调来总署工作的人陆续报到，一个新的时代开始了。

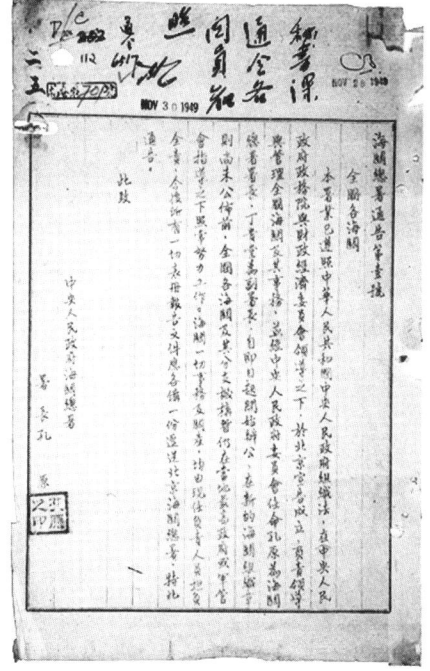

▲ 毛泽东主席签发的孔原署长的任命通知书

◀ 海关总署成立的公告

▼ 海关总署印

第十八章 从头越

1949年10月25日，海关总署发布公告，即日起中华人民共和国中央人民政府海关总署正式成立，同时中财委海关筹备处也完成了历史使命宣告撤销。

海关总署成立后，孔原亲自主抓起草了《关于关税政策和海关工作的决定（草案）》，并于1950年1月向政务院提交。

政务院、财政经济委员会相继发布了一系列涉及海关的决定和通令，其中最重要的一项是1950年1月27日政务院第十七次会议上通过的《中央人民政府关于关税政策和海关工作的决定》（以下简称《决定》），于同年3月7日以政务院名义公布实施。

孔原起草的这个《决定》，批判了旧海关为帝国主义服务的本质，规定了人民海关的组织形式、工作方针和任务，明确指出，由于中国人民大革命的伟大胜利，结束了不平等与不自主的状态，收回了中国在关税政策方面的独立权及管理海关事业的自主权。并且强调，海关总署必须是统一集中和独立自主的国家机关。海关总署负责对各种货物及货币的输入输出执行实际的监督管理，征收关税，与走私进行斗争，以此来保护我国不受资本主义国家的经济侵略。《决定》提出，海关工作在恢复与发展我国人民经济中应起重要的作用；海关税则必须保护国家生产，必须保护国内生产品与外国商品的竞争。这是政务院成立后颁布的第一个指导全国海关工作的方针政策性文件，对于新中国海关来说具有划时代意义，明确了新中国海关的基本原则与职责任务。

受孔原委派，海关总署海务处副处长董鸣岐赶到上海，安排海关总署驻上海办事处的搬迁工作。包括在上海的原海关总税务司署统计科昂贵笨重的计算设备，也早就开始由技术人员拆卸装箱，准备搬迁到北京。

3月8日，中央财政经济委员会发布《关于海关总署直接领导全国各地海关的通知》，规定今后全国各地海关按照组织条例，均应立即和海关总署建立上下级关系，直属于海关总署并接受海关总署直接领导，一切有关海关的组织人事行政和业务等事项均应向海关总署请示报告，海关总署所颁发的一切规章、命令和指示，全国海关必须统一遵照执行，未经中央财经委及海关总署批准，各地不得擅自变更。与此同时，各地海关仍继续接受各

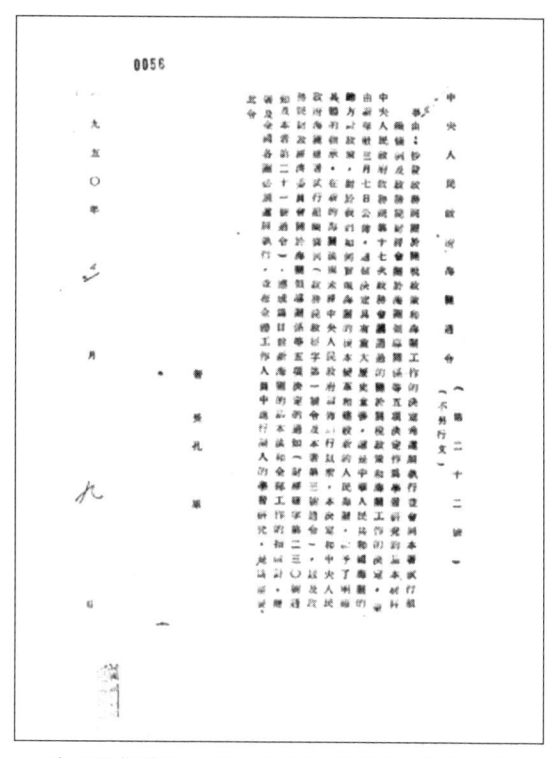

孔原署长签署的关于贯彻执行《决定》的通令

大行政区或直辖市财委会的工作指导。这就是现代海关集中统一的垂直领导体制的由来。

海关总署首先从各地的军管会、外贸局手里接管各地海关，还派员赴华南等地视察。至1950年5月，包括刚刚解放的海南琼海关，全国各地海关都与海关总署建立了直属关系。据统计，当时全国有海关人员8911人，其中干部4904人。

1950年12月14日，由政务院总理周恩来、海关总署署长孔原签署发布的《关于设立海关原则和调整全国海关机构的指示》，规定了中华人民共和国海关设立的基本原则是：必须一反过去反动统治为服从帝国主义大量倾销外货并廉价吸取原料的经济侵略措施，滥行开放对外贸易，到处设立海关机构的方针，而严格以独立自主的精神，根据国家经济情况的需要，在应开放对外贸易的地

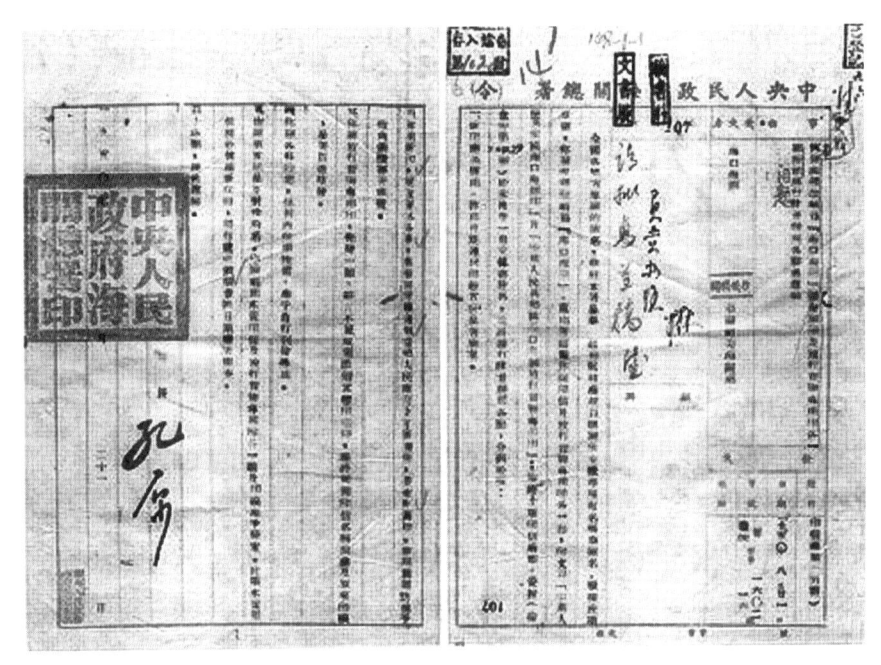

由孔原签发的琼海关更订为中华人民共和国海口海关的命令

方设立海关机构。并明确规定了只能在 6 类地方设立海关机构的设关原则：中央人民政府决定开放对外贸易的港口，国界火车站和国际联运车站，陆路边境及国界江河上准许货物旅客出入国境的地点，国际航空站、国际邮包、邮件交换地点，及经中央人民政府特许货物出进口的地方。后来的暂行海关法还特别规定，海关的设立不以行政区划为限，所以广东省有广州、九龙、黄埔、拱北、江门等海关，辽宁有大连、沈阳等海关，等等。

重新确定设关原则和设关地点。撤销重庆、金陵、瓦房店、龙州 4 个独立关和一些分支关所，将从旧海关接管下来的 173 处海关缩减为 70 处。并任命了各地直属海关的关长，参加海关工作座谈会的会议代表中，有许多成为新中国海关第一任关长。朱剑白任天津海关关长，徐茂松任营口海关关长，毕可敬任青岛海关关长，张学礼、尚志义任青岛海关副关长，朱维崧任汕头海关关长，徐国英在不久后也担任了新成立的北京关关长。

1950年2月11日，海关总署下令更换全国海关关名并颁发印章，规定：沿海的称海关，陆地的称关；以所在城市现有名称为关名。江汉关先是改称汉口关，不久就命名为武汉关。而新疆的迪化关则根据城市名称改为乌鲁木齐关。

在1949年12月下旬，署长孔原还在百忙中抽空陪同苏联海关顾问克里夫立什内赫去了一趟天津海关。这是全国海关工作座谈会上的余音，那次会议虽然气氛热烈坦诚，开诚布公，但在新中国海关实行哪种通关制度和模式上存在着比较大的分歧，出现了激烈的辩论。

以新解放区海关代表为主，主张新中国海关的通关作业制度和模式可以借鉴、保留旧海关的模式。而苏联海关顾问克里夫立什内赫等人的意见是照抄苏联海关的模式。尽管争论很激烈，大家出于对新中国海关事业的热爱各抒己见，不过气氛是民主的。对此孔原提出，到底哪种模式更适合新中国海关，还是要实地考察一下，毛主席说过，没有调查就没有发言权嘛。

天津海关作为人民政府最早接管的海关，完整保留了洋关的作业规程和业务种类。孔原邀请掌握苏联海关通关模式和作业特点的克里夫立什内赫实地考察中国海关的通关作业制度。12月23日，孔原和苏联海关顾问在朱剑白的陪同下，跑遍了天津海关的几大通关现场。天津海关对署长和苏联海关顾问的到来非常重视，专门举行了一个隆重的欢迎大会，会上，孔原署长对未来海关的展望，令大家非常兴奋。他讲道："目前海关的基本任务就是几条，对进出口货物、货币的监管，征收关税，查禁走私，是我们海关三位一体相互联系的任务，而以实际监管货物为中心，其目的是贯彻国家对外贸易管制政策，保护我国的生产事业不受外国资本主义的经济侵略。"

孔原和克里夫立什内赫不辞辛

新中国成立初期的天津海关

1949年12月25日，孔原和苏联海关顾问克里夫立什内赫在天津调研时参加关员刘福友婚礼的合影

苦，顶着凛冽的海风跑码头、看货场。在塘沽分关考察时，恰巧碰上塘沽分关干部刘福友结婚。共和国海关总署署长来到一个普通关员的婚礼现场，送上祝福，署长、关长和来宾一样众星捧月般围绕着新郎新娘合影留念。

等他们回到北京，也就到1949年的最后几天了。政务院在成立后的第十三次政务会议上审议批准了《海关总署试行组织条例》。

政务院任命高仕融为海关总署办公厅主任，关税专家吴耀祺任税则处处长，原查私科副税务司李长哲任货运监管处副处长，殷之钺任查私处处长，卓观潮任查私处副处长，董鸣岐任海务处副处长，陈铁保任财务处处长，林大琪任统计处处长，巫兢放任视察处副处长，许明任人事处处长，孙恩元任人事处副处长，陈琼琨任总务处副处长。总署一半以上处级干部来自旧海关留用人员。

这次会议唯一的女代表佘崇懿则被选为海关总署党总支书记。佘崇懿是佘毅的妹妹，殷之钺的夫人。他们都在七七事变后参加上海海关同人救亡长征团去了延安，后来分别去了晋察冀各抗日前线。

1950年的春天来得特别早，进入3月的北京，尽管还有些寒意，但是街边的绿柳已经嫩芽初露。各地调来总署的同志们陆续抵京，东交民巷台基厂头条胡同越发热闹起来，很多人都是拖家带口来的，孩子们给这个曾经沉寂的小胡同带来了生机。总署大院办公区和生活宿舍区挨着，真就好像是个大家庭，几百号人在这个院子里工作、生活，晚上还常有舞会和篮球赛。

3月25日，召开了海关总署历史上第一次署务会议，这是一个里程碑，标志着新中国海关已经走上了正轨。有人提议拍个总署的全家福，这个建议得到了上下一致的赞成。这一天，同志们聚集在院子里，留下第一张可能也是海关总署历史上唯一的一张全体合影。

由于历史的原因，旧海关各部门的高级关员大多数是外国人，新中国成立以后对这些外籍关员究竟是留用还是遣散，也是一个亟须解决的问题。据统计，

1950年3月，海关总署第一次署务会议部分同志合影

至 1949 年 6 月 1 日，全国海关有外籍关员 177 人，其中内勤部门 21 人、查验部门 66 人、巡缉部门 51 人、海务部门 39 人。按照政务院《决定》，海关总署对无特殊技术的行政部门的外籍关员立即遣散，对于有特殊技术的外籍关员则暂时留用，待遇另定，对于海务部门的外籍舰长则立即裁撤。

《决定》中还有一项重大的决定，即将沿海、沿江及各港口原属海关的助航设施及其管理职能分别移交给公安部和交通部。移交内容包括机构、人员、专用设备、物资器材、房屋、家具、车船、码头、仓库、厂房及其附属品，连同有关档案、图书一并移交。

海务（包括江务）由交通部航务总局统一接收管理，港务则由各地区港务局分别接管。海关总署海务处人员多数在上海，为了办理移交工作，1950 年 6 月 5 日，海关总署决定成立海务处上海办公处，海关总署海务处副处长董鸣岐兼任主任。1950 年 9 月 1 日，海关总署派律巍代理副主任。

1949 年 11 月 3 日，津海关接到海关总署转发政务院的一道紧急命令，要求津海关立即与总署海务处配合，在最短的时间内修复已经熄灭十余年的大沽口外曹妃甸灯塔，使其恢复发光，保证天津港航道的安全通航。

曹妃甸灯塔于清光绪十二年五月十七日（1886 年 6 月 18 日）建成，安装了总税务司署从英国进口的洋式灯机。清光绪二十七年（1901 年），津海关又将曹妃甸灯塔上原有的六等定光灯器改装为四等水银浮槽闪光灯器，使射程达到 11 海里。后经民国十一年（1922 年）至民国十六年（1927 年）的四次维护改造，该灯塔在当时已属于中国比较先进的大型灯塔之一。抗日战争和解放战争期间，曹妃甸灯塔屡遭破坏，直至完全熄灭。

这是一项非常艰巨的任务，命令下达时已近寒冬，大沽口已结冰，海务工程船无法出海。1950 年 3 月 26 日，海冰刚一融化，天津海关海务科所属"天祥轮"就搭载着海关总署海务处派出的 5 名技术人员出海了，勘察曹妃甸地形，测量水道，做修复灯塔的准备工作。

6 月 5 日，灯塔修复工程正式开始，施工人员克服天气、海浪等方面的诸多困难，终于在 27 日晚 7 时让曹妃甸灯塔重新开始发光，每 3 秒钟闪光一次，每次明 0.3 秒、暗 2.7 秒，指引着航船在正确的航道上前进。1950 年 9 月 15 日，

第十八章 从头越

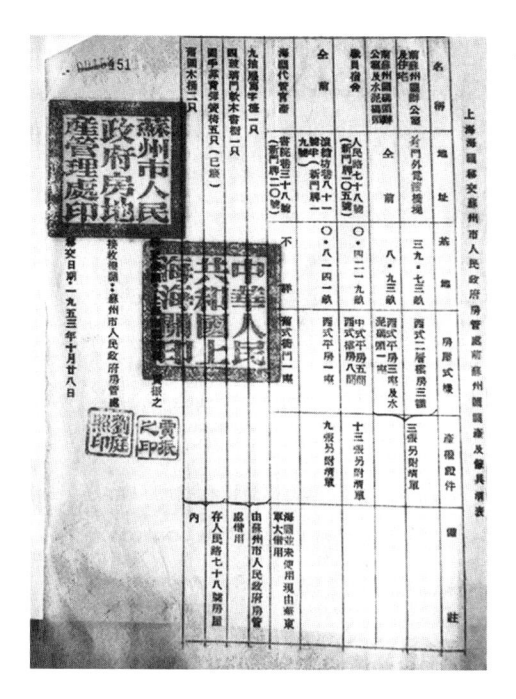

◀ 苏州接收上海海关移交房产清单

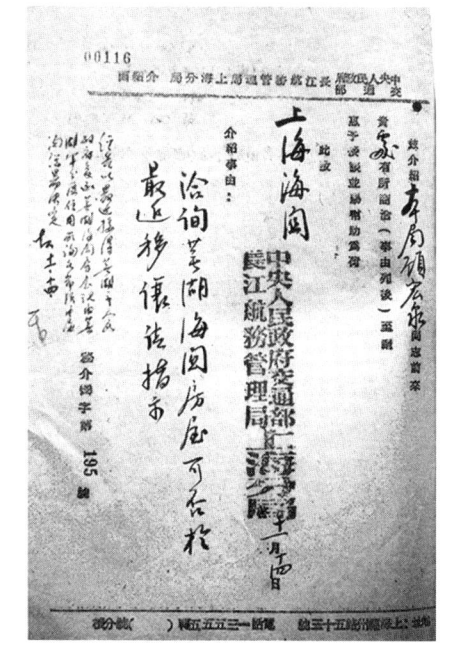

▶ 交通部上海局接洽房屋移交的函

海关移交的巡缉舰多由美军远洋扫雷艇改装，在解放沿海岛屿的战斗中发挥了重要作用

海关总署署长孔原签发海关总署令予以嘉奖。

1950年11月16日，海务处上海办公处随同海关总署海务处正式移交交通部，所属航标管理科、船舶验修科、材料科、总务科、会计科、工程师室、海务工场、海事训练班的人员、设备、房产亦随之移交。

1950年11月14日，上海海关港务科率先移交给上海港务局。

1951年9月4日，武汉关将港务、气象等工作移交给长江航务管理局。之后，各地海关内设机构中相继撤销海港科编制。

同年12月22日，天津海关港务科移交给天津港务局，从此海关管理海务、港务、沿海助航设施的职能走进了历史。

1951年4月3日，海关总署发布了关于各地海关移交巡卫国境海岸武装舰艇及在海关所在地范围以外的查私职务的指示，之后各地海关陆续将巡卫国境海岸的职务及武装舰艇及各地海关所在地之外的专为查私而设的房产、装备，移交给了公安部门。

1951年5月8日，江门海关移交拱北分关缉私区域和缉私舰艇、武器装备。九龙关起义接收的武器装备及27艘舰艇悉数移交各有关部门，曾经号称"中华民国第二海军"的海关缉私舰队画上了句号。

1951年5月30日，上海海关"沪利"号等8艘关艇随同船员移交华东公安部海防处。

1951年6月30日，青岛海关所属石岛、威海、龙口、石臼所支关裁撤，查私职能移交山东海防公安局。

早在1949年的全国海关工作座谈会上，时任人事组组长的朱剑白在人事问题报告中提出："员工训练教育是长久工作，干部需要经常培养，提高政治及业务水平。""最好是海关自己创办学校。""全国海关统一后要培养新干部，建立在职干部学习制度。"为应对海关干部短缺的情况，海关总署指示上海海关将杨树浦184号海关码头仓库改造为校舍，以"中央人民政府海关总署干部学校"名义开设干部训练班。1951年5月7日，海关总署干部训练班在上海开学，第一批招收学员和各关调训干部452人。1952年1月6日，第一期普通班及会计班学员结业；6月3日，第二期普通班学员结业；6月6日，总署干部训练班结束。参加训练班的人很多都成为海关的领导和骨干。

全国海关工作座谈会结束后,署长孔原、副署长丁贵堂就把工作的重点转移到草拟《中华人民共和国暂行海关法》工作上,专门成立了由丁贵堂、高仕融、吴耀祺、李长哲、陈铁保、殷之钺、林大琪等人组成的起草小组,在《中华人民共和国暂行海关法》起草委

1951年5月,海关总署上海干部训练班开学典礼

1951年5月,海关总署上海干部训练班学员合影

员会领导下开始法规条文的草拟工作。历时8个月，经过反复研讨、修正、整理，于1950年10月1日最后定稿。《中华人民共和国暂行海关法》分为8篇19章217条，共1.8万余字，对新中国海关的组织、任务、职权以及进出口货物监管、通关手续，进出境行李和邮递物品监管以及走私与违章案件的处理等都做了规定。《中华人民共和国暂行海关法》是新中国历史上第一个海关基本大法，是建设新中国海关制度的法律基础和具体纲领。

政务院第七十七次政务会议讨论通过了《中华人民共和国暂行海关法》。

1951年4月18日，政务院总理周恩来签署政务院命令，公布《中华人民共和国暂行海关法》，自1951年5月1日起施行。

人民当家做主的新中国海关创建起来了，一个新的时代到来了。正像1950年刘少奇在庆祝五一劳动节干部大会上说的那样："我们已把中国大门的钥匙放在自己的袋子里，而不是如过去一样放在帝国主义及其走狗的袋子里。"

就在1950年，年轻的新中国海关接受了一次前所未有的考验。

1950年6月25日，朝鲜内战爆发。美国政府做出武装干涉朝鲜内战的决定，并派遣第七舰队侵入台湾海峡。1950年10月初，美军不顾中国政府一再警告，

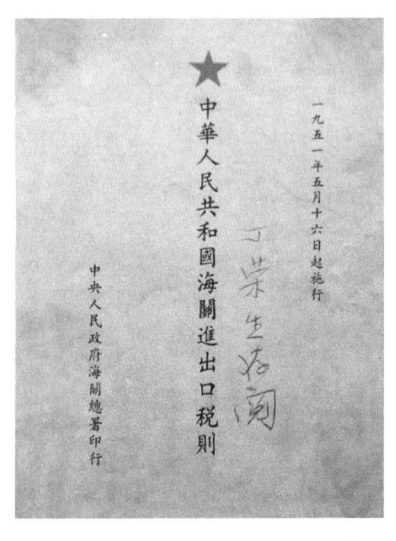

1951年5月施行的《中华人民共和国暂行海关法》和《中华人民共和国海关进出口税则》

悍然越过"三八线",把战火烧到中朝边境,我国安全面临严重威胁。值此危急关头,应朝鲜党和政府请求,中国党和政府以非凡气魄和胆略做出抗美援朝、保家卫国的历史性决策。1950年10月19日,中国人民志愿军在彭德怀司令员兼政治委员率领下进入朝鲜战场。

抗美援朝战争爆发以来,东北各关的货运监管任务陡增,大量的军需物资和国外进口、转运的各种物资源源不断运抵口岸。同时,苏联援建中国的156个大型建设项目进口设备也陆续到达满洲里口岸。满洲里关不仅承担着进出口货物的监管任务,还奉令参加军需物资的转运工作。1951年5月,中苏铁路开始实施国际联运后,满洲里口岸进出口货物急剧增

海关总署机关赴朝参战的同志合影

海关总署欢送赴朝同志们出征的情景

多,货运监管任务十分繁重,当时工作量很大,平均每半小时进出一列车,工作人员昼夜两班工作。海关总署紧急动员全国海关的力量支援东北各关,自1950年7月起,从总署机关及营口、大连、天津、烟台等地抽调海关关员147人,赴东北前线口岸支援工作。同时,针对以美国为首的西方阵营对中国的封锁禁运,为配合国计民生急需的货物进口,根据1951年《中央财政经济委员

会有关迅速疏运进口货物的通知》，海关总署会同贸易部制定进出口货物转运、输出输入管理办法，采取灵活措施，减少作业环节，加快进出口货物的验放，准许国营贸易公司凭小提单报关，免验放行，补办纳税手续，单证不全或不符者也准予先报关后补单证。"当祖国需要我们的时候，坚决挺身而出！"为了保证抗美援朝物资及时运到朝鲜前线，安东、辑安、图们等中朝边境口岸海关的关员们冒着敌机的轰炸扫射，日夜坚守岗位执行监管任务，进出境货物随到随办手续，简便快速放行。他们节衣缩食，把节省下来的100多万东北币捐献出来，还纷纷给前线的志愿军战士写信，鼓励他们奋勇杀敌。安东海关的同志除了白天坚持工作，还组织起来担负警卫巡逻任务，严防土匪、特务破坏。一次，两位同志在鸭绿江桥上值岗时，数十架美国飞机轮番侦察扫射，子弹射穿了海关办公室的屋瓦和玻璃窗，但两位同志临危不惧，不仅把档案资料保存好，还一直坚持接到撤退的命令才离开。

全国各地海关设立临时监管站，优先验放国家急需的进口物资。满洲里、二连浩特、黑河、绥芬河等关，对苏联援朝过境物资直接在入境口岸办理海关转运单证及货车装载清单，并随车带至出境地海关，作为验放凭证，从苏联进口到中国加工后再运至朝鲜的物资特准按过境货物办理海关手续。而朝鲜政府因为战争原因疏散到中国暂为保存的重要物资，则特准作为待复运出境的保税货物监管。

在战争状态下，新中国海关并没有放松监管，在华南、华东沿海口岸开展声势浩大的反走私斗争。广州海关于1950年12月14日、15日两天内查获走私快艇4艘、走私货物价值2亿余元人民币（旧币，下同）。至1951年年底，全国海关查获走私案件52800多起，破获很多走私团伙，甚至侦破了特务组织趁机走私军火、伪造人民币等严重的破坏案件，配合公安边防部队抓获企图登陆的特务间谍。

战争期间各种物资短缺，有的不法私商以污泥冒充沥青，以糨糊冒充润滑油脂，铁丝内混杂石块，给国家造成严重损失。海关利用自己的专业化验室和验估员的专业技能，狠狠打击这股嚣张气焰，为国计民生和抗美援朝战争发挥了保障经济安全与政治安全的职能。

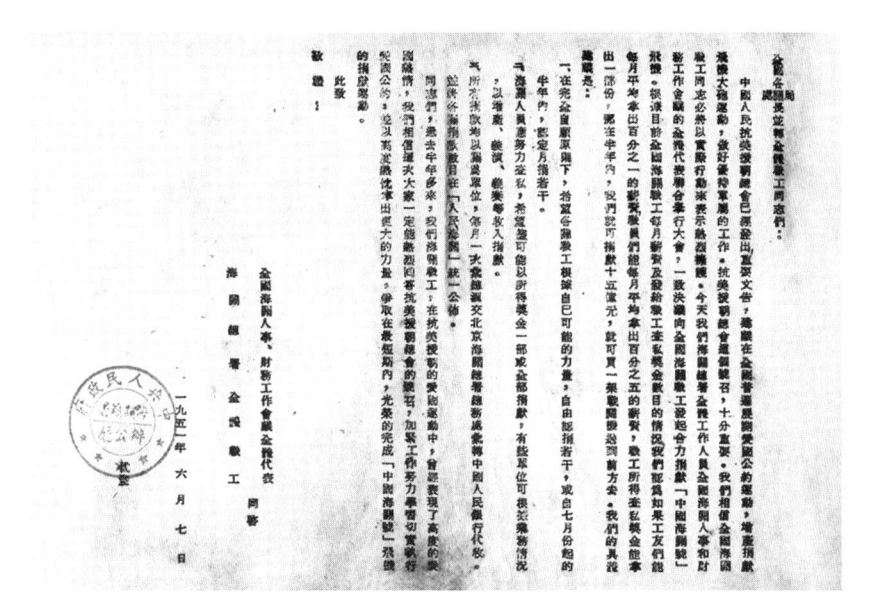

1951年6月7日，海关总署发出捐献"中国海关号"飞机的倡议

各级海关在认真履职的同时，积极投身各项支援抗美援朝活动。

随着朝鲜前线的战局发展，志愿军迫切需要补充大量现代化的技术兵器。1951年6月1日，抗美援朝总会发出通告，号召全国各界同胞捐献飞机、大炮。此后，中华全国总工会、全国妇联、青年团中央、全国青年联合会、中国红十字会等人民团体纷纷发表宣言、通告，号召各界同胞积极捐献。

恰巧此时全国海关人事和财务工作会议在北京召开，与会的数十位代表和总署干部在收听了广播之后，群情激昂，连夜开会商讨如何以实际行动支援前线。6月7日举行大会，倡议全国海关职工合力捐献"中国海关号"飞机。孔原署长在会上号召全国海关职工热烈响应抗美援朝总会的号召，踊跃捐款并努力工作，认真执行海关法。孔原和丁贵堂当场宣布自己以半年为期，按月捐献每月薪金的10%。上海海关代表王鸿章、朱厚泽、毕力、李光祚、程来远5人立即响应，当场合捐200万元人民币，并表示回关后进一步发动职工捐款。迪化关的会议代表也当场捐出节省的差旅费50万元人民币，并表示回去后按月捐献每月薪金的20%。当时尚实行供给制的华南各关代表，如九龙关的谭刚、北海海关的陈秉杰等当场捐出全部津贴费，现场气氛十分热烈。在海关总署机关，同志们也踊跃捐款，蒋宗德一人就捐出黄金6两、美金120元。许多海关职工的家属也积极参加捐献，仅7月一个月就认捐薪金10900斤小米（供给制时以小米为薪金单位），折合人民币1100万元。

联合倡议书以通电形式告知各地海关，并在《人民海关》杂志上刊登。倡议书中这样写道：今天我们海关总署全体工作人员、全国海关人事和财务工作会议的全体代表联合举行大会，一致决议向全国海关职工发起合力捐献"中国海关号"飞机。在半年内募捐15亿元人民币，购买一架战斗机支援前线。在完全自愿的原则下，希望各关职工根据自己可能的力量，自由认捐若干，或自7月份起的半年内，认定月捐若干。倡议书号召全国海关职工加紧工作、努力学习，切实执行爱国公约，并以高度热忱拿出更大的力量，争取在最短的时期内光荣地完成"中国海关号"飞机的捐献运动。

消息一出，全国各地海关人热血沸腾，纷纷致电海关总署，热烈拥护捐献"中国海关号"飞机的倡议，并积极投身到这场运动中去。

全国海关干部职工踊跃响应海关总署倡议

上海海关仅6月7日至17日捐款数就达3.06亿元人民币，还不算黄金美钞、金银饰品等。

天津海关人事科一个小组，一天之内就捐款268万元人民币。

迪化关所属伊犁支关在支关长瓦斯克（乌孜别克族）的带领下，7人合捐55.8万元人民币。据不完全统计，截至1951年7月16日，全国20余个海关共募集捐款

24 亿元人民币，提前超额完成原定 15 亿元人民币的目标。这期间，还发生了许许多多感人的故事。各地海关的捐款一般都是捐献个人工资、查私奖金、副业生产收入和加班费，一些工资不高、没有查私奖金和加班机会的同志，没有满足于捐献工资的一部分，而是设法节支增收。大连海关在不妨碍正常工作的原则下，开展了各种副业生产，和码头、托运站联系，承担货物整理和装卸工作。那些体力差的女同志也不甘落后，靠替其他人缝洗浆补衣物来增加捐款额。还有些海关发挥关员文化水平高的优势，组织员工写稿、画漫画获取稿费。还有的海关赶排戏剧，进行募捐义演。泉州支关的同志们赶制光荣扇，利用休息日上街义卖，第一天就获义卖款 570 万元人民币。在军需物资转运第一线的满洲里关，同志们更是希望能早一天看到"中国海关号"飞机运往前线，仅在 6 月就交了 82.5% 认捐款，其余的在 7 月全部交齐。汕头海关的李广寒捐出家中所有黄金饰品。九龙海关的同志不仅在短时间内使捐款额超过购买一架飞机所需捐款的一半数额，各科室、业务组还签订爱国公约，开展爱国主义生产竞赛。武汉海关的周克把家里 1949 年前存在上海、价值达 2000 多万元人民币的汽车配件变卖捐出。广州海关的何其堃不仅自己捐款 300 万元人民币，还动员其父亲将一栋私产房变卖捐出。

如火如荼的爱国捐献运动深入开展，至 1951 年 8 月 20 日，全国所有海关机构共捐款 28.3896 亿元人民币。据全国抗美援朝总会统计，截至 1951 年 9 月 25 日，全国共捐献飞机 2481 架，捐款达 9970 亿元人民币。

"中国海关号"飞机在抗美援朝战争的硝烟中起飞了。

新中国海关创建以来的这一年，还发生了许许多多史无前例的事，设计新中国海关关徽便是其中一件。关徽是象征海关的职业标志。中华人民共和国海关关徽由金黄色钥匙与商神杖交叉组成，寓意着中国海关依法实施进出境监督管理，维护国家的主权和利益，促进对外经济贸易发展和科技文化交往，保障社会主义现代化建设。

旧海关也有自己的徽标，那就是第一任外籍总税务司李泰国设计的、充满着欧洲宗教色彩的绿底色加黄色斜十字。这种十字图案在 1867 年被罗伯特·赫德采用为中国海关的旗帜和标志，直到九一八事变爆发的 1931 年才

1950年6月召开了第一次全国关务会议

被弃用。

经过反复酝酿，1950年5月6日，海关总署向全国各关发出内部通知，征集关旗、关徽设计方案，要求各关、各部门积极参与这项工作，征集截止日期为1950年6月15日。通知明确关旗、关徽图样方案将在1950年全国关务会议讨论决定后，呈送中央人民政府政务院审查批准。

1950年6月，海关总署成立关旗、关徽审查小组，成员包括：广州海关关长陈应中、上海海关关长贾振之、天津海关关长朱剑白、海关总署总务处副处长陈琼琨、海关总署办公厅主任高仕融。

7月9日，海关总署关旗、关徽审查小组提交报告，所收到的设计方案基本可分为两类：一类是以五角星及锤头镰刀为中心，外有大车轮（象征新中国经济建设）及三条纽带（象征海关三大任务）；另一类是以大钥匙两把左右交叉为中心，外绕以齿轮麦穗图案，表示今天独立自主的新海关好比中国大门的钥匙，握在中国人民手里，保护国内生产不受帝国主义的经济侵略。审查小组认可钥匙图案，认为足以表现新中国海关的基本精神与主要作用，但图案应庄严、简单、美丽，并首次明确钥匙应有三个齿，象征海关三大任务。海关总署即请北京人民艺术学院照此意见设计绘制，但数经改绘，仍未能得到一个完美图案。

该报告还初步确定海关关旗的方案为五星红旗上饰以新关徽。海关证章的图案式样，为黄五角星及宋体"海关"二字，配以红地及黄边。

1951年4月23日，海关总署在《人民日报》刊登公开启事，面向全国征求

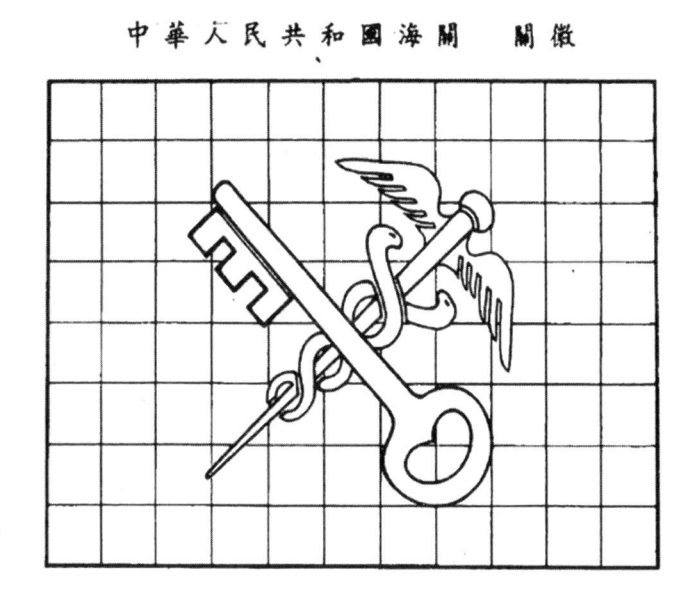

▶ 陈铁保设计的海关关徽图案

关徽图案。启事要求：中国海关关徽的含义应包括：（一）经济国防的大门钥匙掌握在人民手里；（二）海关三大任务——监管货运、征税及查私。图案应简单明了，便于缩小制作，并不超过两种颜色。

同时，海关总署亦向各关发送通知，征集设计方案。自4月底开始至5月底止，应征者踊跃，前后收到187件设计方案。6月中旬，海关总署办公厅、研究室、总务处及总署工会各派代表组成初审小组，根据图案简单、意义明确、画面美观的原则，做了数次审查，选出第130号、第69号、第166号和第86号方案作为考虑采用的图案提交署务会议讨论。

1951年7月7日，海关总署第八十二次署务会议初步认可由海关总署财务处陈铁保设计的第86号作品，以钥匙与商神杖交叉为基本图案。海关总署认为商神杖代表商业已为国际所公认，用钥匙与之交叉表示新人民海关已经掌握了中国大门的钥匙。

1953年4月28日，政务院正式批复海关总署的方案。由于海关总署已于1953年1月并入对外贸易部，1953年9月14日，对外贸易部部长叶季壮签发《中华人民共和国海关关徽关旗说明及使用规则》，关徽、关旗于 1953 年 10 月 1 日起在全国各关正式使用，从此金钥匙商神杖成为新中国海关物化的精神象征。

  1950 年年初，台北，旧海关总税务司李度向伪关务署提出告假回国。在与"总税务司署"同事合影留念以后，便离开了台湾。伪关务署任命中国籍的方度为总税务司，标志着中国近代史上的外籍税务司制度彻底消亡了。

  2018 年 4 月 20 日，根据国务院机构改革方案，国家质量监督检验检疫总局的出入境检验检疫管理职责和队伍划入海关总署，中国海关事业进入一个崭新的发展阶段。

  2023 年 9 月是中国海关关衔制度实行 20 周年，习近平总书记在给红其拉甫海关全体关员回信中指出："海关担负着守国门、促发展的职责使命，做好海关工作意义重大。希望同志们胸怀'国之大者'，弘扬海关队伍的优良作风，提高监管效能和服务水平，筑牢国门安全屏障，助推高质量发展、高水平开放，当好让党放心、让人民满意的国门卫士，为强国建设、民族复兴积极贡献力量。"

  雄关漫道真如铁，而今迈步从头越。

后　记

　　2006年我参加海关总署的《中国海关通志》编纂工作，偶然在发黄变脆、散发着霉味的旧档案中看到了一张照片，照片上方题注"全国海关工作座谈会纪念　一九四九年十月十六日"。当时我仅能分辨出少数几个人来，有第一任署长孔原、副署长丁贵堂，还有曾任天津海关第一任关长的朱剑白，更多的是陌生的面容。他们穿着打扮迥然不同，有的西装革履，有的锦衣马褂，也有便装布鞋。

　　修志结束后，我方知道这张照片竟是硕果仅存的新中国海关创建时期的历史见证，也是独一无二的照片。

　　因为新中国海关创建70多年以来，海关的领导体制、通关流程、人事制度、征管理念虽经岁月流逝几经变化，但寻本溯源，其理念皆产生于那次会议。

　　后来我几番检索，终于从海关总署第098-01-0018-001号档案中找到了那次会议的一些资料。

　　地点：北平东交民巷台基厂头条胡同。

　　时间：9月23日—10月16日。中间为庆祝开国大典休会3天。

　　这次会议注定不同凡响。9月23日开会时，北平还叫北平，过了4天，即9月27日，中国人民政治协商会议第一届全体会议通过决定，北平改称北京，作为中华人民共和国的首都。

　　36名会议代表的名字，他们是：

　　东北海关管理局：孙纯、徐先知、姜学民

　　安东关：邵德宇

营口关：徐茂松

旅大海口管理处：顾宁、于健民

山东省工商部进出口局关务科：毕可敬

青岛关：张学礼、刘贻麐、尚志义

烟台关：于厚轩

上海区（旧总署及江海关）：丁贵堂、吴耀祺、李长哲、卢化锦、陈念慈、陈铁保、陈凤平

津海关：朱剑白、吴传泽、周宝荫、徐国英、王熙甫、卢寿汶、卞鼎孙、韩彪

江汉关：沈旭、张孝煊

九龙关：林大琪

雷州关：姚鼎新

中财委海关处：高尚能、石云阶、朱维崧、佘崇懿、殷之钺

拍摄这张照片的时候，中华人民共和国刚刚成立，华南地区还处在战火硝烟中。这些人是谁？他们从哪儿来？他们都干了什么？他们后来都去了哪儿？修志结束后，我仍然埋头故纸堆里，希望能从支离破碎的线索中挖掘出一些他们身上的故事。经过几年的努力，在原税专校友会秘书长黄海泉教授的帮助下，终于把大部分人的名字和身份对上了号。可以看出，他们来自不同的阶级阵营，来自不同的生活环境，彼此信仰不同，甚至有些人都不曾相识，但是在1949年，他们从天南海北，千辛万苦集合到这里，为了一个共同的目标，那就是洗刷百年关权丧失的耻辱，创建一个完全属于自己国家和人民的海关，用刘少奇的话说：要把国家大门的钥匙装进人民的口袋。所以他们有一个共同的名字——人民海关的奠基者。

2024年是中华人民共和国成立75周年，也是新中国海关创建75周年。谨以此书致敬新中国海关的奠基者。

白驹过隙，时光荏苒，记忆永驻。